Ullstein

DAS BUCH

Frieden in Indien – nach Englands Sieg über Frankreich und Holland rechnet die Ostindische Handelskompagnie mit einer Konsolidierung der noch jungen Kolonie. Doch zwei französische Kriegsschiffe haben nicht kapituliert und bedrohen im Bund mit mahratischen Piraten die Niederlassungen. Als die Banditen das Schiff kapern, auf dem sich Kommodore Kelsos Ehefrau befindet, gerät der junge Seeheld in den Verdacht von Sabotage und Verrat. Eine Befreiungsaktion droht an der überlegenen Feuerkraft des Feindes zu scheitern, doch der geniale Kelso greift zu einem Trick, der selbst die listenreichen Inder verblüfft . . .

Der sechste Band aus der berühmten Kelso-Serie.

DER AUTOR

Der Engländer James Dillon White gilt neben Kent und Forester als berühmtester Autor marinehistorischer Romane.

James Dillon White

Kommodore Kelso unter Feuer

Die Kaperung der *Cleopatra* bei den Malediven

Roman

Ullstein

Ullstein Buchverlage GmbH & Co. KG,
Berlin
Taschenbuchnummer: 24407

Titel der Originalausgabe:
Fair Wind to Malabar
Aus dem Englischen von
Walter Klemm

Ungekürzte Ausgabe
August 1998

Umschlaggestaltung:
Hansbernd Lindemann
Illustration:
The Bridgeman Art Library, London

Printed in Germany 1998
Gesamtherstellung:
Ebner Ulm
ISBN 3 548 24407 6

Gedruckt auf alterungsbeständigem
Papier mit chlorfrei gebleichtem
Zellstoff

Die Deutsche Bibliothek –
CIP-Einheitsaufnahme

White, James Dillon:
Kommodore Kelso unter Feuer : die
Kaperung der Cleopatra bei den
Malediven ;
Roman / James Dillon Whithe.
[Aus dem Engl. von Walter Klemm]
– Ungekürzte Ausg. –
Berlin : Ullstein, 1998
(Ullstein-Buch ; Nr. 24407)
ISBN 3-548-24407-6

Vom selben Autor
in der Reihe
der Ullstein Bücher:

Der junge Kelso (24180)
Kelsos erstes Kommando (24182)
Verrat an Kapitän Kelso (24306)
Kapitän Kelsos Rache (24312)
Kapitän Kelso und der Nabob (24399)

1

Hart am Wind kreuzte der Konvoi langsam südwärts. Am 7. September 1761 kam die Koromandelküste in Sicht.

Als sich die Schiffe der Einfahrt von Madras näherten, was sich durch die vorgelagerte Sandbank besonders schwierig gestaltet, freute sich die Besatzung des Flaggschiffs *Protector* auf den in Aussicht stehenden Landurlaub.

Die Leute vergaßen dabei ganz, daß sich ja nach dem kurzen Aufenthalt im Hafen das eintönige Kreuzen der vergangenen Woche noch zehnfach wiederholen würde, bevor sie ihr Endziel St. Helena erreichten.

Während die *Protector* den engen Windungen der Hafeneinfahrt folgte, stand der Lotgast, stattlich wie ein griechischer Gott, vorn in den Rüsten, schwang das Lotblei und warf es dann weit voraus in die See, um die Leine im nächsten Augenblick blitzschnell wieder einzuholen. Mit sonorer Stimme verkündete er die gelotete Wassertiefe: »Ein halb über zwölf – ein halb über acht – gerade acht.«

Braun gebrannt wie Eingeborene, denen sie auch in ihrer Haltung ähnelten, hockten die Männer der Deckswache auf ihren Hacken, die schwieligen Hände auf die Knie gestützt, und warteten auf den nächsten Befehl zum Brassen. Die Augen hatten sie wegen des grellen Sonnenlichts geschlossen und träumten von kaltem Bier, von Rum und von schlanken indischen Mädchen. An den Wanten waren die Toppsgasten versammelt, klar zum Aufentern und Segelbergen.

Der Bootsmann teilte eine Bootsbesatzung ein, und vorn im Logis drängten sich Marineinfanteristen, Funktionäre und Sanitätsgehilfen um Pützen mit Frischwasser. Eifrig hantierten sie mit Seife, Rasiermessern und Kämmen. Insgeheim hoffte jeder, daß sein Name dabei sei, wenn die ersten Landurlauber aufgerufen werden.

Kommodore Kelso stand breitbeinig an der Luvreling des Achterdecks, die Hände auf dem Rücken verschränkt, beobachtete den langsam fahrenden, schwerfälligen Konvoi und wartete auf Fentons nächstes Kommando zum Kursändern.

Sie hatten das Land genau an der von ihnen berechneten Stelle in Sicht bekommen. An Steuerbord erstreckte sich endloser Sandstrand um eine weite Bucht herum, landeinwärts gesäumt von grünen Hügeln und Reisfeldern. Im Süden wurde sie begrenzt von Lagerhäusern, Schuppen, vornehmen Villen und Elendshütten. Im Vordergrund, von der Morgensonne vergoldet, erhob sich eindrucksvoll das stolze Fort St. George der Ostindischen Kompanie.*

»Hart Steuerbord!«

»Hart Steuerbord, Sir.« Sullivan, der Rudergänger, hatte Fentons Kommando bereits erwartet und das Rad so rasch nach Steuerbord gedreht, daß die *Protector* mühelos durch den Wind und auf den neuen Kurs ging, während die Wache noch an die Brassen eilte.

»Brass rund vorn!«

Fluchend und schwitzend holten die Leute an den Brassen, wobei ihre nackten Fußsohlen am Pech festklebten, das infolge der Hitze in dicken Blasen aus den Decksnähten quoll. Nachdem der Fockmast rundgebraßt war, folgten die Rahen des Groß- und des Kreuzmastes, bis die *Protector* mit

* Die Ostindische Kompanie (1600 bis 1783, danach unter Beteiligung der britischen Krone bis 1858) hatte unbeschränktes Monopol für den Handel mit Indien, besaß eine eigene Handels- und Kriegsflotte, ein eigenes Heer und eigene Gerichtsbarkeit. Sitz des Direktoriums war London.

Backbordhalsen auf dem neuen Kurs lag, den sie nun bis zur inneren Reede beibehalten konnte.

Kelso räusperte sich, um dem Kommandanten zu seiner guten Leistung zu gratulieren, überlegte es sich dann jedoch anders und sagte lediglich: »Lassen Sie beidrehen, Mr. Fenton.« Sie kannten sich lange genug, so daß Komplimente überflüssig wurden.

»Vorsegel weg, Mr. Aitken!« befahl Fenton dem wachhabenden Offizier. »Kreuzmast backbrassen! Mr. Stredwick, Signal zum Beidrehen!«

Während der Signalfähnrich nach vorn rannte, um den Befehl auszuführen, beobachtete Kapitän Fenton, wie sich die fünf schwerbeladenen Ostindienfahrer* mühselig auf ihre Stationen manövrierten, auf der Luvseite gedeckt durch das zweite Geleitfahrzeug, die Korvette *Agamemnon*.

Schließlich meldete Fenton dem Kommodore: »Konvoi auf Position beigedreht, Sir!«

»Danke, Kapitän Fenton«, erwiderte Kelso, als könne er nicht selbst die plumpen Ostindienfahrer und die schlanke Korvette sehen, auch ohne Glas, denn die größte Entfernung betrug nicht mehr als zwei Kabellängen.**

»Werden Sie an Land gehen, Sir?«

»Ich glaube nicht. Ich wäre Ihnen dankbar, wenn Sie meinen Bericht dem Gouverneur übergeben würden.«

»Aye, aye, Sir. Wenn Sie gestatten, gehe ich nach unten, um mich umzuziehen.«

Kelso nickte und blickte mit einiger Zuneigung hinter Fenton her, als dieser zum Niedergang eilte. Wie lange waren sie jetzt schon zusammen? Zehn Jahre oder zwölf? Welch anderer Kommandant hätte ohne Rückfrage, ja ohne die geringste Überraschung den Entschluß des Kommodore zur Kenntnis genommen, nach dem Einlaufen in

* Bewaffnete Handelsschiffe der Ostindischen Kompanie.

** 1 Kabellänge = 0,1 Seemeile = 185,2 m

einem der wichtigsten Häfen der Kompanie nicht an Land zu gehen?

Und doch, dachte Kelso, vielleicht war Fenton feinfühliger, als es den Anschein hatte. Bestimmt war auch ihm trotz der Ausübung seiner zahlreichen Pflichten die einsame Gestalt im weißen Kleid aufgefallen, die sich Tag für Tag am Heck des nächstgelegenen Schiffes, der in Indien gebauten *Cleopatra,* aufhielt, und er hatte daraus seine Schlüsse gezogen.

Sie stand dort, als der Geleitzug die trüben Gewässer des Hugli* hinabfuhr, sie stand noch immer auf demselben Platz, als die Sonne mit unwahrscheinlichen Purpurstrahlen über den trostlosen Sümpfen von Cowcolli unterging und die Dämmerung sich ausbreitete, und sie war da, als er am nächsten Morgen an Deck kam. Ständig stand sie dort am Heck – wie ein schweigender Vorwurf. Selten sprach sie mit den anderen Passagieren, kaum jemals ging sie zum Essen hinunter. Beobachtete sie ihn auch jetzt? Wartete sie darauf, daß er seine Gig aussetzen ließ, um an Land zu fahren?

»Verzeihung, Sir, es liegt alles auf Ihrer Koje bereit.«

Gereizt wandte sich Kelso um, als sein Steward Padstow vor ihm salutierte.

»Was liegt bereit?«

»Ihre beste Uniform, Sir, neue Strümpfe, oder doch so gut wie neu, seit Ihre Ladyship sie gestopft hat; die Schnallenschuhe, blankgeputzt, Ihr Lieblingsdegen –«

»Ich gehe nicht an Land.«

»Nicht an Land!« Der Ausruf entfuhr Padstow, bevor er ihn unterdrücken konnte. Aber sofort nahm er wieder den Ausdruck gleichmütiger Ergebenheit in sein Schicksal an, den Kelso nur zu gut kannte. »Dann habe ich mich völlig umsonst rasiert.«

»Es besteht keinerlei Grund, warum Sie nicht an Land ge-

* Einer der Mündungsarme des Ganges.

hen sollten, Padstow. Im Gegenteil, Sie können mir etwas Obst und frisches Gemüse kaufen. Trinkbaren Wein werden Sie wohl kaum finden.«

»Ich tue mein Bestes, Sir«, erwiderte der Steward freudig grinsend. »Und wenn ich Ihre Ladyship sehe –?«

»Dann werden Sie vorbeigehen. Ist das klar? Sie werden ihr aus dem Weg gehen.« Hier hielt Kelso inne, denn es schien ihm nicht richtig, so viel Heftigkeit zu zeigen, nicht einmal vor Padstow, der doch die meisten seiner Geheimnisse kannte. »Ich bin sicher, daß Lady Susan gut versorgt wird.«

Als der Kutter und die Gig zu Wasser gelassen wurden, konnte Kelso es sich nicht verkneifen, zur *Cleopatra* hinüberzublicken, wo sich ebenfalls einige Besatzungsmitglieder klarmachten zum Landgang. Auch die Passagiere stiegen jetzt ins Boot, das durch die farbenfrohen Kleider und Sonnenschirme der Damen und die Prachtgewänder der Herren ein beinahe festliches Aussehen erhielt. Abercrombie sah er, den Kapitän der *Cleopatra,* der allein im Bootsheck saß und wohl hoffte, als erster beim Gouverneur einzutreffen. Aber Susan konnte er nirgends entdecken.

Das Boot der *Cleopatra* hatte bereits abgelegt, als es von der Relingspforte aus nochmals zurückgerufen wurde. Der Bootssteurer ließ streichen und machte erneut fest.

Nun sah er Susan. Sie trug ein Kleid aus blauem Organdy, und er zweifelte nicht daran, daß es dasselbe war, das sie auf der Hochzeitsreise getragen hatte. Hoffte sie, daß er sich durch die Erinnerung an die noch gar nicht so weit zurückliegende glückliche Zeit erweichen ließe? Sie wurde begleitet von einem Mann, den er gut kannte und den er verachtete, Sir Ralph Pettigrew, bis vor kurzem noch Ratsmitglied in Fort William und ein berüchtigter Schürzenjäger. Voller Freude stellte Kelso fest, daß Susan Pettigrews hilfreich dargebotene Hand geflissentlich übersah, als sie von der Fallreepstreppe ins Boot stieg.

»Bitte um Erlaubnis zum Landgang, Sir!«

»Was?« Kelso machte gar nicht erst den Versuch, seine Erregung zu verbergen, als jetzt sein Steward vor ihm stand. Padstows rundes, rotes Gesicht strahlte über den mächtigen Schultern und der breiten Brust. »Also gut«, sagte Kelso und drohte ihm wie einem mutwilligen Schuljungen. »Daß mir aber keine Klagen kommen über Schlägereien oder ähnliches.«

»Bei Gott, Sir!« Padstows Ausdruck gekränkter Unschuld änderte sich jedoch sofort, als er dem Blick des Kommodore begegnete. »Aye, aye, Sir.«

Ein Drittel der Besatzung war jetzt an Land, und der Rest bis auf die Wache befand sich unter Deck. Sie wuschen und rasierten sich, putzten Schuhe, stopften Strümpfe oder flickten Hemden, alles in Erwartung des Landgangs am Nachmittag. Vollkommen still war es an Bord, und Kelsos Gedanken kreisten verstärkt um Lady Susan und den unausstehlichen Pettigrew, obwohl er sich anstrengte, an etwas anderes zu denken. Er malte sich Susan aus, entzückend wie immer mit ihrem edlen Profil, ihrer zarten Haut, der auch fünf Jahre Aufenthalt in diesem mörderischen Klima nichts hatten anhaben können. Vor allem aber sah er ihre Augen vor sich, ihren ruhigen Blick, das Auffallendste an ihren Zügen, deren Schönheit nur wenig beeinträchtigt wurde durch eine gewisse Arroganz, die um ihre nicht sehr vollen Lippen spielte.

Es wehte nur eine ganz schwache Brise, und an Deck war es unerträglich heiß. Als die Sonne am klaren blauen Himmel höher stieg, verstärkte sich der flimmernde Hitzedunst über der Stadt, der sich am Morgen gebildet hatte. Nur für ein paar Sekunden und mit abgeschirmten Augen konnte man landwärts blicken, während seewärts das Flimmern auf der leicht gekräuselten Wasseroberfläche so intensiv war, daß man völlig geblendet wurde. Gegen Mittag ging Kelso nach unten und rief nach seinem Steward. Im selben Augenblick verfluchte er seine Vergeßlichkeit, als statt Padstow Smithson, der Messesteward, nach achtern kam.

»Verzeihung, Sir, Padstow ist an Land – mit Ihrer Erlaubnis, Sir, wie er mir sagte.«

»Ja, ich hatte es ganz vergessen. Was gibt es bei Ihnen zu Mittag?«

»Unser Frischfleisch ist zu Ende gegangen, Sir. Soll ich eins der Hühner schlachten?«

»Nein, ich habe keinen Hunger. Bringen Sie mir, was Sie haben.«

Er aß mehr aus Pflichtgefühl, als aus Freude am Essen. Nachher, als er auf seiner Koje lag, kam er noch immer nicht zur Ruhe.

Wo mochte Susan jetzt sein? grübelte er. Hatte sie mit dem Gouverneur gespeist oder mit einem ihrer vielen Freunde in Madras? Wurde sie noch immer von dem widerlichen Pettigrew begleitet? Oder durchkämmte sie die Eingeborenenviertel? Entdeckte sie dort wieder eine der zahlreichen Möglichkeiten, ein Vermögen zu verdienen, die sich jedermann anboten, der den nötigen Geschäftssinn und den erforderlichen Unternehmungsgeist besaß? Seiner Meinung nach brach es ihr fast das Herz, Indien verlassen zu müssen.

»Verzeihung, Sir ...«

Er riß sich von seinen Grübeleien los, als der junge Anstruther, Fähnrich der Wache, an die offene Tür klopfte.

»Ja?«

»Meldung von Mr. Aitken, Sir: Ein Boot von Land kommt auf uns zu.«

»Und?«

»Es ist eine Barkasse, Sir, und sie hat einen Stander gesetzt. Mr. Aitken meint, es könnte der Gouverneur sein.«

»Gut. Ich komme gleich an Deck.«

Als Kelso an der Relingspforte stand, um Gouverneur Pigot zu empfangen, konnte er ein gewisses Schuldgefühl nicht unterdrücken. Sie waren alte Freunde, noch aus der Zeit mit

Robert Clive und der Schlacht bei Plassey. Es war zumindest unhöflich, daß er dem Gouverneur nicht seine Aufwartung gemacht hatte. Er stand still und salutierte, während die Bootsmannspfeifen schrillten und der Gouverneur an Bord kam.

»Kelso – Sie sind also nicht krank?«

»Nein, es geht mir gut, wie Sie sehen, Sir. Willkommen an Bord.«

Sie gingen nach unten in Kelsos Kajüte, aber da die Sonne durch die offenen Pforten schien, herrschte dort eine Hitze wie im Backofen. Ohne Platz zu nehmen, stiegen sie wieder an Deck und setzten sich unter das Sonnensegel, das der Bootsmannsmaat der Wache aufgespannt hatte. Dort tranken sie Madeira und plauderten von den alten Zeiten, die doch erst ein paar Jahre zurücklagen. Ihnen kam es vor, als sei das alles schon endlos lange her. Die Franzosen waren damals noch stark in ihren Stützpunkten Pondicherry und Chandernagore, die Holländer schmiedeten Ränke in Chinsurah, und die Mahratten unter Tulagee Angria bedrohten Bombay. Von Zeit zu Zeit rückten die beiden ihre Deckstühle weiter, um im Schatten des Sonnensegels zu bleiben.

»Jetzt haben wir ein wirkliches Empire«, sagte Pigot, »und alles gewonnen mit einer Handvoll britischer Soldaten und ein paar Sepoys – und mit der Marine«, fügte er rasch hinzu. »Ohne das Kommando von See aus hätten wir nicht viel tun können.«

»Oder ohne das Genie Robert Clives«, sagte Kelso. »Ich hoffe, man wird sich in London daran erinnern.«

»Oh, das wird man. Er ist jetzt wohl schon bei der Kompanie in der Leadenhall Street. Ich wäre erstaunt, wenn das Direktorium, vielleicht sogar der König selbst, ihn nicht mit Ehrungen überhäuften.«

»Er verdient jede einzelne davon«, erwiderte Kelso.

Pigot nickte und sah sein Gegenüber neugierig an. »Und

Sie? Zieht es Sie nicht auch nach Hause, zu den Hurrarufen der Menge?«

Kelso schüttelte den Kopf. »Ich werde Indien niemals verlassen, jedenfalls nicht, solange es hier noch zu tun gibt. Wir haben ein Empire, das stimmt, aber es muß auch verteidigt werden.«

»Ich bin überzeugt, daß Sie recht haben. Nur ist es hier in der Carnatic* jetzt, da die Franzosen Pondicherry aufgegeben haben und der Nawab** erledigt ist, wirklich schwierig, sich vorzustellen, wie es noch vor ein paar Jahren aussah.«

»Sie sind in Sicherheit«, pflichtete Kelso bei, »wenigstens im Augenblick. Aber Vansittart in Fort William hat noch immer seine Probleme. Jetzt, da die Franzosen und die Holländer ihre Niederlage anerkennen, ist unser Stern hier im Steigen. Bengalen aber ist ein zu wertvoller Preis, um leichten Herzens aufgegeben zu werden.«

Pigot nickte. »Ich höre, daß Mir Jaffir, den Clive zum neuen Nawab ernannt hat, sich als schwieriger Verbündeter erweist.«

»Er wird uns verraten, sobald er sich stark genug fühlt. Das hat er ja schon einmal versucht.«

Pigot hob sein Glas, so daß das Sonnenlicht, das durch den Madeira filterte, ein rötliches Muster auf das Deck warf. »Und Malabar? Wie beurteilen Sie unsere Aussichten dort?«

»So günstig, wie sie immer waren, aber Sie können das vielleicht besser übersehen.«

Pigot trank einen Schluck und stellte sein Glas dann wieder an Deck. »Ich habe in der Tat einige beunruhigende Nachrichten erhalten. Informationen, die unsere Position hier beeinflussen können. Deswegen habe ich Sie aufgesucht.«

* Mittel- und Südindien.
** Indischer Fürst.

»Nachrichten über die Mahratten?«

»Indirekt.« Pigot blickte ihn überrascht an. »Woher wissen Sie das?«

»Nehmen Sie eine blühende Siedlung wie Bombay, umgeben von Millionen feindlicher kriegerischer Stammesangehöriger, dann ist Ihnen klar, wo Sie den Unruheherd suchen müssen.«

»Ja. Ich vergaß: Sie hatten ja selbst Ihre Kämpfe mit den Mahratten.«

»Verschiedentlich. Es ist erst drei oder vier Jahre her, daß wir Tulagee Angrias Flotte bei Gheriah angriffen und vernichteten.«

»Aber nicht Gheriah selbst. Es hat immer noch seinen geschützten natürlichen Hafen.«

»Klar. Und Angrias Nachfolger haben das Fort prompt wieder aufgebaut. Außerdem haben sie eine neue Flotte von Gallivaten und Grabs* von Stapel gelassen, die noch immer eine Bedrohung für uns darstellt. Wir haben Glück, daß unsere Bombay-Marine im Augenblick stark genug ist, um alle derartigen Ambitionen im Keim zu ersticken. Wenn aber die Mahrattenflotte durch zwei französische Kriegsschiffe verstärkt würde?«

Kelso stellte sein Glas ab und beugte sich vor. »Dann wäre die Lage in der Tat ernst. Sind Sie deswegen an Bord gekommen, um mir das mitzuteilen?«

»Die Fregatte *Seahawk* lief letzte Woche hier ein, mit Depeschen für uns«, sagte der Gouverneur. »Als sie von Bombay nach Süden kreuzte, sichtete sie zwei Schiffe am Horizont. Tulliver, der Kommandant der *Seahawk*, hatte weder Zeit noch Lust zu Abenteuern und hielt deswegen genügenden Abstand. Er ging aber dicht genug heran, um festzustellen, was sie vorhatten. Es waren zwei französische Kriegsschiffe, die erst vor einer Woche aus Pondicherry aus-

* Indische Fahrzeuge mit Lateinersegel, ähnlich der arabischen Dhau.

gelaufen waren. Wir nahmen natürlich an, daß sie nach Frankreich zurückkehren würden, aber sie kamen von Südwesten und steuerten die Malabarküste an.«

»Ist Tulliver ihnen gefolgt?«

»Ja, so weit er konnte. Als er luvwärts von ihnen stand, kam er bis auf eine halbe Meile heran und identifizierte sie als die *Rouen*, eine Fregatte mit sechsunddreißig Kanonen, und den Dreidecker *Normandie*.«

»Ein Linienschiff und eine Fregatte, das genügt, um das Kräfteverhältnis vor Malabar erheblich zu verändern.«

»Das habe ich auch gedacht, und deswegen mußte ich Sie aufsuchen.«

»Ist er den beiden noch weiter gefolgt?«

»Ja, bis eine Meile vor der Küste. Zunächst stand er vor einem Rätsel, denn für einen Kurs in die Nähe von Bombay steuerten sie zu südlich, bis dann das Vorgebirge und das wieder aufgebaute Fort von Gheriah in Sicht kamen. Nun war ihm klar, was sie vorhatten.«

Kelso blickte über die Bucht und die palmenbestandene Küste, über die niedrigen grünen Hügel und die dazwischenliegenden Reisfelder. Er überlegte, was ihm dieses Land so liebenswert machte. Bestimmt waren es nicht die Reichtümer, denn mit geradezu puritanischer Beharrlichkeit hatte er alle Bestechungsgeschenke abgelehnt, die ihm die indischen Fürsten jeweils angeboten hatten. Es war auch nicht das Volk, denn trotz seiner Demut infolge tausendjähriger Unterdrückung fand er es schwächlich und wenig vertrauenswürdig. Bestimmt war es auch nicht das Klima, das die Hälfte der hier ansässigen Europäer umbrachte und die Überlebenden meist als gebrechliche Wracks nach Hause entließ. Vielleicht war es die Herausforderung durch diesen ungeheuer reichen, lasterhaften, entnervenden und verschwenderischen Subkontinent, eine Herausforderung, die so fähige und weitsichtige Männer wie die französischen Gouverneure Dupleix und Bussy besiegt und den Tod von

Hunderten, vielleicht auch Tausenden von Angestellten der Kompanie, von Schreibern, Agenten, Anwälten und selbst Ratsmitgliedern, verursacht hatte. Es war eine Herausforderung, der er nicht widerstehen konnte.

»Das sind schlechte Nachrichten«, sagte er schließlich. »Richard Bouchier in Bombay wird sehr besorgt sein.«

»Natürlich.«

»Vansittart in Fort William sollte gewarnt werden.«

»Halten Sie das für notwendig? Die Mahrattenflotte wird ihn in Kalkutta nicht bedrohen.«

»Aber wenn Vansittart in Bengalen seine Karten richtig ausspielt, könnte uns das in Bombay sehr hilfreich sein.«

Pigot nahm sein Glas wieder auf und füllte es erneut aus der Karaffe. »Ich kann Ihnen, offen gesagt, nicht ganz folgen.«

»Sie kennen die Mahratten genausogut wie ich«, sagte Kelso. »Sie sind Marodeure, aber keine Kolonisatoren. Sie tragen nicht das Geringste zur Entwicklung der von ihnen eroberten Gebiete bei. Vor ein paar Jahren bedrohten sie bekanntlich Kalkutta, wo es noch heute den Mahrattengraben gibt. Dann wandten sie sich nach Süden, und der größte Teil Zentralindiens ist jetzt in ihrer Hand. Da sie Marodeure sind, müssen sie ständig nach neuen Eroberungsmöglichkeiten Ausschau halten. Bouchiers Position in Bombay und Ihre hier in der Carnatic wäre längst nicht so sicher ohne die ausgleichende Macht der Afghanen im Norden. Chandra Nath, der Peshwa*, würde es sich sehr überlegen, jemals gegen die Briten zu kämpfen. Dazu ist er zu schlau.«

Pigot nickte. »Dank den Afghanen!«

»Ja. Sie sind ebenso stark und genauso blutdurstig wie die Mahratten, vielleicht sogar noch mehr als diese. Solange sie dort oben im Norden sitzen, wird Chandra Nath es keinesfalls riskieren, Bombay anzugreifen.«

* Fürst der Mahratten.

»Außer von See her. Wenn Chandra Nath nur halb so schlau ist, wie man allgemein annimmt, dann wird er sich von den Piraten aus Gheriah genauso distanzieren, wie er es zu Zeiten Tulagee Angrias getan hat. So kann er, während er offiziell mit uns von Poona aus freundliche Beziehungen unterhält, die Piraten moralisch unterstützen, ohne selbst aktiv in die Kämpfe einzugreifen.«

»Genau. Und so müssen wir die Lage sehen. Die Bedrohung von See aus, so ernst sie auch sein mag, ist etwas, dem wir begegnen können. Wenn die Mahratten jedoch ihre Landstreitmacht gegen uns einsetzen, dann werden wir erdrückt.«

»Aber wie soll Vansittart uns da helfen?«

»Indem er einen Gesandten zu Schah Abdali in Kandahar schickt. Seit Plassey unterhalten wir gute Beziehungen zu den Afghanen. Sie trauen uns, ich glaube, sie respektieren uns sogar. Wenn wir sie überreden können, einige ihrer Stammeskrieger an die Grenze vorrücken zu lassen, dann werden Chandra Nath alle Gelüste auf Bombay vergehen.«

Lächelnd blickte Pigot seinen Freund an, voller Zuneigung und Bewunderung. »Sie sind genauso verschlagen wie ein Inder, Kelso, das muß man Ihnen lassen, und ich meine das als Kompliment! Wer hätte gedacht, daß aus dem jungen Hitzkopf, der sich mit Aldercron und Perrin anlegte und mit all den anderen Lackaffen, die seinen Weg kreuzten, einmal ein so glänzender Diplomat würde?«

»Wir spielen mit hohem Einsatz«, erwiderte Kelso. »Niemand hatte das klarer erkannt als Robert Clive. Wenn ich gelernt habe, mit Herrschern wie Chandra Nath umzugehen, so verdanke ich das ihm.«

Der Gouverneur nickte und stand auf. »Sie haben sich einen guten Lehrmeister ausgesucht, Kelso. Man wird ihn hier in Indien vermissen, es sei denn, *Sie* nehmen seinen Platz ein. Ich vermute, das ist es, was das Direktorium im Sinn hat.«

»Niemand kann ihn ersetzen«, sagte Kelso mit Entschiedenheit.

Es war noch immer heiß, als sie zum Fallreep gingen, und wegen der jetzt tiefstehenden Sonne mußten sie ihr den Rükken zukehren.

»Sie laufen morgen aus?« fragte der Gouverneur.

»Morgen oder übermorgen, sobald wir Wasser und Proviant übernommen haben.«

»Dann essen Sie doch morgen mittag mit uns. So viel Zeit werden Sie übrig haben. Barbara würde sich bestimmt sehr freuen.«

»Nein, danke.« Kelsos Gesicht war wie üblich völlig ausdruckslos, und er deutete ein kleine steife Verbeugung an, um die schroffe Ablehnung ein wenig zu mildern. Es kam ihm nicht in den Sinn, sie zu begründen.

»Also nicht.« Wenn George Pigot sich beleidigt fühlte, so war er zu wohlerzogen, um es zu zeigen. »Dann sehen wir Sie hoffentlich bei Ihrer Rückkehr von St. Helena in fünf, sechs Wochen?«

»Falls ich nach St. Helena segle. Wegen der Neuigkeiten, die ich gerade von Ihnen erfahren habe, werde ich vielleicht Bombay anlaufen.«

»Können Sie den Konvoi allein lassen?«

»Ja. Fenton kann das machen. Es wird Zeit, daß er ein selbständiges Kommando bekommt. Die vierundvierzig Kanonen der *Protector* und die Achtzehnpfünder der Indienfahrer sollten genügen, um alles zu verscheuchen, was sich ihnen in den Weg stellt.«

»Und Sie würden auf die *Agamemnon* übersteigen?«

»Ja. Dann könnte ich in ein paar Tagen in Bombay sein.« Frei vom Konvoi, dachte er, frei von der *Cleopatra* und der weißgekleideten Gestalt, frei von jeder Versuchung.

»Wie ich hörte, ist Lady Susan an Land«, sagte Pigot, als habe er Kelsos Gedanken erraten.

»Kam sie nicht zu Ihnen?«

»Nein. Ich muß zugeben, es hat uns überrascht. Sie war doch eng befreundet mit Barbara.«

Kelso sagte nichts.

»Sie reist zurück nach England?«

»Ja.«

»Für wie lange?«

»Für immer. Sie wird nicht zurückkehren.«

»Das tut mir leid. Bedeutet das –?«

»Sie war fünf Jahre in Indien«, sagte Kelso, »lange genug für eine Frau.«

»Das mag stimmen. Nur hatte ich immer den Eindruck, daß sie das Land wirklich liebt, sogar Kalkutta. Alle Damen hier beneideten sie, sprachen ständig von Lady Susans Erfolgen.«

»Erfolgen?«

»Ja, ihren geschäftlichen Erfolgen. Verstehen Sie mich nicht falsch, Kelso: Ich habe nur Bewunderung für Lady Susan, Bewunderung und Neid.«

Als Kelso die Augenbrauen hob, fügte er hinzu: »Sie ist reich – durch ihre eigenen Verdienste. Das ist mehr, als ich je erreichen werde.«

Kelso nickte, als er seinem Freund die Hand reichte. »Ja, sie ist reich, die reichste Frau Kalkuttas, wie sie es selbst vorausgesagt hat.« Er legte die Hand schützend über die Augen und blickte über das glitzernde Wasser. »Und jetzt fährt sie nach Hause.«

2

Er paßte auf – auch wenn er es sich nicht anmerken ließ –, bis Susan zur *Cleopatra* zurückkehrte. Die beiden Kutter hatten jeweils zwei Fahrten gemacht, hatten Passagiere und Besatzung an Bord zurückgebracht. Als das Zwielicht der herannahenden Dämmerung bereits seinen matten Glanz über die ruhige See breitete, legte drüben die Kapitänsgig noch einmal ab und kehrte bald darauf mit Abercrombie und einem der jüngeren Offiziere zurück. Neben ihnen saß eine sehr hoheitsvoll aussehende Lady Susan. Kelso fragte sich vergebens, was wohl aus Pettigrew geworden war.

»Möchten Sie jetzt Ihr Abendessen, Sir?«

Überrascht wandte er sich um und sah Padstow, der ihn mit ausdruckslosem Gesicht anblickte. Kelso überlegte, wieviel sein Steward wohl wußte.

»Ich habe keinen Hunger. Haben Sie mir Obst mitgebracht?«

»Es liegt in Ihrer Kajüte, Sir. Mangos, die wir auch immer in Kalkutta hatten, ferner Birnen und Weintrauben.«

»Weintrauben? Wo haben Sie die denn her?«

»Aus dem Garten des Gouverneurs, Sir. Der Khitmugar* und ich haben eine Vereinbarung getroffen, nachdem ich ihm gesagt hatte, daß Sie und der Gouverneur alte Freunde sind.«

* Der oberste Diener.

Kelso schüttelte den Kopf und musterte seinen Steward mit strengem Blick. »Sie werden noch einmal ein böses Ende nehmen, Padstow. Was mich wundert, ist nur, daß es nicht schon längst dazu gekommen ist.«

»Aye, aye, Sir«, erwiderte Padstow fröhlich, salutierte und verschwand polternd nach unten.

Als die Dunkelheit hereinbrach, leuchteten die Lichter in den Häusern der Stadt auf, die noch vor einer Stunde stinkend und schwitzend unter einer glutheißen Dunstschicht gelegen hatte. Jetzt plötzlich verwandelte die Abendkühle den Ort in eine geheimnisvolle und romantische Stätte. Auch die Schiffe wurden erleuchtet, denn so dicht unter Land bestand keine Gefahr eines Angriffs. Durch die offenen Stückpforten, von den Decks und Heckgalerien der Indienfahrer glitzerten Laternen, tönte Musik und Gelächter über das stille Wasser.

Von der Querreling aus versuchte Kelso, Susan drüben in der Schar der Damen zu entdecken. Ältere Frauen waren darunter, auch jüngere. Einige, in Indien geboren, fuhren sicherlich zum ersten Mal nach England. Sie alle tanzten, sangen und flirteten in ihren hübschen Kleidern, das Haar aufgesteckt oder in Ringellöckchen herabfallend über weiße Schultern, über gewagte Dekolletés. Die Hände hielten sie niemals still. Sie klatschten, winkten, warnten, drohten oder gaben geschickt Signale mit ihren Fächern. Die Herren, die keineswegs zurückstehen wollten, verbeugten sich, lächelten, sangen, wenn sie darum gebeten wurden, während die Stewards in ihren weißen Jacken herumliefen mit Karaffen und Krügen, Wein oder Limonade anboten und natürlich die unvermeidlichen Süßigkeiten.

»Man scheint sich gut zu amüsieren, Sir«, bemerkte Fenton, als er zu dem Kommodore an die Querreling trat.

»Offenbar.«

»Nun, es ist ihnen zu gönnen. Schließlich ist es die letzte

Gelegenheit, die sich ihnen bietet. Bald genug werden sie auslaufen.«

»Ja.« Da er selbst als junger Offizier auf einem Ostindienfahrer gedient hatte, kannte Kelso die Spannungen und Rivalitäten, die sich auf einer langen Reise unter den Passagieren ergaben. Immerhin dauerte die Überfahrt von Kalkutta nach London rund neun Monate.

»Ist das dort nicht –?« begann Fenton, während er sein Glas auf die *Cleopatra* richtete. Offensichtlich verwirrt, brach er den Satz ab.

»Lassen Sie mich sehen.« Kelso nahm das Glas und blickte hinüber zu dem hell erleuchteten Ostindienfahrer. Sofort sah er Susan. Sie stand auf der Heckgalerie mit einem älteren Mann, anscheinend Abercrombie.

Also war jetzt der Kapitän persönlich ihr Begleiter. Das überraschte Kelso nicht. Wenn der König selbst an Bord gewesen wäre, hätte sie ihn zweifellos auch schon bezaubert.

Und doch schien sie dem Kapitän nicht allzuviel Aufmerksamkeit zu schenken. Während er lebhaft auf sie einredete, blickte sie unverwandt herüber zur *Protector.*

Kelso wandte sich ab und sagte: »Ich gehe nach unten. Gute Wache, Mr. Fenton!«

»Danke, Sir. Gute Nacht.«

Noch immer ärgerlich, stieg er die Niedergangstreppe hinunter. Ein Schiffsjunge, der gerade heraufkam, um die Lampen zu trimmen, erhielt einen scharfen Verweis, weil er im ersten Schrecken über das plötzliche Auftauchen des Kommodore seine Geräte fallen ließ.

Welch boshaftes Schicksal hatte es auch gefügt, daß Susan ausgerechnet die *Cleopatra* für ihre Heimfahrt auswählte, und was hatte ihn veranlaßt, von allen Schiffen des Konvois gerade diese neben seiner *Protector* fahren zu lassen? Wenn er gleich nach dem Passieren der Huglimündung die Segelorder geändert hätte, wie es ursprünglich seine Absicht gewesen war, wieviel Verdruß und Aufregung wäre ihm erspart geblieben!

Und doch mußte er zugeben: auch wenn er sich über Susan ärgerte, so war er doch um ihre Sicherheit besorgt wie eh und je.

Als er die Tür zu seiner Kajüte öffnete, kam ihm ein Schwall heißer Luft entgegen, geschwängert mit dem süßen Duft reifer Früchte. Ein Korb Mangos stand dort, ein anderer war voller Birnen und Weintrauben. Er schloß die Tür und warf seinen Rock auf die Koje, wobei ihn die Erinnerung überfiel an die Zeiten, die er mit Susan hier verbracht hatte, wie sie sich liebten, umspielt von der leichten Brise, die durch die offenen Pforten hereinwehte.

Das Obst war reif – überreif –, und die Schale einer Birne platzte unter dem Druck seiner Finger. Er aß eine und dann noch eine. Susan liebte Birnen, fiel ihm ein. Er erinnerte sich an eine Nacht in ihrem Haus in Loll Diggy, als sie nicht schlafen konnten. Zusammen hatten sie auf dem Bett gelegen, hatten geplaudert, gelacht, sich geküßt, sich geliebt. Zwischen den Augenblicken der Leidenschaft hatte sie sich entspannt und Birnen gegessen, ein Geschenk ihres Freundes, des schwarzen Zemindar.*

Kelso zog sein Hemd aus und füllte das Waschbecken mit lauwarmem Wasser, als seine Aufmerksamkeit von etwas Weißem zwischen den Mangofrüchten gefesselt wurde.

Noch während er hinüberging, um die oberste Lage der fleischfarbenen Früchte herauszunehmen, war ihm klar, was er finden würde.

»Padstow!« Er riß die Tür auf und rief so wütend nach seinem Steward, daß der Posten im Vorraum vor Schreck das Gewehr fallen ließ.

»Wie heißen Sie?«

»Cooney, Sir.«

* Indischer Steuerpächter zur Zeit der Mogulherrschaft.

»Holen Sie meinen Steward. Er soll sofort kommen!«

Dann trat er zurück in die Kajüte und schloß die Tür. Seine Hand zitterte vor Aufregung, als er den Korb am Henkel ergriff und vorsichtig auf den Tisch stellte. Es schien ihm endlos zu dauern, bis er das Klopfen an der Tür hörte. »Herein!«

»Sie haben nach mir gerufen, Sir – haben Sie Ihre Meinung wegen des Abendessens geändert? Ich habe Käse und Biskuit mitgebracht, für alle Fälle, auch ist noch kaltes Schweinefleisch in der Kombüse, obwohl ich das nicht empfehlen würde. Es gibt auch noch einen Rest Fleischpastete und Kaffee, wenn ich ihn auch erst wieder heißmachen müßte, was Sie ja nicht mögen, Sir.« Er machte eine Pause und fuhr dann strahlend fort: »Oder soll es ein Glas Portwein sein?«

»Padstow! Was ist das?« Kelso deutete auf den Umschlag mit den ihm wohlbekannten steilen Schriftzügen, die er anstarrte, als habe er eine giftige Schlange zwischen den Früchten entdeckt.

»Dies hier, Sir?« Padstow holte es vorsichtig hervor und hielt es gegen das Licht. »Das ist ein Brief, Sir, an Sie adressiert.«

»Wer hat ihn in den Korb gesteckt? Sie?«

»Ich, Sir? Warum hätte ich das tun sollen, wenn ich doch nur –«

»Antworten Sie, verdammt noch mal. Haben Sie ihn hineingesteckt?«

»Nein, Sir.«

»Wie kommt er dann dorthin? Antworten Sie! Der Korb ist noch so, wie Sie ihn gebracht haben?«

»Nicht ganz, Sir, wenn Sie gestatten.«

»Was meinen Sie damit?«

»Es waren mehr Früchte drin als jetzt, Sir. Ich hatte ihn bis zum Dollbord* gefüllt, und –«

* Oberkante eines Bootes

»Na gut, ich habe zwei Birnen herausgenommen. Der Brief war aber da, muß schon dagewesen sein, als Sie an Bord kamen.«

Padstows argloses Gesicht nahm einen Ausdruck konzentrierten Nachdenkens an, und es dauerte einige Augenblicke, bis er in einem Ton, als habe er nun des Rätsels Lösung gefunden, hervorbrachte: »Dann, glaube ich, muß er hineingesteckt worden sein, während ich an Land war.«

»Genau.«

»Oder als ich im Kutter zurückkam, Sir. Mr. Lill, der Bootssteurer, hat mich an einen der Riemen gesetzt, obwohl ich ihm sagte, daß ich als Steward meine Hände frisch und sauber halten müßte, um gleich das Abendessen für den Kommodore bereiten zu können. So konnte ich die Körbe nicht im Auge behalten, Sir. Sie standen im Heck neben Mr. Lill.«

Das war möglich, ja sogar wahrscheinlich. Zwar kannte er Padstow zu gut, um ihm alles zu glauben, was er sagte, aber Kelso mußte zugeben, daß Susan jeden Mann seiner Besatzung überreden konnte, ihm einen Brief zu übermitteln, wenn sie das wollte. Andererseits schien es abwegig, daß der Überbringer den Umweg über das Versteck im Korb wählen würde. Er hätte ihn doch Padstow oder dem Bootssteurer oder auch ihm selbst direkt übergeben können.

»Wo sind Sie hingegangen, als Sie an Land waren?«

»Nun, Sir, wie ich schon sagte, ging ich zum Garten des Gouverneurs und redete mit dem Khitmugar -«

»Gingen Sie geradewegs dorthin?«

»Sir?«

»Ich möchte wissen, ob Sie geradewegs zum Haus des Gouverneurs gingen. Sie können mir doch nicht erzählen, daß Sie die Früchte holten und dann die Körbe den ganzen Tag mit sich herumschleppten?«

»Nein, Sir, nicht ganz so.«

»Also, wie dann?«

»Ich holte das Obst später, Sir, nachdem ich einen Besuch gemacht hatte. Eine Freundin von mir, die sehr viel von mir hält – wenigstens behauptet sie das –, hatte mir das letzte Mal das Versprechen abgenommen, daß ich sie sofort besuchen würde, wenn ich wieder in Madras –«

»Nun gut, Sie gingen also zur Russischen Käthe. Und dann?«

»Nachdem ich meine fleischlichen Bedürfnisse befriedigt hatte, wie man das wohl nennt, ging ich meinen dienstlichen Pflichten nach und probierte verschiedene Weine, ob sie für den Gaumen eines Kommodore geeignet seien. Das waren sie nicht, also ging ich zum Basar, um Obst zu kaufen.«

»Haben Sie Lady Susan gesehen?«

»Sir?«

»Ich frage, ob Sie Lady Susan gesehen haben!«

»Nun, ja und nein, Sir, sozusagen.«

»Was, zum Teufel, heißt das?«

»Ich traf sie, Sir, und sie sah wunderschön aus, wenn ich so kühn sein darf, das auszusprechen. Sie trug das blaue Kleid, das sie auf der Hochzeitsreise anhatte.«

»Padstow!«

»Ja, Sir, und da ich genau wußte, was Sie mir eingeschärft hatten, grüßte ich, damit sie nicht denken sollte, ich hegte irgendeinen Groll gegen sie. Dann überquerte ich die Straße und ging zur anderen Seite hinüber.«

»Und?«

»Sie folgte mir, Sir, und das war nicht meine Schuld, obwohl ich mir gleich dachte, daß ich die Schuld dafür bekomme.«

»Konnten Sie denn nicht entkommen?«

»Nein, Sir. Das heißt, ich glaubte schon, ich sei klar von ihr, und ging zu einem Obststand, um Früchte zu kaufen.«

»Aber Lady Susan hat Sie eingeholt?«

»Ja, Sir, plötzlich sprach sie mich an, als ich gerade Mangos aussuchte. ›Guten Morgen, Padstow‹, sagte sie. ›Erzählen Sie mir nur nicht, daß Sie mich vergessen hätten.‹

›Gott segne Sie, Mylady‹, antwortete ich. ›Niemals würde ich das tun. Ich werde nie vergessen, wie Sie mich im Haus in Loll Diggy treppauf, treppab jagten, wie ich immer die Möbel umräumen mußte, oder den Morgen – es wurde gerade erst hell –, als Sie mich aus dem Mädchenzimmer herausholten.‹

›So, das also werfen Sie mir vor!‹ sagte Ihre Ladyship. ›Das ist der Grund, weswegen Sie nicht mit mir sprechen wollen.‹

›Nein, Mylady‹, sagte ich, ›ich habe nichts gegen Sie. Aber –‹

›Ja?‹

›Es ist der Herr, Madam, der Kommodore. Er hat gesagt, daß –‹

›Ja?‹

›Nun, Mylady, er hat gesagt, daß ich an Ihnen vorbeigehen soll, wenn ich Sie treffe.

›Ohne mit mir zu sprechen? Ohne sich zu erkundigen, wie es mir geht?‹

›Ja, das hat er gesagt, Mylady.‹«

Kelsos Gesicht blieb völlig ausdruckslos, während er sich die etwas wirre Erzählung anhörte, aber nicht, weil er ärgerlich war. Aus Erfahrung wußte er, daß alles, was Padstow sagte – besonders, wenn es um das Wohl oder Wehe seines Herrn ging – eine Padstow-Version der Wahrheit war. In der Schlacht war er ein beherzter Kämpfer, und bei mehr als einer Gelegenheit hatte er Kelso das Leben gerettet, aber in häuslichen Dingen war er ein hoffnungsloser Romantiker.

»Und was hat Lady Susan darauf geantwortet?«

»Nichts, Sir, nur schien sie sehr enttäuscht. Sie ließ es mich jedoch nicht entgelten, denn sie fragte mich freundlich, was ich kaufen wolle, und als ich sagte, Obst für den Kommodore, kam sie mit, um mir zu helfen.«

»Sie meinen, sie half Ihnen beim Aussuchen der Früchte?«

»Mehr als das, Sir. Lady Susan besorgte den ganzen Einkauf. Sie untersuchte jede einzelne Mango, ob sie nicht zu hart und nicht zu weich sei. Sie verhandelte mit dem Standbesitzer, bis er noch einige Birnen fand, alle frisch und fest, die er unter einem Tuch versteckt und angeblich vergessen hatte. Dann handelte sie den Preis herunter – Sie wissen ja, wie Ihre Ladyship handeln kann –, bis er die Früchte beinahe umsonst abgeben wollte.« Padstow lächelte bei der Erinnerung und schüttelte den Kopf. »Bemerkenswerte Dame, Lady Susan.«

»Sie kaufte also das Obst und ließ es in den Korb legen?«

»Ja, Sir. Dann drückte ich ihr meine Dankbarkeit aus – das durfte ich doch wohl, Sir, wo sie mir doch so sehr geholfen hatte und ging zu O'Caseys Taverne.« Hier unterbrach er plötzlich seinen Redeschwall und schlug sich mit einer theatralischen Geste gegen die Stirn. »Um Gottes willen, Sir! Dieser Brief – Sie glauben doch nicht etwa, daß es Ihre Ladyship war, die ihn in den Korb gesteckt hat?«

Kelso musterte ihn ruhig. »Das genügt, Padstow. Ich gehe jetzt schlafen. Wecken Sie mich um sechs.«

»Aye, aye, Sir.« Padstow wandte sich zögernd um, ging zur Tür und blieb dort noch einmal stehen. »Verzeihung, Sir . . .«

»Ja?«

»Wollen Sie den Brief nicht öffnen, Sir?«

»Um sechs, Padstow, und nicht eine Minute später!«

Als Padstow gegangen war, legte Kelso den Brief auf die Koje, so daß er ihn sehen konnte, während er sich auszog und wusch. Nackt setzte er sich dann auf einen Stuhl, streckte die Beine unter den Tisch und betrachtete den Brief aus sicherer Entfernung. Er war von Susan, daran bestand kein Zweifel. Er kannte das Papier des Umschlags, die Handschrift, ja selbst den schwachen, aber verführerischen Duft ihres Parfüms.

Zwanzig Minuten, wie er auf seiner Uhr feststellte, saß er dort und kämpfte gegen die Versuchung. Aber er gab nicht nach: Der Brief blieb ungeöffnet.

Dann nahm er ihn mit einem Seufzer, gemischt aus Eigenlob und Bedauern, zerknüllte ihn und warf ihn durch die offene Pforte.

3

See und Himmel schlossen sie ein, an Steuerbord, an Backbord, voraus und achteraus. Beide trafen sich in der kaum erkennbaren Linie des Horizonts. Manchmal, wenn sie allein segelten, hatte Kelso das Empfinden, als steckten sie in einem blauen Futteral, einem Kokon, der sie völlig umschloß in dieser Welt aus Wind und Wellen, in der es nichts gab als Möwen, Tölpel* und fliegende Fische. Selbst jetzt, mit fünf schwerfälligen Ostindienfahrern an Backbord und der eleganten, schlanken *Agamemnon an* Steuerbord, die leicht wie ein Korken durchs Wasser glitt, den schnittigen Bug bald hoch erhoben, bald tief im Wellental, empfand er die Einsamkeit und den Frieden.

Susan hatte das verstanden, wenn sie es auch nicht hinnahm.

»Die See ist deine Geliebte!« hatte sie ihm während ihres letzten, zerrüttenden Streits in Kalkutta entgegengeschleudert, und damit hatte sie recht. Er wußte es selbst und erkannte es an, während er gleichzeitig Susan wegen ihrer Skrupellosigkeit und ihres Ehrgeizes verurteilte.

Bald mußten sie über Stag gehen und Kurs ändern. Er blickte hinauf zur Takelage und spürte den Wind im Gesicht. Er sah die prallen Segel, das gelegentliche Killen des Bramschothorns, wenn der Rudergänger zu hoch an den

* Der Weißbauchtölpel, ein Seevogel.

Wind ging. Eine steife Brise wehte aus Südwest, zu stark, um zu wenden. Zögernd sagte er zum Kommandanten: »Bitte lassen Sie halsen, Mr. Fenton.«

Den ganzen Tag, ja die ganze Zeit, seit sie Kap Comorin*, umrundet hatten, wurden sie von widrigen Winden heimgesucht. Anstatt den 75. Längengrad zu erreichen, wie Kelso gehofft hatte, stampften sie noch immer dicht unter der Malabarküste herum. Wenn die Windrichtung sich nicht bald änderte, würde es eine lange, beschwerliche Reise werden.

»Klar zum Halsen!«

»Brass lebend achtern!«

Als die *Protector* vor den Wind drehte, blickte er, beinahe gegen seinen Willen, zum Heck der *Cleopatra* hinüber. Sofort entdeckte er die einsame Gestalt, die sich, gekrümmt wie ein Fragezeichen, an der Reling festhielt. Er fragte sich, wie lange sie dort wohl noch stehen würde, um ihn zu quälen.

»Es geht nur langsam vorwärts, Sir«, bemerkte Fenton, nachdem er sich vergewissert hatte, daß alle Schiffe des Konvois auf dem neuen Kurs und auf ihrer richtigen Position lagen.

»Zu langsam für meinen Geschmack. Ich möchte möglichst rasch nach Bombay.«

»Sie könnten doch jetzt umsteigen, Sir. Wir haben Comorin hinter uns und sind weit genug von der Küste entfernt.«

»Nein, ich möchte bis zu den Malediven** an Bord bleiben. Wir können noch immer einer Piratenflotte der Mahratten begegnen.«

Zweifelnd schüttelte Fenton den Kopf. »Wir sind doch weitab von Gheriah, Sir.«

»Aber noch immer nahe genug, um auf eine Patrouille der Mahratten zu treffen.« Als Fenton nicht antwortete, fügte

* Die Südspitze Indiens.
** Inselgruppe im Indischen Ozean.

Kelso hinzu: »Die haben sich niemals gescheut, auf hoher See zu jagen. Sie wissen selbst, wie oft wir sie westwärts der Lakkadiven* und noch weiter westlich gesichtet haben.«

»Ja, Sir, aber –«

»Jetzt, da die Mahrattenflotte durch zwei französische Kriegsschiffe verstärkt worden ist, werden diese Piraten noch dreister sein. Bestimmt brennen sie darauf, ihre Stärke zu demonstrieren.«

»Wir können selbst einiges an Stärke vorweisen, Sir, auch wenn *die Agamemnon* nicht mehr dabei ist.«

Lächelnd nickte Kelso. Es tat ihm leid, Fenton zu enttäuschen, der verständlicherweise darauf brannte, endlich ein selbständiges Kommando auszuüben, aber andererseits war er verantwortlich für die Sicherheit des Konvois – und besonders für die Sicherheit einer Person, einer einsamen Gestalt auf einem der Schiffe. Aber war die Entscheidung wirklich so einfach, wie es den Anschein hatte?

»An Deck! Segel an Steuerbord voraus!«

Der Ruf aus dem Vortopp riß ihn aus seinen Gedanken. Mit dem Glas suchte er in der angegebenen Richtung den Horizont ab und entdeckte eben achteraus von der *Agamemnon* an der Kimm einen Fleck, der möglicherweise das Bramsegel eines Rahseglers sein konnte.

Durch die trichterförmig vorgehaltenen Hände rief er: »Vortopp! Was können Sie ausmachen?«

»Kann es noch nicht sagen, Sir. Der Rumpf ist unter der Kimm, aber ich glaube, es ist ein Kriegsschiff. Könnte eine Fregatte sein.«

»Was für einen Kurs steuert sie?«

»Genau auf uns zu, Sir. Kurs Südsüdost.«

»Gut. Melden Sie es, wenn der Rumpf zu sehen ist.«

Ein Kriegsschiff! Er spürte die Beschleunigung seines Pulses. Jeder Mensch wäre genauso erregt gewesen wie er bei

* Inselgruppe nördlich der Malediven.

der Aussicht auf einen Kampf. Nach dem ermüdenden Kreuzen Tag für Tag, Wenden und Halsen, je nach Windstärke, stets unter der glühenden Sonne, hätte das immerhin eine Abwechslung bedeutet. Gewiß war ein Gefecht kaum zu erwarten, da nur ein einziges Schiff gesichtet worden war und, wie schon Fenton gesagt hatte, der Konvoi eine beachtliche Kampfkraft darstellte. Aber die Meldung des Ausgucks lautete: Rumpf noch unter der Kimm! Wer mochte wissen, was sich sonst noch hinter dem Horizont verbarg?

»Mr. Stredwick! Setzen Sie Signal ›Unerkanntes Schiff an Steuerbord‹«, befahl Fenton.

Zwar schien unwahrscheinlich, daß es die Ausguckleute der anderen Fahrzeuge nicht ebenfalls gesichtet hatten, aber es war immerhin möglich. Auf alle Fälle gehörte es zum Aufgabenbereich des Flaggschiffes, die übrigen Fahrzeuge des Konvois zu informieren.

»Der Rumpf ist jetzt zu sehen, Sir«, kam der Ruf des Ausgucks aus dem Vortopp. »Es ist eine Fregatte, Sir, sieht aus wie eine von uns. Könnte die *Seahawk* aus Bombay sein.«

Eine in Indien gebaute Fregatte also, die die junge Bombaywerft erst kürzlich verlassen hatte. Sie war die letzte Verstärkung der sich vergrößernden, aber noch immer unzulänglichen Marine der Ostindischen Kompanie.

»Ist sie allein?« fragte Kelso.

»Scheint so, Sir. Am Horizont ist sonst nichts auszumachen.«

Kelso sah sie jetzt auch, obwohl von Deck aus nichts weiter zu erkennen war als ein rechteckiges Segel, das sich kaum von der Kimm abhob. Fast war er versucht, zum Großtopp aufzuentern, was jeder Kadett oder Fähnrich mit Begeisterung getan hätte. Aber er haßte die Höhe, auch fürchtete er, daß es ihn in den Augen der Besatzung als alten Mann abstempeln könnte, wenn er durch das Mannloch, das sogenannte Soldatengatt, zum Mars steigen würde, statt außen herum über die gefährlicheren Püttings* zu klettern. Vielleicht war er das wirklich mit seinen dreißig Jahren, davon fünfzehn im Dienst der Kompanie, und nach mehr Gefechten und Schlachten, als er aufzählen konnte. Susan, ein Jahr älter als er, hatte ihm immer gesagt, er sei jung – »naiv« war ihr Ausdruck. Sein Idealismus, sein übertriebenes Gerechtigkeitsgefühl und sein Wahrheitsfanatismus seien, wie sie sagte, Zeichen von Unreife.

»Was tut sie wohl hier auf diesem Kurs, Sir?« fragte Fenton, der zu Kelso an die Luvreling getreten war.

»Ich weiß nicht. Wenn sie auf Patrouillenfahrt ist, befindet sie sich sehr weit südlich.«

»Und steuert noch immer Südkurs. Meinen Sie, daß sie uns sucht?«

»Wir werden es bald wissen.«

Tatsächlich konnte man nach einer Stunde die *Seahawk* – denn beim Näherkommen stellte sich heraus, daß sie es wirklich war – mit dem bloßen Auge klar erkennen, und nach einer weiteren Stunde drehte sie in Rufweite bei. Sie sahen den Kommandanten mit dem Megaphon an die Backbordreling gehen und hörten über das Wasser seine hohe, beinahe feminin klingende Stimme.

»Kommodore Kelso, Sir?«

»Ja.« Kelso hob den Arm.

»Tulliver, Sir, Kommandant der *Seahawk*. Erbitte Erlaubnis, an Bord zu kommen.«

»Erlaubnis gewährt, Kapitän. Freue mich, Ihre Neuigkeiten zu hören.«

Sie sahen, wie die Kapitänsgig zu Wasser gelassen wurde und wie Tulliver, ein Neuling in Indien, den sie noch nicht kannten, vorsichtig über das Seefallreep hinunterkletterte. Er zögerte einen Augenblick, bevor er einen Fuß aufs Dollbord setzte und dann endlich hinübersprang. »Ein feiner Pinkel,

* Verbindungsleitern, die vom oberen Ende des Wants zu Mars und Saling führen. Sie werden mit dem Rücken nach unten durchstiegen.

hat Angst, nasse Füße zu bekommen«, hörte Kelso die Bemerkungen der Deckswache. Tulliver saß aufrecht und mit im Schoß gefalteten Händen im Heck des Bootes, während er die kurze Strecke zur *Protector* herübergerudert wurde.

»Willkommen an Bord!« begrüßte ihn Kelso, als Tulliver durch die Relingspforte trat, salutierte und mit einer seltsam femininen Bewegung sein Halstuch an die Lippen drückte.

»Verzeihung, Sir«, sagte er, »aber ich bin nicht ganz seefest – in kleinen Booten«, fügte er rasch hinzu.

»Sie haben mein vollstes Mitgefühl, Kapitän«, erwiderte Kelso. »Kommen Sie, wir gehen hinunter in meine Kajüte.«

»Danke, Sir – und wenn ich ein Glas Wasser haben könnte.«

»Natürlich, wenn Sie nicht Rum oder Wein vorziehen.«

»Nein, danke, Sir.« Tulliver hatte Mühe, mit Kelso Schritt zu halten. Schließlich fuhr er fort: »Meine religiöse Überzeugung, Sir, schließt den Genuß von Alkohol aus. Ich hoffe, Sie verstehen das.«

»Ich respektiere jedes Menschen Überzeugung und verstehe es, wenn er sich strikt danach richtet«, antwortete Kelso. »Obwohl mir scheint, daß Sie als Antialkoholiker den falschen Beruf gewählt haben.«

»Schon mein Vater war Seemann, Sir.«

Sie trafen Fenton, der Wache hatte, auf dem Achterdeck, und Kelso mußte unwillkürlich lächeln, als er dessen Gesichtsausdruck sah. Obwohl sein Auftreten nach außen hin korrekt und höflich war, spürte Kelso doch, daß er sich innerlich fragte, wo die Marine hingekommen sei.

»Ich möchte, daß Kapitän Fenton Ihre Neuigkeiten mitanhört«, sagte Kelso, »wenn Sie nichts dagegen haben.«

»Nein, keineswegs, Sir. Ich bin sicher, daß Kapitän Fenton sie höchst interessant finden wird«, erwiderte Tulliver und wurde ein wenig rot dabei.

»Gut.« Kelso nickte Fenton zu. »Kommen Sie mit nach unten, Mr. Fenton. Armitage kann die Wache übernehmen.«

In der Kajüte, einem Raum, der von der Messe abgeschottet und zu Dreiviertel durch Koje, Seekiste, Tisch, zwei Stühle und einen der Achtzehnpfünder gefüllt war, machten sie es sich so bequem wie möglich. Padstow, dessen Erstaunen viel stärker zu erkennen war als Fentons, nahm ihre Aufträge entgegen.

»Bordeaux«, wiederholte er, »für Kapitän Fenton und für Sie, Sir. Und für diesen Herrn?«

»Wasser«, sagte Kelso in bestimmtem Ton.

Der Kommandant der *Seahawk* hatte sich noch immer nicht ganz erholt, und seine Gesichtsfarbe wechselte erschreckend von Weiß zu einem grünlichen Grau, als Padstow den Becher mit trübem, schaumigem Wasser vor ihn hinstellte.

»Danke«, sagte er mit schwacher Stimme. »Vielleicht –«

»Möchten Sie zur Toilette?« fragte Kelso.

»Ja, bitte, Sir.«

Wohl zehn Minuten oder noch länger blieb er draußen, während Kelso und Fenton ohne irgendeine Bemerkung in der engen Kajüte warteten. Es wurde immer heißer, das Schweigen lastete drückend auf ihnen.

»Entschuldigung, Sir«, ließ sich Tulliver bei seiner Rückkehr vernehmen.

»Keine Ursache, Kapitän«, sagte Kelso höflich. »Es tut mir leid, daß Sie sich so quälen müssen.«

»Ich habe mir von meinem Arzt in St. James eine Arznei geben lassen, die sehr wirksam war. Leider finde ich in Bombay niemanden, der etwas von solchen Dingen versteht.«

Kelso und Fenton tauschten Blicke und dachten an Maloney, den Kompaniearzt, der – wenn er nüchtern war – sich besser auf eine Amputation verstand als auf Arzneien, und an die indischen Ärzte, die manchmal mit ihren mysteriösen Verfahren erstaunliche Heilerfolge erzielten. Aber auch sie kannten wohl kaum ein Mittel gegen Seekrankheit.

»Nun, Kapitän, was bringen Sie für Nachrichten?«

Tulliver setzte sich gerade hin, auf die äußerste Kante seines Stuhls, und begann dann im Ton eines Schuljungen, der etwas Auswendiggelerntes aufsagt, mit seiner Geschichte.

»Vor fünf oder fast sechs Wochen sollte ich Kurierpost nach Madras bringen. Zwei Tage nach dem Auslaufen aus Bombay sichtete der Ausguck im Vortopp zwei Schiffe an der Kimm.«

»Die sich als die *Rouen* und die *Normandie* herausstellten, unterwegs von Pondicherry zurück nach Frankreich, wie wir vermuteten«, sagte Kelso.

Im nächsten Augenblick tat es ihm leid, als er Tullivers enttäuschten Gesichtsausdruck sah. »Sie wissen es bereits, Sir!«

»Wir haben vor zwei Wochen Fort St. George angelaufen«, sagte Kelso. »Gouverneur Pigot teilte es uns natürlich mit.«

»Natürlich. Ich habe das ganz vergessen.«

»Es war ein Glück, daß Sie die beiden gesichtet haben«, bemerkte Kelso, »und sehr gut, daß Sie unter den gegebenen Umständen beschlossen, nicht anzugreifen.«

»Angreifen, Sir!« rief Tulliver entsetzt aus. »Es waren zwei, Sir, eins davon ein Linienschiff.«

Wie unter Zwang tauschten Kelso und Fenton wiederum Blicke. »Genau.«

»Ich nehme an, Gouverneur Pigot hat Ihnen auch gesagt, Sir, daß ich den beiden gefolgt bin?«

»Ja, in sicherer Entfernung«, entgegnete Fenton trocken. Dies war seine erste Beteiligung am Gespräch.

Unsicher blickte Tulliver ihn an, als überlege er, ob er das als Beleidigung auffassen solle, kam dann aber zu dem Entschluß, es besser zu überhören, und fuhr fort: »Sie segelten auf Ostkurs, Sir, oder um genau zu sein, Ostnordost. Ich vermutete, daß sie vor der Malabarküste patrouillieren wollten, um vielleicht einen unserer Geleitzüge zu erwischen oder sogar ein einzelnes Schiff wie meines, bevor sie ihre Fahrt nach Frankreich fortsetzten.«

»Eine plausible Annahme«, bemerkte Kelso, »obgleich die beiden keinen Versuch machten, Sie anzugreifen?«

»Nein, Sir, und das wunderte mich, denn schließlich haben sie keine Basis an der Malabarküste, oder wenigstens glaubte ich das. Sie konnten auch ihre Heimreise nicht zu lange verzögern.«

»Und so folgten Sie ihnen bis zur Mahrattenfestung Gheriah, wenn ich richtig informiert bin?«

»Stimmt, Sir. Ich weiß nicht, ob Sie diesen Hafen kennen, Sir. Es ist ein natürliches Hafenbecken, von Bergen eingeschlossen, Ein Fort, erst kürzlich errichtet, und Sandbänke, die eine Annäherung äußerst riskant machen für jeden, der die Durchfahrt nicht kennt.«

»Eine ausgezeichnete Beschreibung«, bemerkte Kelso.

Fenton hustete und fügte in seinem üblichen trockenen Ton hinzu: »Der Kommodore war Kommandant der *Paragon* unter Admiral Watson und Oberst Clive, als der Hafen erobert und das alte Fort zerstört wurde. Damals saß Tulagee Angria noch dort.«

»Dann müssen Sie ja diese Schwierigkeiten besser kennen als sonst irgend jemand, Sir«, sagte Tulliver zu Kelso. Er schien Fentons Verblüffung über diese Unkenntnis indischer Angelegenheiten gar nicht zu bemerken.

»Nun«, sagte Kelso, »ich bin Ihnen dankbar für Ihre Version dieses Vorkommnisses. Es ist klar, daß wir unsere Wachsamkeit verdoppeln müssen. Sobald ich diesen Konvoi auf den Weg gebracht habe, werde ich nach Bombay segeln.«

»Ja, Sir.« Tulliver musterte mit offensichtlichem Widerwillen den Becher Wasser, der noch unberührt vor ihm stand. Nach einigem Zögern schloß er die Augen und nahm einen winzigen Schluck. Über ihnen schlug die Schiffsglocke sechs Glasen*, und Armitage, der sich bemerkbar machen wollte, rief dem Bootsmann irgendeinen Befehl zu. Backgebraßt stampfte die *Protector* in der Dünung.

»Sie können sich meine Überraschung vorstellen, Sir«, fuhr Tulliver fort, wobei er sich mit dem Taschentuch die Lippen abtupfte, »als ich vor zwei Tagen die französischen Schiffe wiedersah.«

»Was?« Kelso, der gerade Fentons Glas nachfüllte, richtete sich so jählings auf, daß er mit dem Kopf gegen den Decksbalken stieß.

»Sir!« rief Tulliver erschrocken und sprang auf. »Sind Sie verletzt?«

»Alles in Ordnung, verdammt!« erwiderte Kelso. »Sie sagten, Sie sahen sie wieder?«

»Ja, Sir. *Rouen* und *Normandie,* zusammen mit einer ganzen Flotte von Grabs und Gallivaten.«

Kelso vergaß seinen schmerzenden Kopf und den Wein, den er verschüttet hatte, während er die Neuigkeit erwog. Wenn die französischen Schiffe zusammen mit ihren indischen Bundesgenossen schon auf der Jagd waren, dann war kein britisches Schiff in diesen Gewässern mehr sicher.

»Wo haben Sie sie gesichtet?«

»Hundert Meilen nordnordöstlich von hier, Sir, dicht bei Kap Comorin.«

»Welchen Kurs steuerten sie?«

»Genau Süd, Sir.«

»Süd? Dann können sie also nicht mehr weit weg sein.«

»Außer, wenn sie das Kap runden wollten, Sir«, warf Fenton ein, »um dann zur Koromandelküste weiterzusegeln.«

Kelso nickte. Er war sich klar darüber, daß er rasch eine wichtige Entscheidung treffen mußte. Es ergab sich leider, daß die Franzosen und Mahratten zusammen das Gleichgewicht der Kräfte erheblich störten und die mühsam gewon-

* In diesem Fall elf Uhr vormittags.

nene Stabilität im Süden bedrohten, so kurzfristig und inoffiziell ihr Bündnis auch sein mochte. Was noch schlimmer war: Aus dieser Nachricht konnte man nicht schließen, wo sie zuzuschlagen beabsichtigten. In ihrer augenblicklichen Stärke konnten sie ungestraft auftreten, wo sie wollten, und den englischen Schiffsverkehr angreifen, sei es im Indischen Ozean, sei es im Süden vor der Malabarküste oder, nach Umrundung von Kap Comorin, vor der Koromandelküste. Als Kommodore mußte Kelso entscheiden, womit am wahrscheinlichsten zu rechnen war.

»Auf welche Entfernung haben Sie die Schiffe gesehen?« fragte er.

»Fünf Meilen, Sir, vielleicht auch weniger. Wir sichteten sie bei Sonnenaufgang, und, wie Sie sich denken können, es war ein ziemlicher Schreck für uns.«

Kelso betrachtete ihn nachdenklich und fragte sich, ob er vor neun Jahren, als er gerade das Kommando auf der *Paragon* übernommen hatte, in einer ähnlichen Situation auch erschrocken gewesen wäre. »Und wo waren Sie?«

»In Luv, Sir – zum Glück. Sie können sich vorstellen, daß es nicht lange dauerte, bis wir weg waren.«

»Allerdings!«

»Ja, Sir. Mit halbem Wind und unter vollen Segeln waren wir schnell außer Sichtweite.«

Kelso sagte nichts, obwohl er aus Fentons betontem Räuspern spürte, daß dieser mit Tullivers Verhalten nicht einverstanden war. Er zog einen Vorwurf in Betracht oder wenigstens eine milde Ermahnung, entschied sich dann aber dagegen angesichts der Tatsache, daß Tulliver in Indien und im Kompaniedienst neu war und es unfair gewesen wäre, ihn gleich zu verurteilen.

»Sie segelten also nach Süden«, sagte er, »bis Sie entkamen, und dann –?«

Tulliver zögerte und wurde rot. »Ich behielt südlichen Kurs bei, Sir, um das Risiko eines weiteren Zusammentreffens mit einer so gewaltigen Streitmacht zu vermeiden. Heute morgen, wie Sie wissen, hatte ich das Glück, Ihren Konvoi zu sichten.«

Kelso nickte und erklärte dann milde: »Sie sind neu hier, Kapitän, und müssen unsere Verhaltensweise erst kennenlernen. Aber ist Ihnen nicht aufgegangen, daß unser Schiffsverkehr im Norden immer mehr entblößt wurde, je weiter Sie nach Süden segelten?«

Tulliver schluckte, ergriff seinen Wasserbecher, setzte ihn aber ohne zu trinken wieder ab. »Natürlich, Sir. Ich hoffe, Sie nehmen nicht an – ich meine, ich war bereits im Begriff, Kurs zu ändern, als mein Ausguck Ihre Anwesenheit meldete.«

»Sehr gut.« Kelso kam zu dem Schluß, daß er den jungen Mann genügend gewarnt hatte. Obgleich er es für erforderlich hielt, Tullivers Verhalten künftig zu überwachen, gab es für ihn im Augenblick doch wichtigere Dinge zu überlegen. Auch Fenton schien sich darüber im klaren zu sein.

»Wenn wir nur wüßten, warum sie nach Süden segelten, Sir«, sagte er, »dann wäre es leichter, Pläne zu machen. Wenn sie zur Koromandelküste wollten –«

»Das wollten sie nicht«, erwiderte Kelso, »wenigstens glaube ich das nicht.« Er erklärte es Fenton, oder vielleicht dachte er auch nur laut nach, wie es ihm im Lauf der Jahre zur Gewohnheit geworden war. »Es wäre ein zu großes Risiko – zumindest, bis sie ihre Kampfkraft wirklich erprobt haben. Pigot hat dort in Madras die *Thermopylae* und die *Maid of Kent* sowie die Mörserkutter. Auf alle Fälle wäre dort wenig für sie zu gewinnen, wenn sie das vielleicht auch nicht wissen. Und dann müßten sie noch das Spießrutenlaufen durch unsere gesamten Malabarstreitkräfte bei ihrer Rückkehr in Kauf nehmen.«

»Wo segeln sie dann Ihrer Meinung nach hin, Sir?«

»Bestenfalls«, sagte Kelso, »unternehmen sie lediglich eine Patrouillenfahrt und hoffen vielleicht, dabei auf einen alleinsegelnden Ostindienfahrer zu stoßen. Wenn das der Fall wäre, hatten sie möglicherweise ihren südlichsten Punkt gerade erreicht.«

»Und schlimmstenfalls?«

»Suchen sie uns.«

Fenton dachte einen Augenblick nach und sagte dann lächelnd: »Nun, wenn sie uns finden, Sir, werden sie feststellen, daß wir ein größerer Bissen sind, als sie schlucken können. Wie ich schon heute morgen sagte, können wir eine anständige Kampfkraft vorzeigen.«

»Vorausgesetzt, der Konvoi macht den richtigen Gebrauch davon.«

»Sir?«

»Sie wissen so gut wie ich, Fenton, daß ein schwerbeladener Indienfahrer ein gutes Ziel für die Mahratten ist, trotz seiner überlegenen Feuerkraft. Ein paar Grabs gehen längsseits, die Gallivaten und jetzt auch die französischen Kriegsschiffe feuern wild drauflos, und dann schwärmen Hunderte von halbnackten Kriegern über das Deck. Es muß schon ein sehr energischer Kapitän und eine standfeste Besatzung sein, um ihrer Herr zu werden.«

»Die Schiffe dieses Konvois werden einen guten Kampf liefern«, betonte Fenton. »Dafür lege ich meine Hand ins Feuer.«

Lächelnd erhob sich Kelso. »Ich hoffe, Sie werden keine Gelegenheit bekommen, das unter Beweis stellen zu müssen. Auf jeden Fall würde ich so viel Segel setzen wie nur irgend möglich.«

»Bedeutet das, Sir –«

»Ich steige auf die *Agamemnon* über, wie ich ohnehin vorhatte, und segle auf dem schnellsten Weg nach Bombay.«

»Sie wollen nach Norden, Sir?« fragte Tulliver besorgt. »Ist das nicht gefährlich?«

»Das Leben in der Marine ist immer gefährlich, Kapitän«,

erwiderte Kelso, »wie Sie bald feststellen werden. Aber keine Sorge, Sie bleiben mit der *Seahawk* hier beim Konvoi, um den Geleitschutz zu verstärken. Sie gehen unter Kapitän Fentons Kommando mit bis zu den Malediven.«

4

Bombay hatte sich verändert seit jenen Tagen – war es wirklich erst vor vier Jahren? –, als er mit Robert Clive und Admiral Watson von hier aus aufgebrochen war, um die Bedrohung durch die Mahrattenpiraten für immer zu beseitigen. Wie jung er damals noch gewesen war . . . Er erinnerte sich, daß die staubige Straße, die er jetzt vom Hafen heraufschritt, wobei er geistesabwesend die Grüße der Seeleute und rotröckigen Soldaten des 39. Infanterieregiments erwiderte, damals durch dichten Dschungel führte. Die Gräben an beiden Seiten, in denen bei heftigen Monsunregengüssen das Wasser abfloß, waren stets gefüllt mit verwesendem Unrat, oft genug auch mit den Leichen armer Inder. Jeder anständig gekleidete Mann ging vorsichtig in der Mitte der Straße, die Hand griffbereit am Degenknauf.

Jetzt waren auf beiden Seiten Wohnhäuser, Läden und, weiter unten beim Hafen, ein paar Kneipen und andere Spelunken.

»Kommodore Kelso! Willkommen in Bombay, Sir.« Ein Kaufmann, an dessen Gesicht er sich vage erinnerte, rief mit grüßend erhobener Hand aus seiner Sänfte. Zwei europäische Damen mit ihren Dienerinnen, die gerade aus Abigail Palmers Modesalon kamen, blieben stehen und betrachteten ihn mit unverhohlener Neugier. Zwei kleine Jungen unterbrachen ihr Spiel, um ihn anzustarren, und eine junge Inderin, kaum älter als vierzehn, ließ ihren Sari klaffen, um ihren fast noch kindlichen Körper anzubieten. Neben ihm her kroch ein Bettler auf seinen Beinstümpfen.

»Wache raus!« hörte er den Unteroffizier rufen, als er den offenen Platz vor dem Fort überquerte.

Aber der Paradeplatz hinter den Kasernen und dem Gefängnis hatte sich kein bißchen verändert, und es war für Kelso fast wie Heimkommen, als er das riesige, staubige Gelände sah, wo jetzt, eine Stunde nach dem Hellwerden, die Soldaten exerzierten. Gewehre wurden inspiziert, Geschütze gereinigt. Selbst ein Delinquent war da, der mit nacktem Oberkörper zu einer Geschützlafette geführt wurde, wo er in den nächsten Minuten, ans Rad gefesselt, die neunschwänzige Katze zu spüren bekommen würde, die der Korporal bereits in der Hand hielt.

»Kommodore!« Ein junger Stallmeister, völlig verwirrt durch das plötzliche Auftauchen des großen Mannes, verbeugte sich entschuldigend. »Wir haben Sie nicht so früh erwartet.«

»Macht nichts. Ist der Gouverneur in seinem Dienstzimmer?« Während Kelso die Treppen hinaufstieg, dachte er voller Wehmut an die alten Tage, als Robert Clive noch hier war und ihn begrüßt hatte, und sein alter Freund und Gönner, Kommodore James.

Jetzt war nur noch Richard Bouchier, der Gouverneur, übrig. »Tut mir leid, Sir, aber der Gouverneur ist unpäßlich. Er wird aber bald hier sein, besonders jetzt, seit er weiß, daß Sie in Bombay sind.«

»Danke.«

»Kann ich Ihnen eine Erfrischung anbieten, Sir, einen Bordeaux? Der Gouvemeur hat auch vorzüglichen Madeira.«

»Danke, nein.«

Der junge Mann folgte ihm in den Empfangsraum, wobei er sich noch immer verbeugte und sich die Hände rieb. Vielleicht mehr aus Neugier als aus dem Bestreben, Konversation zu machen, sagte er: »Sie haben uns überrascht, Sir, das muß ich gestehen. Als der Hafenkommandant uns mitteilte, daß die *Agamemnon* in der Morgendämmerung eingelaufen sei, dachten wir nicht, daß der Kommodore an Bord wäre.«

»Es hat nichts zu bedeuten.«

Die Luft in dem Raum mit seinem schönen Blick über den Hafen war zum Ersticken, obgleich vermutlich auf ein Zeichen des Stallmeisters die Punkah* in Betrieb genommen worden war, als sie eintraten. Im nächsten Augenblick erschien ein Bediensteter, um die Fenster zu öffnen.

»Kann ich Ihnen wirklich nichts bringen, Sir?«

»Nein, danke.« Kelso lächelte über den Eifer des jungen Mannes. »Ich bin vollauf zufrieden und werde warten, bis der Gouverneur kommt.«

Zu warten, zu denken: Das war die Schwierigkeit. Obwohl ein halber Tag und eine Nacht vergangen waren, seit er den Konvoi verlassen hatte, konnte er nicht einen einzigen Augenblick vergessen, daß er Susan niemals wiedersehen würde. Sie hatte noch immer dort an der Backbordreling gestanden, als Padstow das Gepäck in die wartende Gig hinunterließ, aber erst, als er sich umwandte und seinem Steward ins Boot folgte, schien sie zu begreifen, was vorging.

Da rannte sie nach vorn zu einem der männlichen Passagiere – zufällig war es Pettigrew – und schien ihn zu fragen, was der Kommodore vorhabe. Ob sie eine zufriedenstellende Antwort erhielt oder nicht, würde er niemals erfahren, denn sie rannte wieder nach achtern, völlig verstört, und beugte sich so weit über die Reling, daß er fürchtete, sie würde über Bord fallen.

Das letzte, was er von ihr sah, war ein weißer Fleck, aus einer Entfernung von einer halben Meile noch zu erkennen, und doppelt so weit durch sein Glas. Es schien ihm, als hebe sie noch in einer hoffnungslosen Geste die Hand zum Abschied, eben bevor sie außer Sicht kam.

* Die Deckenlüftung, die von dem Punkah-Wallah bewegt wird.

»Kelso, mein lieber Kelso!«

Richard Bouchier hatte sich nicht sehr verändert, obwohl Kelso ihn seit gut einem Jahr nicht mehr gesehen hatte. Mit ausgestreckten Armen kam er hereingeeilt und ergriff Kelso an der Schulter. »Wenn ich das nur gewußt hätte!«

»Wie ich höre, waren Sie unpäßlich«, sagte Kelso. »Ich hoffe, es ist nichts Ernstes?«

»Die Gicht.« Richard Bouchier zog eine Grimasse und hob das Bein. »Worunter wir mit der Zeit alle zu leiden haben.« Er ergriff Kelso am Arm und geleitete ihn zur Tür. »Lassen Sie uns in mein Zimmer gehen.«

Tatsächlich gingen sie jedoch in den Ratssaal, der sich als der kühlste Raum erwies. Da am Nachmittag eine Ratssitzung stattfinden sollte, waren die Fenster hinter den Rouleaus geöffnet, und die Punkahs wurden seit dem frühen Morgen betätigt.

Beim Eintritt wurde Kelso von unzähligen Erinnerungen überfallen. Hier in diesem Raum war es, wo er als junger Kapitän seine Kämpfe gegen Vorurteile und manchmal auch gegen reine Dummheit der älteren Ratsmitglieder ausgefochten hatte. Im Rückblick fragte er sich, wie diese wohl ausgegangen wären ohne die Unterstützung von Kommodore James und Robert Clive. Hier war es auch, wo sie den Angriff auf Gheriah geplant hatten.

»Robert Clive ist also nach Hause zurückgekehrt«, sagte der Gouverneur. »Ich muß zugeben, daß ich meine Zweifel hatte, ob wir ihn dazu überreden könnten.«

Kelso lächelte. »Es war nicht ganz leicht, aber er hatte eine Ruhepause verdient, und Margaret drängte darauf, England wiederzusehen.«

»Ich bin froh, daß er gegangen ist, obwohl wir seinen Rat und – vor allem – seine Entschlossenheit vermissen werden. Manchmal erschreckt es mich geradezu, wenn ich mir überlege, wieviel wir hier in Indien gewonnen haben.«

»Ja, es ist ein wahres Empire; Deccan, die Carnatic und

Bengalen. All das haben wir erreicht durch das Genie eines Mannes.«

»Unterstützt durch die Geschicklichkeit und den Mut seiner Freunde«, fügte der Gouverneur hinzu. »Sie sind nicht ganz gerecht gegen sich selbst und gegen Männer wie Watson und Eyre Coote, wenn Sie behaupten, Clive habe es allein geschafft.«

Kelso hob die Schultern. »Wir taten nur, was wir angesichts seines Genies tun mußten.«

»Und jetzt gilt es zu erhalten, was wir gewonnen haben.«

Sie wurden durch ein Klopfen an der Tür unterbrochen. Ein Diener trat ein und brachte ein Tablett mit Wein, Sorbet und den in Indien so beliebten Süßigkeiten. Kelso nahm ein Glas Wein, lehnte jedoch die Süßigkeiten ab, die trotz der Gaze vor den Fenstern von einem Fliegenschwarm verfolgt wurden. Draußen auf dem Rasen übte die Marinekapelle.

»Ich kann mir denken, warum Sie nach Bombay gekommen sind«, sagte der Gouverneur. »Ich nehme an, Pigot hat Ihnen von den französischen Kriegsschiffen erzählt?«

»Ja. Es war eine beunruhigende Nachricht, denn zusammen mit den Mahratten stellen sie eine erhebliche Bedrohung dar.«

Der Gouverneur nickte. »Wir sind hier besonders verwundbar, wie Sie wissen, und ich frage mich bisweilen, ob unser Direktorium in London sich dieser Gefahr überhaupt bewußt ist.«

»Solange wir uns nur selbst darüber klar sind.«

Der Gouverneur machte ein nachdenkliches Gesicht, während er den Portwein probierte. »Aber was können wir tun? Wir haben lediglich die *Agamemnon* und die *Malabar* im Hafen.«

»Und die beiden Mörserboote.«

»Natürlich, obwohl ich mir nicht vorstellen kann, welchen Nutzen wir in dieser Situation von ihnen hätten.«

»Wir könnten sie gut brauchen, wenn wir Gheriah angreifen müßten.«

»Angreifen!« stotterte Bouchier und verschüttete beinahe seinen Portwein. »Sie wollen doch nicht wirklich –?«

»Nicht gleich, aber es ist eine Möglichkeit.«

»Mein lieber Kelso, wäre das klug? Schließlich sind es Mahratten. Zur Zeit sitzt Chandra Nath in Poona wie die Katze vorm Mauseloch und möchte angreifen. Alles, was er braucht, ist ein Vorwand.«

»Ich weiß. Wir können es uns im Augenblick nicht leisten, Gheriah anzugreifen. Wenn aber andererseits die Mahrattenpiraten, die er natürlich verleugnen wird, unseren Schiffsverkehr lahmlegen und unsere Indienfahrer versenken, haben wir kaum eine andere Wahl.«

Der Gouverneur schüttelte den Kopf. »Der Gedanke gefällt mir nicht, Kelso. Meiner Meinung nach wäre das ein unannehmbares Risiko. Sie wissen, welche Streitmacht Chandra Nath gegen uns ins Feld führen könnte?«

»Ja, sie wäre beträchtlich, obgleich das Stärkeverhältnis nicht anders ist, als es Robert Clive bei Plassey auf sich genommen hat.«

»Aber Clive ist Soldat, Kelso, und ein Genie. Das soll Sie nicht herabsetzen, aber schließlich sind Sie Seemann.«

Kelso lächelte. »Ich stimme zu. Bitte glauben Sie nicht, daß ich auch nur einen Augenblick den Gedanken an eine Feldschlacht gegen die Mahratten in Erwägung ziehe. Ich habe im Gegenteil alles getan, um das zu vermeiden.«

»Was meinen Sie?«

»Ich ließ Vansittard in Kalkutta eine Botschaft zukommen mit der Bitte, die Afghanen zu überreden, sie sollten an ihrer Südgrenze kriegsähnlichen Lärm verursachen.«

Bouchier lachte laut und schlug mit der Faust auf den Tisch. »Guter Mann! Es ist mir nie aufgegangen, daß Sie Clives Verschlagenheit geerbt haben.«

»Ich denke mir, er hätte dasselbe getan – und zugleich

alle erforderlichen Vorsichtsmaßnahmen in Bombay getroffen.«

»Wahrscheinlich haben Sie recht. Was schlagen Sie also vor?«

»Im Augenblick nicht viel, außer daß wir – mit Ihrer Erlaubnis – die Ratsmitglieder und Oberst Ashton mit der Lage vertraut machen. In ein paar Tagen oder spätestens in einer Woche sollte sich die Situation geklärt haben.«

»Wieso?« Der Gouverneur füllte sein Glas erneut und machte eine einladende Bewegung in Richtung der Karaffe.

»Wir geleiten einen Konvoi nach St. Helena«, sagte Kelso. »Gestern, als wir etwa hundert Meilen westlich von Kap Comorin waren, sichteten wir die *Seahawk.*«

»*Die Seahawk!* Was macht die denn so weit im Süden?«

»Sie flüchtete vor der Mahrattenflotte – einer Anzahl Grabs und Gallivaten – sowie der *Rouen* und der *Normandie.*«

»Zum Teufel! Dann ist diese Gefahr bereits Wirklichkeit.«

»Es scheint so, wenn ich auch viel dafür gäbe zu wissen, wo sie hinwollen. Es ist natürlich möglich, daß sie lediglich auf Patrouillenfahrt sind, obgleich ich das für unwahrscheinlich halte.«

»Sie glauben, daß sie ein bestimmtes Ziel haben?«

»Ja. Ich glaube, sie suchten uns.«

Der Gouverneur schüttelte den Kopf und stellte sein Glas auf den Tisch. »Das könnte ernst werden. Der Konvoi ist zwar gut geschützt, aber es könnte doch gefährlich werden, wenn er von den Franzosen und Mahratten gleichzeitig angegriffen würde.«

»Dazu wird es nicht kommen, es sei denn, daß etwas Unvorhergesehenes geschieht. Gegen den Wind sind *Protector* und *Seahawk,* die ich als zusätzliche Bedeckung beim Konvoi gelassen habe, und die fünf Ostindienfahrer genauso schnell wie jede lateinbesegelte Gallivate. Ich habe Tulliver befohlen, bis zu den Malediven beim Geleitzug zu bleiben und dann nach Bombay zurückzukehren. Vor dem Wind sollte er das in ein paar Tagen schaffen.«

Der Gouverneur nickte. »Es wird interessant sein zu hören, was er berichtet.«

5

Während der nächsten beiden Tage widmete Kelso seine ganze Energie der Verteidigung Bombays. Es war fast ein Jahr her, seit er die Küstenbefestigungen und Hafenanlagen zum letzten Mal inspiziert hatte, und er war nicht sehr glücklich über das, was er vorfand. Laxton, der Hafenkommandant, war ein gewissenhafter Mann mit einer vorzüglichen Vergangenheit als Kapitän, aber zu gutmütig und zu bequem für eine so wichtige Stellung und, wie Kelso herausfand, kein besonders guter Verwalter. Die neue Werft, die erst vor acht Jahren so feierlich eröffnet worden war, befand sich in so desolatem Zustand, daß er sich fragte, wie durch Unwetter oder Feindeinwirkung beschädigte Schiffe dort versorgt und repariert werden sollten, und – noch wichtiger – wie lange es dauern würde, bis sie wieder seeklar waren. Wie auf dieser Werft neue Schiffe gebaut werden sollten, konnte er sich angesichts des herrschenden Durcheinanders überhaupt nicht vorstellen, obwohl Kiel und Spanten eines Neubaus auf Slip lagen, an denen etwa zwanzig Eingeborene arbeiteten, jedoch bis zu seiner Ankunft mit nicht allzu großem Eifer.

Mit Oberst Ashton von den Neununddreißigern besichtigte er Wall und Graben, die einen Angriff auf die Insel vom Festland aus zwar nicht unmöglich machen, jedoch zumindest erschweren sollten. Viel würde aber auch hier vom

Kampfgeist und von der Disziplin der Rotröcke sowie ihrer zweitausend Sepoys* abhängen.

Bei einer Sondersitzung des Rates, die er veranlaßt hatte, teilte er den Ratsmitgliedern die augenblickliche Situation mit, wenn auch nur so weit, wie er es für erforderlich hielt, und warnte sie vor den drohenden Gefahren. Trotz der Vielzahl von Einladungen ging er abends frühzeitig zu Bett.

Am Morgen des dritten Tages erschien ein Segel am Horizont.

Er inspizierte gerade das Fort, und der diensthabende Offizier, ein gewisser Major Palliser, der erst durch die Ankunft des Kommodore aus dem Bett geholt worden war, obwohl schon seit zwei Stunden Helligkeit herrschte, begrüßte freudig die Ablenkung.

»Was können Sie ausmachen?« fragte Kelso den Ausguck, einen im Kampf verwundeten Seemann, dem man diese Stellung gegeben hatte.

»Eine Fregatte, Sir, eine von unseren, glaube ich.«

»Das kann nicht sein.« Kelso sprach leise zu sich selbst, aber der Major, ängstlich darauf bedacht, die zahlreichen Beanstandungen, die der Kommodore festgestellt hatte, gutzumachen, hörte es doch.

»Könnte es die *Malabar* sein, Sir, die von ihrer Patrouillenfahrt zurückkehrt?«

Kelso warf ihm einen kurzen, ungeduldigen Blick zu und zeigte hinunter zum Hafen. »Dort unten liegt die *Malabar.*«

Der Major wurde rot und versuchte sein Glück noch mal. »Nicht die *Malabar,* Sir – ich habe mich versprochen. Ich meinte die *Seahawk.*«

»Wenn es die *Seahawk* ist«, erwiderte Kelso, »dann stimmt etwas nicht.«

Es war die *Seahawk.* Der Ausguck, stolz auf seine Kenntnisse und froh darüber, seine Meldung endlich einem See-

* Indische Soldaten in britischen Diensten und unter britischem Kommando.

mann machen zu können und nicht wie sonst einer unwissenden Landratte, platzte fast vor Ungeduld, als das Schiff sich endlich bis auf etwa zehn Meilen genähert hatte und er es einwandfrei identifizieren konnte. »Es ist die *Seahawk*, Sir, aber ohne Vorsegel und mit Behelfsmast. Hier, Sir«, er reichte dem Kommodore sein Glas. »Ich bin sicher, daß sie es ist, aber sie ist schwer beschädigt und scheint in Seenot zu sein.«

Das war sie in der Tat. Durch das Glas sah Kelso, daß sie keinen Klüverbaum hatte, wenn auch eine Spiere am Bugspriet festgezurrt worden war. Außerdem fehlte die Großbramrah, und selbst auf diese Entfernung war zu erkennen, daß sie sehr tief im Wasser lag.

»Schicken Sie einen Boten zum Gouverneur«, befahl Kelso dem Major. »Melden Sie ihm, daß die *Seahawk* kommt – anscheinend in Seenot. Ich fahre ihr entgegen.«

Bei seiner Unruhe wegen der unerwarteten Ankunft der *Seahawk* in so beklagenswertem Zustand tat es ihm gut, die Stufen zum Kai hinunterzulaufen, wo Cantwell, der Kommandant der *Agamemnon*, an der Gangway bereits auf ihn wartete. Richtig wohl fühlte er sich aber erst, als sie loswarfen und lautlos in das ruhige Wasser der Ausfahrt glitten. Es herrschte eine leichte, ablandige Brise, nicht stark genug, um die Leinwand zu füllen, aber ausreichend, um der Korvette so viel Fahrt zu geben, daß sie steuerfähig war. Als sie die Ausfahrt hinter sich hatten, begrüßte sie der frische Südwest wie ein alter Freund.

»Alle Mann an die Brassen, klar zum Wenden!«

Es war, als setzten sie ihre Reise fort, die sie erst vor ein paar Tagen beendet hatten. Wind von vorn, und auf dem glühendheißen Deck die schwitzenden Männer, die beim Brassen mehr aus Gewohnheit als wegen der Anstrengung halblaut vor sich hinfluchten. Bei dem vorlichen Wind würden sie vermutlich länger als eine Stunde brauchen bis zum Treffpunkt, zumal die *Seahawk* trotz des für sie achterlichen

Windes und unter vollen Segeln höchstens drei bis vier Knoten lief.

Beim Näherkommen sah Kelso durchs Glas Löcher im Rumpf und im Schanzkleid, außerdem einen Riß im Großsegel, der von oben bis unten ging. Er stellte auch fest, daß sie noch tiefer im Wasser lag.

Würde sie sinken? Er entsann sich des Tages, an dem er unter den gleichen Bedingungen seine *Paragon* in den Hafen gebracht hatte, der schrecklichen, nervenaufreibenden Zeit, als sich ihre Fahrt von vier auf drei und dann auf zwei Knoten verringerte. Er entsann sich des Quietschens der Pumpen, und wie die See an der Bordwand höher und immer höher stieg. Schließlich war es ihm gelungen, seine geliebte *Paragon* auf Strand zu setzen und sie somit im letzten Augenblick vor dem Sinken zu bewahren.

»Glauben Sie, daß sie es schafft, Sir?« fragte Cantwell, der neben dem Kommodore auf dem Achterdeck stand.

»Es kommt darauf an, wie sie gesegelt wird – und auf ihr Glück. Sie ist offensichtlich erheblich durchlöchert.«

»Zu stark, als daß es auf ein Gefecht mit den Mahratten zurückzuführen wäre, Sir. Diese Beschädigungen deuten auf schwereres Kaliber hin.«

Cantwell hatte recht. Die Mahratten allein konnten diese schweren Beschädigungen nicht verursacht haben. Ihre wendigen Schiffe mit den spitzen Lateinersegeln pflegten wie ein Bienenschwarm die viel größeren Schiffe der Marine zu umzingeln, vorzupreschen und sich wieder zurückzuziehen wie Hunde, die einen Bullen angreifen, bis zwei oder auch mehrere ihrer Fahrzeuge dicht genug herankamen, um längsseits zu gehen, wo sie unterhalb des tiefsten Neigungswinkels der Geschütze verhältnismäßig sicher liegenbleiben konnten, während ihre Horden von fanatischen, schreienden Kriegern an Bord schwärmten. Auf diese Weise hatten die Mahratten schon so manches Kompanieschiff gekapert oder es versenkt, wenn es für eine Reparatur zu schwer beschädigt war. Meist metzelten sie Besatzung und Passagiere nieder, nur selten machten sie Gefangene.

»Höher ran!« Da die *Seahawk* nur so langsam vorwärtskam, war es wichtig, daß die *Agamemnon* so hoch wie möglich an den Wind ging.

Zeitweilig schien es, als nähme die Entfernung zwischen beiden Schiffen überhaupt nicht ab, besonders wenn die *Agamemnon* über Stag gehen mußte. Kelso war jedoch froh, bei der *Seahawk* eine – wenn auch schwache – Bugwelle zu sehen. Er fragte sich, wie der weichliche Tulliver wohl mit der Situation fertig würde.

Es war schon fast Mittag, als sie endlich in Hörweite kamen. Jetzt erst sah man das ganze Ausmaß der Schäden.

Die *Seahawk* war offensichtlich in ein schweres Gefecht mit einem erheblich stärkeren Gegner verwickelt gewesen. Die Löcher in ihrem Rumpf mußten von Zweiunddreißigpfündern herrühren, und die Lücken in ihrem Schanzkleid waren so zahlreich, daß es wie die Zinnen einer Burg aussah. Klüverbaum und Bugspriet waren weggerissen und die Back schwer beschädigt. Die gefährlichsten Einschußstellen mußten jedoch unter der Wasserlinie liegen.

»Klar zum Halsen!«

Als die *Agamemnon* vor den Wind und dann auf Parallelkurs zur *Seahawk* beidrehte, sah Kelso die tiefen Furchen, die von den Geschossen ins Deck gerissen worden waren, sah die Spuren von rasch wieder gelöschten Bränden und das Gewirr der herabgestürzten Takelage, das noch am Großmast lag.

»Kapitän Tulliver!«

»Kapitän Tulliver ist verwundet, Sir«, rief eine Stimme. »Hier spricht Jones, der Erste Offizier. Ich habe das Kommando übernommen.«

»Wie sieht es aus, Mr. Jones? Meinen Sie, daß Sie es bis Bombay schaffen?«

»Ich bin nicht ganz sicher, Sir. Wir sind unter der Wasserlinie ziemlich durchlöchert und machen trotz der Pumpen noch immer Wasser.«

»Halten Sie sie stetig. Ich komme hinüber.«

»Fier die Gig!« rief Cantwell, ohne auf den Befehl zu warten, und Kelso stellte zu seiner Freude fest, daß er es mit einem entschlußfreudigen jungen Mann zu tun hatte. »Wollen Sie ein paar Leute von der Besatzung mitnehmen, Sir?«

»Im Augenblick noch nicht. Padstow und ein zweiter Mann an den Riemen kann mitkommen, dazu Ihr tüchtigster Bootsmannsmaat.«

»Crocker, Sir. Der ist zuverlässig.«

Sie fuhren das kurze Stück zu der jetzt etwa eine Schiffslänge vor ihnen liegenden Fregatte hinüber und machten das Boot an dem in der Dünung rollenden Schiffsrumpf fest. Die See, stellte Kelso fest, reichte schon bis fast zum Schanzkleid.

»Willkommen an Bord, Sir!« rief Jones, ein ältlicher Seeoffizier, an den Kelso sich aus seiner früheren Zeit in Bombay erinnerte. Sein bedrücktes und übermüdetes Gesicht entspannte sich ein wenig, als er den Kommodore begrüßte.

»Nun, Mr. Jones, Sie scheinen ja einiges durchgemacht zu haben.«

»Ja, Sir, vor zwei Tagen. Wir segelten mit dem Konvoi hoch am Wind -«

»Später.« Kelso hob die Hand, während er mit raschen Blicken die Schäden begutachtete. »Wo ist Kapitän Tulliver?«

»In seiner Kajüte, Sir. Noakes, der Arzt, ist bei ihm. Ich fürchte -« Er brach ab, sah Kelso an und schüttelte den Kopf.

Tulliver war in schlimmem Zustand. Als Kelso die Tür zur Kajüte öffnete, wurde er mit einem hitzigen Fluch des Schiffsarztes empfangen, der neben der Koje kniete, und von einem unterdrückten Stöhnen des Kommandanten. Die Hitze und der Geruch in der kleinen Kajüte waren unbeschreiblich, und Kelso empfand tiefes Mitleid mit dem Mann, der ihn mit Augen ansah, die in dem wächsernen Gesicht zu brennen schienen.

»Sir . . .« Die Lippen bewegten sich, aber kein Laut war zu hören, trotz Tullivers verzweifelter Anstrengung.

»Später«, sagte Kelso, »wenn es Ihnen wieder bessergeht. Jetzt müssen Sie sich ausruhen. Wir sind nur noch ein paar Meilen von Bombay entfernt.«

Ein paar Meilen, aber eine unüberbrückbare Entfernung, wenn es nicht gelang, die *Seahawk* schwimmfähig zu erhalten. Er wartete im Gang auf den Arzt.

»Wie geht es ihm?«

»Nicht gut, Sir. Ich bezweifle, daß er bis zum Hafen durchhält.«

Kelso schüttelte den Kopf. »Wir haben noch einen weiten Weg vor uns, fürchte ich. Tun Sie für ihn, was Sie können.«

Noch während er den Niedergang zum Achterdeck hinaufstieg, rief er Jones und ging mit ihm zur Luvreling. »Jetzt Ihren Bericht bitte, Mr. Jones, aber so kurz wie möglich. Wir haben nicht viel Zeit.«

»Wie Sie wissen, Sir, fuhren wir Geleitschutz beim Konvoi. Plötzlich sichteten wir an Steuerbord –«

»Nein«, unterbrach ihn Kelso, »das will ich später hören. Was ist mit den Beschädigungen?«

»Sie ist in sehr schlechtem Zustand, Sir, wie Sie ja selbst sehen. Wir haben den Bugspriet und die Großbramrah verloren, das Großsegel ist zerrissen, hält aber noch, wenn auch nicht mehr lange, fürchte ich -«

»Wie sieht es unter der Wasserlinie aus?«

»Drei Lecks, Sir, von denen wir eines abgedichtet haben. Die anderen beiden, die von schwereren Kalibern herrühren, sind zu groß zum Dichten. Wir machen so stark Wasser, daß ich bezweifle -«

»Haben Sie es mit Lecksegeln versucht?«

»Nein, Sir. Meiner Meinung nach sind die Lecks dafür zu

groß, und außerdem brauchen wir das Segeltuch zum Ausbessern des Großsegels.«

»Sie werden keine Gelegenheit mehr haben, jemals wieder Segel auszubessern, wenn das Schiff nicht schwimmfähig bleibt.« Kelso schritt nach vorn zur Querreling und rief zum Hauptdeck hinunter: »Wo ist der Bootsmann?«

»Tot, Sir«, erwiderte jemand. »Mr. Lovegrove hat übernommen.«

»Gut. Sagen Sie Mr. Lovegrove, er soll sofort zu mir kommen und gleich den Segelmacher mitbringen.«

Die beiden kamen zusammen aufs Achterdeck: ein rotgesichtiger Seemann, dessen betont vorgewölbte Brust Kelso an einen Kampfhahn erinnerte, und ein älterer, graumelierter, buckliger Mann, der Segelmacher.

»Wie heißen Sie?«

»Tregannon, Sir.«

»Gut. Ich brauche zwei Lecksegel, und zwar sofort. Sie werden doppelt genähtes Tuch nehmen, das stärkste, das Sie haben, denn die Zeit reicht nicht mehr zum Einfassen. Melden Sie mir, sobald Sie damit fertig sind.«

»Aye, aye, Sir.« Der alte Mann salutierte, zögerte dann aber. »Verzeihung, Sir, aber woher soll ich das Segeltuch nehmen?«

»Aus der Segelkoje. Falls erforderlich, müssen Sie eben ohne Großsegel auskommen.«

»Aye, aye, Sir. Und wenn das nicht genug ist?«

»Drehen Sie sich um, Mann«, sagte Kelso. »Dort liegt das Großbramsegel irgendwo zwischen den Trümmern.«

Als der Segelmacher endlich von dannen schlurfte, wandte sich Kelso dem diensttuenden Bootsmann zu. »Mr. Lovegrove, wie steht es mit Ihrer Besatzung?«

»Zwanzig tot, Sir, vierzig verwundet, der Rest hat Tag und Nacht an den Pumpen gestanden und –«

»Das weiß ich. Als erstes teilen Sie eine Arbeitsgruppe ein, die dem Segelmacher hilft.«

»Aye, aye, Sir.«

»Dann lassen Sie diese Trümmer wegschaffen. Wie sieht es an den Pumpen aus?«

»Nicht gut, Sir. Die Leute stehen bereits knietief im Wasser, obwohl sie jetzt aus dem Orlopdeck heraus sind und schon im Zwischendeck arbeiten. Sie sind völlig übermüdet, Sir.«

»Das ist selbstverständlich, aber sie werden noch müder werden, wenn wir das Schiff retten wollen.« Er wandte sich an den Bootsmannsmaat, der mit ihm von der *Agamemnon* herübergekommen war. »Mr. Crocker, fahren Sie zu Ihrem Schiff zurück. Meinen Gruß an Mr. Cantwell, und er möchte mir einen Arbeitstrupp von zwanzig Mann herüberschicken, die kräftigsten, die er auftreiben kann, und auf jeden Fall ein paar gute Schwimmer dabei.«

»Aye, aye, Sir.«

»Sagen Sie ihm auch, er soll die Schlepptrosse klarmachen. Falls es uns nicht gelingt, die Lecks abzudichten, wird er uns vielleicht in Schlepp nehmen müssen.«

Dann wandte er sich Jones und den anderen Offizieren zu, die auf dem Achterdeck zusammenstanden, offensichtlich erleichtert darüber, daß der Kommodore das Kommando übernommen hatte. Er konnte sich ihre Gefühle gut vorstellen. Nach einem blutigen Gefecht, in dem fast ein Drittel der Besatzung gefallen oder verwundet worden war, nach zwei Tagen verzweifelten Pumpens hatten wohl die meisten von ihnen die Hoffnung aufgegeben, ihr Schiff, ja sogar ihr Leben zu retten. Es war wichtig, sie davon zu überzeugen, daß er, der dienstälteste Offizier an Bord, die Hoffnung noch keineswegs aufgegeben hatte.

»Wir werden gleich Unterstützung bekommen, Gentlemen«, sagte er fröhlich und so laut, daß es auch die Deckswache hörte. »Das Land ist bereits in Sicht, wir haben günstigen Wind, mit etwas Glück sind wir noch vor Dunkelheit in Bombay.«

Beifallrufe wurden laut, wie er gehofft hatte, und die Leute folgten willig und eifrig Lovegroves Anordnungen. Sie hackten und zerrten an dem Gewirr von Wrackteilen, und es dauerte nicht lange, bis sie das Bramsegel freigelegt hatten.

»Bringt es hierher, Jungs«, befahl Lovegrove. »Zieht schon einen Tampen durch die Legel.«*

»Mr. Lovegrove«, rief der Segelmacher, »ich brauche alles Tuch aus der Segelkoje.«

»Habt ihr gehört, Jungs? Ihr drei holt das Segeltuch rauf!«

Die Stimmung an Deck war völlig umgeschlagen. Nichts mehr war von der Apathie zu spüren, die Kelso beim Anbordkommen vorgefunden hatte. Männer, die seit gut zwei Tagen auf den Beinen standen, schöpften neue Hoffnung, und das gab ihnen unerhörten Auftrieb. Mehr noch, sie fanden ihren Humor wieder. Es war wohltuend, ihre gutmütigen Neckereien und ihr Lachen zu hören.

»Ein Vorschlag, Mr. Jones«, sagte Kelso leise zum stellvertretenden Kommandanten. »Es wäre gut, wenn einer Ihrer Offiziere zu den Leuten unter Deck ginge und ihnen sagte, was wir hier oben vorhaben.«

»Ausgezeichnete Idee, Sir. Ich gehe selbst hinunter.«

Jetzt legte der Kutter mit zwanzig ausgesuchten Männern von der *Agamemnon* ab. Kelso sah zu, wie die zwölf Riemen gleichmäßig auf und nieder tauchten, wie sie bei jeder Bewegung in der Sonne glitzerten. Von unten hörte man das Quietschen der Pumpen im Zwischendeck, zügiger, so schien ihm, und kräftiger als vorher. »Bewegt euch, ihr Halunken, bewegt euch!« schrie Lovegrove vom Oberdeck hinunter, wo allmählich die zerbrochenen Spieren und das Gewühl von Tauwerk beiseite geschleppt wurde. Von unten – wahrscheinlich aus dem Cockpit, dachte Kelso, da das Or-

* Ösen zum Befestigen des Segels am Jackstag der Rah.

lopdeck schon unter Wasser war – kam der durchdringende Schrei eines Verwundeten.

»Macht weiter, Männer!« rief Kelso rasch, als er die unwillkürliche Reaktion der Seeleute bemerkte.

Dann trat er ans Ruder, das der Segelmaster und ein Seemann mit nacktem Oberkörper mühsam bedienten.

»Wie läßt sie sich steuern?« fragte er.

»Nicht gut, Sir«, antwortete der Segelmaster, ein verdrießlicher Mann mit melancholischem Gesicht. »Meiner Meinung nach sackt sie rasch weg. Sie ist kaum noch steuerfähig.«

»Aber es geht doch, und vorläufig schwimmt sie ja noch«, erwiderte Kelso scharf. Jedes Anzeichen von Resignation mußte vermieden werden. »Wir bekommen gleich Hilfe.«

»Wir schaffen es nicht mehr, Sir«, beharrte der Mann trübsinnig auf seiner Ansicht.

»Nicht, wenn Sie aufgeben«, erwiderte Kelso. »Sehen Sie, dort ist Bombay mit seinen Märkten, seinen Kneipen, seinen indischen Mädchen, keine zehn Meilen entfernt, und hier bei uns ist ein Kompanieschiff, klar zum Eingreifen. Zeigen Sie um Himmels willen ein bißchen Zuversicht!«

»Aye, aye, Sir«, entgegnete der Mann völlig unbeeindruckt.

Kelso schüttelte mißbilligend den Kopf und ging zu der Gruppe der Offiziere hinüber, die – anscheinend belustigt – dem Wortwechsel gefolgt waren. »Mit Respekt, Sir, aber Cargill werden Sie nicht ändern. Die ganze Besatzung weiß, daß er ein unverbesserlicher Schwarzseher ist.«

»Nun, im Augenblick kämen wir allerdings besser ohne seine Schwarzseherei aus.« Dann musterte er den jungen Mann näher, der ein frisches, offenes Gesicht hatte, und fragte: »Wie heißen Sie?«

»Travers, Sir.«

»Sind Sie neu hier? Ich dachte, ich kenne alle Offiziere der Bombaymarine.«

»Vor einem Monat bin ich befördert worden, Sir. Vorher war ich Midshipman* auf der *Surat.*«

Kelso nickte und dachte an seine eigene Fähnrichzeit und an die Aufregung bei der Beförderung zum Offizier. »Mr. Travers, ich wäre Ihnen dankbar, wenn Sie mir einen kurzen Bericht über die Lage unter Deck geben würden. Suchen Sie den Zimmermann, wenn Sie ihn nicht schon dort unten antreffen, und fragen Sie ihn nach den Ausmaßen und der genauen Position der Lecks.«

»Aye, aye, Sir.«

Als der junge Mann davoneilte, wandte Kelso sich den anderen Offizieren zu und sagte lächelnd: »Gentlemen, es tut mir leid, daß ich Sie warten ließ, aber in Kürze wird es für jeden von uns genug zu tun geben, und zwar aller Wahrscheinlichkeit nach mehrere Stunden lang. Zum Glück habe ich Sie alle schon vorher kennengelernt und weiß, daß ich mich auf Sie verlassen kann.«

Er blickte hinüber zur Relingspforte, wo soeben der Kopf des ersten Seemanns von der *Agamemnon* auftauchte. Es war Crocker, der Bootsmannsmat, und er wurde begrüßt mit fröhlichen Zurufen und ein paar gutgemeinten Pfiffen der Deckswache.

»Es scheint, Gentlemen, wir sind schon bald soweit.«

Kelso entsann sich einer ähnlichen Situation, in der er als jüngerer Mann noch selbst mitgetaucht war, um ein Lecksegel in Position zu bringen. Dafür war er jetzt wohl zu alt, schon allein wegen seiner sehr viel höheren Dienststellung. Auf alle Fälle aber würde er nicht eher Ruhe geben, bis die Lecks behelfsmäßig, aber so gut es ging gedichtet waren.

»Wie weit sind Sie, Mr. Tregannon?« rief er dem Segelmacher zu und stieg die Schanztreppe hinunter zum Oberdeck.

»Ein Lecksegel ist fertig, Sir«, antwortete Lovegrove an Stelle des Segelmachers.

* Seekadett bzw. Fähnrich zur See.

»Nicht so, wie ich es gern hätte, Sir«, fügte Tregannon hinzu, »aber es wird genügen.«

»Ausgezeichnet!« Kelso wandte sich den Leuten von der *Agamemnon* zu, die noch immer dabei waren, an Bord zu steigen. »Mr. Crocker, ich brauche vier gute Schwimmer.«

»Aye, aye, Sir, hier sind sie.«

Er zeigte auf vier Männer von seltsam unterschiedlicher Größe. Der eine war ein Riese von weit über sechs Fuß, der kleinste nicht größer als fünf.* Alle vier waren nackt bis zur Gürtellinie und ausgesprochen muskulös.

»Also, Jungs«, sagte Kelso, »ihr wißt, was zu tun ist. Mr. Lovegrove, Sie übernehmen jetzt besser das Kommando.«

»Aye, aye, Sir.«

»Was ist mit den anderen Leuten, Sir?« fragte Crocker.

»Teilen Sie zwei Mann ab, die beim Ausbringen des Lecksegels helfen können, und zwei weitere, die beim Beseitigen der Trümmer mit anfassen. Der Rest kann die Pumpmannschaft ablösen.«

Während die Seeleute der *Agamemnon* zu ihren jeweiligen Stationen liefen, blickte Kelso zum Achterdeck hinauf, wo Jones auf ihn wartete. »Lassen Sie bitte brackbrassen, Mr. Jones«, rief er hinauf zur Schanz. Vielleicht war es gar nicht nötig beizudrehen, so gering war ihre Fahrt, aber da alle Hoffnung auf dem richtigen Anbringen der Lecksegel beruhte, wollte er kein Risiko eingehen. Äußerlich ruhig, aber innerlich aufs äußerste gespannt sah er zu, wie die vier Männer über die Reling stiegen und sich ins Wasser gleiten ließen.

»Fier weg!« rief Lovegrove, und die Leute an Deck schoben das aufgetuchte Segel über die Verschanzung und ließen es an den Sicherungsleinen langsam zu Wasser.

Da lag es, zunächst unbeweglich wie ein ungeheurer Baumstamm, aber als die Schwimmer die Ecken und das Un-

* 1,83 m und 1,53 m

terliek faßten und losschwammen, breitete es sich allmählich auf der Wasseroberfläche aus und bewegte sich sanft im Rhythmus der Dünung.

»Fertig, Jungs?« rief Lovegrove hinunter.

Der kleinste der Männer – offenbar ihr Anführer – wartete, bis sie alle auf Station waren, gleichmäßig verteilt auf die vier Ecken, dann hob er die Hand.

»Alles klar? Fertig, los!« rief Lovegrove.

Die vier Schwimmer tauchten gleichzeitig, die entfernteren rascher, die an den Seitenlieken langsamer. Deutlich waren ihre Körper in dem klaren Wasser zu erkennen. Sie strebten auseinander in dem Bemühen, das Segeltuch gestreckt zu halten.

Kelso kannte die Schwierigkeiten genau. Wenn das Segel nicht durch genaue Schätzung und mit etwas Glück in die richtige Position gelangte, war die ganze Anstrengung umsonst. Waren die Haltetaue zu kurz und somit das Leck nur zum Teil bedeckt, dann dauerte es nur Minuten, bis das ganze Lecksegel durch den Sog des einströmenden Wassers ins Schiffsinnere gesaugt wurde. Waren sie zu lang, dann wurde das Leck zwar verkleinert, aber nicht genügend, um das Wasser abzuhalten. Eine Position zu weit vorn oder achtern brachte den gleichen Mißerfolg.

Eine volle Minute verging, bis drei der Schwimmer wie Korken an die Oberfläche kamen und sich keuchend auf den Rücken warfen. Vom vierten war nichts zu sehen.

»Wo ist Jackson?« rief Crocker, der zu den anderen an die Reling getreten war.

Die drei sahen sich um, dann holte einer, der größte, tief Luft und verschwand erneut.

Lange blieb er unten, und Kelso fragte sich besorgt, was er tun würde, wenn schon beim ersten Versuch zwei Mann ertranken, als der Riese wieder auftauchte.

»Nun?«

»Nichts von ihm zu sehen, Sir.«

»Jetzt versuche ich es noch mal«, rief einer der anderen. Schon warf er den Kopf zurück und holte tief Luft, als Kelso an Bord zu seiner Linken etwas wie nasse rosa Haut schimmern sah.

»Halt!« rief er hinunter, und als der Taucher zögerte, griff er sich den nackten Schwimmer, der gerade aus dem Großluk stieg, und schob ihn an die Reling.

»Was ist Ihnen denn passiert?« fragte Kelso, und sein Gesicht spiegelte das fröhliche Grinsen der drei Schwimmer im Wasser wider.

»Kam zu dicht ans Leck, Sir, glaube ich. Das Segel ist zu kurz und liegt zu weit achtern. Bevor ich wußte, was geschah, war ich drin im Orlopdeck.«

»Und fanden Sie die Luke?«

»Aye, Sir, wenn auch erst, als mir die Luft schon mächtig knapp wurde. Ich tauchte mitten zwischen der Pumpenmannschaft im Zwischendeck auf.«

»Die dachten wohl, du seist eine Seejungfer?« rief einer der Leute.

»Oder ein junger Wal«, fügte ein anderer hinzu.

»Jetzt sind Sie in Sicherheit«, sagte Kelso lächelnd. »Fühlen Sie sich frisch genug, um noch einmal zu tauchen?«

»Wenn Sie es möchten, Sir, nur –«

»Ich gehe, Sir!« kam eine Stimme von der Relingspforte her, und als er sich umwandte, sah er Padstow, der bereits dabei war, seine Sachen abzustreifen.

»Also gut.« Kelso nickte Jackson zu. »Sie haben genug getan. Padstow kann Ihren Platz einnehmen.«

Er hatte seinen Steward tatsächlich ganz vergessen, der im heimatlichen Cornwall schwimmen und tauchen gelernt hatte – als Schmuggler, nach allem, was man hörte –, und der keine Angst kannte.

»Verzeihung, Sir.«

Als er sich umblickte, sah er Travers.

»Nun?«

»Ich möchte vorschlagen, Sir –« der junge Leutnant versuchte offensichtlich, ihn außer Hörweite zu ziehen.

»Gut, Padstow«, rief Kelso. »Über Bord mit Ihnen. Mr. Lovegrove, bringen Sie das Segel zwei, drei Yards weiter nach vorn.«

»Aye, aye, Sir.«

»Ja?« fragte Kelso, sobald sie weit genug von den anderen entfernt waren. »Was haben Sie festgestellt?«

»Nichts Gutes, Sir, fürchte ich. Sie sinkt rasch. Wilson, der Zimmermann, bezweifelt, daß sie durch das Lecksegel schwimmfähig gehalten werden kann. Trotzdem sollten wir es versuchen.«

»Was ist mit den Pumpen?«

»Die arbeiten noch, Sir, obgleich die Leute bis zur Taille im Wasser stehen.«

»Gut«, sagte Kelso. »Behalten Sie das für sich.«

Er zwang sich zu einem Lächeln, ging wieder nach vorn, und seine Stimme klang zuversichtlich, als er rief: »Also, Mr. Lovegrove. Sind Sie fertig?«

Er wagte kaum zu hoffen, als er zusah, wie die Männer erneut tauchten und das Segel glatt hinunterzogen. Bis die Schwimmer wieder nach oben kamen, konnte niemand feststellen, ob das Leck wirklich bedeckt war.

Padstow tauchte als erster auf, und noch während er sich das Wasser aus den Haaren schüttelte, zeigte sich auf seinem roten Mondgesicht ein breites Grinsen.

»Sitzt fest wie ein Handschuh, Sir.«

»Großartig.« Kelsos Ton war knapp, da er fürchtete, seine Erleichterung zu verraten, aber immerhin lächelte er, als er nun fragte: »Seid ihr imstande, noch mal zu tauchen?«

»Wenn es so einfach ist wie dies hier«, rief einer der Schwimmer.

Kelso gab Lovegrove ein Zeichen, der das zweite Lecksegel bereits zur Verschanzung bringen ließ.

»Fier weg!« rief Lovegrove. Dann, an die Schwimmer gewandt, fügte er hinzu: »Dieses Leck ist größer, liegt aber nicht so tief – es ist gleich unter der Oberfläche.«

»Ist uns alles recht«, erwiderte Padstow und schwamm mit mächtigen Zügen zum Segel.

»Alles klar? Fertig, los!«

Die Männer tauchten, kamen aber bereits nach wenigen Sekunden wieder nach oben. Einer hielt die Ecke des Segels noch in Händen.

»Was ist los?«

»Eben unter der Oberfläche, sagten Sie?« protestierte Padstow. »Drei Faden* scheint mir eher zu stimmen, und eine gute Spuckweite achterlich.«

»Das trifft mich nicht«, entgegnete Lovegrove ruhig. »Es war Mr. Timpsons Vermessung, nicht meine.«

»Dann wirf ihn über Bord«, schlug Padstow fröhlich vor, »damit er es selbst sieht.«

»Genug!« rief Kelso scharf. »Stecken Sie Leine, Mr. Lovegrove, und verholen Sie das Segel drei Schritte achteraus.« Beeilt euch um Himmels willen! dachte er, als er sah, wie hoch die See bereits an der Bordwand gestiegen war.

Wieder erklang es: »Alles klar? Fertig, los!«

Diesmal blieben die Schwimmer eine volle Minute unten, und als sie keuchend auftauchten, glaubte er schon an ihren Erfolg. Aber Padstow, der anscheinend das Kommando übernommen hatte, war noch nicht zufrieden.

»Beinahe, Sir«, rief er, »aber noch nicht ganz. Wir müssen noch mal runter.«

Nach seiner Anweisung wurde das tropfende Lecksegel hochgeholt und etwa einen Fuß nach achtern gezogen.

»Fertig?«

Als die Schwimmer diesmal auftauchten, sah er bereits ihren Gesichtern an, daß sie Erfolg gehabt hatten.

Die Rahen wurden gebraßt, und die *Seahawk* drehte wie-

* 1 Faden = 1,829 m.

der vor den Wind. Zwar beklagte sich der Segelmaster noch immer darüber, daß sie kaum dem Ruder gehorche, aber der Zimmermann meldete stolz, daß die Lecksegel hielten. Nach einer halben Stunde konzentrierten Pumpens meldete er erneut, daß der Wasserstand unter Deck tatsächlich ein wenig zurückgegangen sei. Bis zur Küste waren es nur noch ein paar Meilen, und Kelso ließ jetzt die Schleppverbindung mit der *Agamemnon* herstellen.

6

Bombay lag genau vor ihnen. Mit steifer Schlepptrosse, vollen Segeln und leichter Schlagseite hielt die *Agamemnon* gleichmäßig zwei Knoten durch. Mühsam schleppte sie die schwere Last durchs Wasser, dem sicheren Hafen entgegen.

Es war doch noch eine recht lange Schleppfahrt geworden. Trotz Kelsos optimistischer Voraussage waren die Schatten schon recht lang, als sie vor der Einfahrt standen. Bis zum Einbruch der kurzen tropischen Dämmerung konnte es höchstens eine halbe Stunde dauern. Die sollte jedoch genügen, so hoffte Kelso, die jetzt nahezu vollgelaufene und ganz tief im Wasser liegende Fregatte auf Strand zu setzen.

Vor einer Stunde noch war er weniger hoffnungsvoll gewesen. Obwohl beide Lecksegel festsaßen und hielten, machte die *Seahawk* doch noch so viel Wasser, daß die Pumpen auf verlorenem Posten kämpften. Der Wasserstand, der zuerst gleichzubleiben schien und einige Zeit sogar gefallen war, stieg wieder unbarmherzig an, so daß Kelso ernsthaft um die Sicherheit der Männer unter Deck bangte. Ein Schiff in dieser Situation konnte rasch wegsacken. Ihm fielen grauenvolle Geschichten ein, so die von der alten *Dovicotah,* die auf dem Hugli, einen Steinwurf weit vom Land entfernt, innerhalb weniger Minuten gesunken war und mehr als hundert Mann mit sich in die Tiefe gerissen hatte. Da das Wasser jetzt schon fast bis in Höhe des Oberdecks reichte und der schwere Schiffsrumpf sich nicht mehr steuern ließ, hatte Kelso das Ruder festzurren und alle Mann an Deck kommen lassen. Ohne die Pumpen lief sie zwar noch rascher voll, aber er glaubte trotzdem, daß sie noch bis zur Küste kommen würden.

Die Seahawk bot einen seltsamen Anblick, als sie dann schließlich in den Hafen einlief. Sie lag so tief, daß sie einem Lastkahn ähnelte, und ihre Wanten waren übersät mit Seeleuten. Zum Übersetzen auf die *Agamemnon* war keine Gelegenheit mehr gewesen, aber er hoffte zuversichtlich, daß so dicht unter Land niemand mehr ertrinken würde.

Außer dem Kommandanten, schoß es ihm jählings in den Sinn, und er stieg rasch nach unten.

Der arme Tulliver, an Brust und Beinen schwer verwundet, kämpfte – genau wie sein Schiff – ums Überleben, aber Noakes gab ihm wenig Hoffnung. »Er wird sterben, Sir, bevor wir das Land erreichen – falls wir das Land erreichen –, und es wird für ihn eine Erlösung sein.«

»Hat er starke Schmerzen?«

»Überlegen Sie doch selbst, Sir: Beide Beine zerschmettert und die Lunge von einem riesigen Holzsplitter durchbohrt, da kann er nur um Erlösung von seinen Qualen beten.«

»Gibt es nichts, was Sie für ihn tun können?«

»Ich habe ihm Laudanum* gegeben, Sir, so viel er schlucken konnte, aber wenn die Wirkung vorbei ist ...« Der Arzt schüttelte den Kopf.

»Besteht die Möglichkeit, ihn an Deck zu bringen?«

»Wenn wir das tun, stirbt er auf dem Weg hinauf, das ist sicher.«

Kelso überlegte einen Augenblick. Er mochte den Arzt gern, trotz dessen rüder Art. Er schätzte Noakes Gewissenhaftigkeit und seine unverblümte Sprache. Jetzt sollte er auch noch seinen Mut kennenlernen.

* Ein Opiumpräparat.

»Die Situation ist so, Mr. Noakes, daß das Schiff jeden Augenblick zu sinken droht. Ich habe alle Mann an Deck befohlen.«

»Das macht für den Kommandanten keinen Unterschied. Er bleibt hier, oder er wird beim Transport sterben.« Der Arzt schritt durch den Gang zurück und blickte durch die halboffene Tür. »Er wird ohnehin sterben, aber das macht für *mich* keinen Unterschied. Solange er noch am Leben ist, besteht eine geringe Aussicht.«

»Ich spreche nicht vom Kommandanten«, sagte Kelso, »sondern von Ihnen. Es gibt keinen plausiblen Grund, weshalb Sie Ihr Leben aufs Spiel setzen sollten.«

Noakes starrte ihn erstaunt an. »Ich, Sir? Ich bin der Arzt!«

»Sie meinen, Sie wollen hier bei ihm bleiben?«

»Natürlich, Sir. Was sollte ich sonst tun?«

Kelso nickte lächelnd. »Wir werden beide bleiben, und wenn es angebracht ist, werde ich mit Ihrem Patienten sprechen.«

Als sie gemeinsam die Kajüte betraten, öffnete Tulliver die Augen. Wieder schien es, als wolle er sprechen, Worte formulieren, aber infolge des Schmerzes oder der Wirkung des Laudanums konnte er keinen Ton von sich geben.

»Versuchen Sie nicht zu sprechen«, sagte Kelso und setzte sich auf den Rand der Koje. »Ich werde reden. Ich nehme an, Sie möchten wissen, was sich oben abspielt?«

Die Augen, die ihn aufmerksam beobachteten, zeigten noch immer einen Ausdruck der Besorgnis.

»Unter der Wasserlinie sind drei Lecks«, sagte Kelso. »Eins war schon gedichtet worden, bevor ich an Bord kam, die anderen beiden sind größer. Rühren von Zweiunddreißigpfündern her, glaube ich. Wir haben sie mit improvisierten Lecksegeln gedichtet, und es ist uns gelungen, das Einströmen des Wassers einzudämmen.«

Kelso wartete, aber obgleich er spürte, daß Tulliver alles

hörte und verstand, schien er doch außerstande zu antworten.

»Wir werden geschleppt«, fuhr Kelso fort. »*Agamemnon* hat eine Schleppleine ausgebracht, so daß wir wenigstens einigermaßen Fahrt machen. Im Augenblick laufen wir gerade in Bombay ein. In zwanzig Minuten, höchstens einer halben Stunde sind wir in Sicherheit.«

Wenn er einen Ausdruck der Erleichterung auf Tullivers Miene erwartet hatte, so wurde er enttäuscht. Der Kommandant krümmte den Rücken und verzerrte das Gesicht in dem verzweifelten Bemühen, Worte zu formulieren.

»Ruhig!« rief Noakes, trat vor und schob einen Arm unter Tullivers Schulter. »Sie brauchen nichts zu sagen.«

Aber Tulliver schien entschlossen zu sprechen. Es schmerzte, seine fruchtlosen Anstrengungen zu beobachten. Endlich klammerte er sich mit einer Hand an den Arm des Arztes, beugte sich zu Kelso hinüber und flüsterte: »*Sorry.*«

Kelso sagte: »Es besteht keinerlei Grund zur Entschuldigung. Wie ich von Jones und den anderen Offizieren hörte, haben Sie sich tapfer und mit großer Entschlossenheit geschlagen. Ihre Verluste und die Beschädigungen an Ihrem Schiff beweisen, daß Sie im dichtesten Kampfgetümmel waren. Eine Fregatte gegen ein französisches Linienschiff ist ein ungleiches Verhältnis, aber aus dem, was Jones mir erzählt hat, geht hervor, daß Sie die *Normandie* immer wieder angriffen. Zum Schluß war sie es, die den Kampf abbrach.«

Er war froh über seine eigenen Worte, und aus Tullivers Gesicht schloß er, daß dieser ihn verstand. Er hatte sich ein völlig falsches Bild von dem neuen Kommandanten gemacht und schämte sich dessen jetzt. Trotz seines femininen Wesens und seiner Abneigung gegen die See hatte er mit großer Tapferkeit gegen eine ungeheure Übermacht gekämpft. Aus dem wenigen, das Kelso von Jones wußte, ging eindeutig hervor, daß es Tullivers Entschluß gewesen war, das große Linienschiff anzugreifen, während *die Rouen* und die Gallivaten um die *Protector* und den Konvoi herumschwärmten. Tulliver war es auch gewesen, der immer wieder von neuem angriff, bis die *Normandie* mit weggeschossener Vorbramrah und mit dem umgestürzten Kreuzmast im Schlepp gezwungen war, den Rückzug anzutreten, zäh verfolgt von der *Seahawk,* die immer weiter angriff, bis die schwere Verwundung ihres Kommandanten sie außer Gefecht setzte.

»In den nächsten Tagen«, sagte Kelso, »wird uns die eidliche Aussage von Jones und den anderen Offizieren – und von Ihnen selbst, natürlich – vorliegen, und ich zweifle nicht daran, daß dieser Kampf in die Marinegeschichte eingehen wird. Sie haben tapfer gekämpft, Kapitän, und die Kompanie wird Ihnen das nicht vergessen.«

Die großen, brennenden Augen beobachteten ihn unablässig, und als er sie endlich schloß, schien es, als habe Tulliver seine Ruhe gefunden. Doch dann öffnete er sie wieder, und nach zwei oder drei vergeblichen Versuchen schaffte er es, nochmals das Wort *»Sorry!«* zu formulieren.

»Seien Sie nicht traurig«, erwiderte Kelso. »Sie sind ein Held.«

»Und jetzt sterbe ich«, sagte Tulliver leise. Die Worte kamen so ruhig und ausdruckslos, als stelle er einfach eine Tatsache fest.

»Vielleicht«, antwortete Kelso, »vielleicht aber auch nicht. Sie sind schwer verwundet, das wissen Sie, aber wir kommen jetzt nach Bombay. Geben Sie nicht auf! Das Leben lohnt sich für Sie!«

Tulliver wandte das Gesicht ab.

Kelso schwieg und hoffte, daß der Verwundete trotz der vom Oberdeck dringenden Geräusche einschlafen würde. Durch die offene Pforte konnte er Colaba Point und den schmalen Landstreifen erkennen, der zur Werft führte. Sie befanden sich zwar noch immer in tiefem Wasser, und wenn es der *Seahawk* einfallen sollte, konnte sie auch jetzt noch absacken wie ein Stein. Sie waren jedoch nicht mehr als ein paar Kabellängen vom Ufer entfernt.

»Sind die Leinen klar?« rief Jones, und irgend jemand – von Land oder vielleicht von einem Boot, das man ihnen entgegengeschickt hatte – antwortete: »Wir nehmen sie wahr, wenn ihr soweit seid.«

Es war Kelso klar, daß er eigentlich oben an Deck sein müßte, um das Manöver zu überwachen, das sich möglicherweise als das schwierigste der ganzen Bergungsaktion erweisen würde. Aber das Mitleid hielt ihn zurück.

»Er wird sterben, bevor wir das Land erreichen«, hatte Noakes gesagt, und nach der wächsernen Blässe auf Tullivers Wangen zu schließen, hatte der Arzt recht.

Schließlich, als Kelso sah, daß Tullivers Augen geschlossen waren, stand er vorsichtig auf und flüsterte dem Arzt zu: »Ich gehe an Deck.«

»Kommodore!« Tullivers Stimme war plötzlich laut und klar. Er wandte den Kopf wieder Kelso zu und ergriff dessen Hand. Er sprach jetzt so deutlich, als habe er mit einem Male neue Kräfte erhalten.

Dann schüttelte er den Kopf, blickte Kelso mit einem wehmütigen Lächeln an und stammelte: »Niemals wollte ich Seemann werden, das ist die Wahrheit.« Mit diesen Worten verschied er.

Kelso erhob sich. »Ich muß gehen, aber ich komme gleich wieder, sobald wir auf Grund sitzen.«

Der Arzt nickte. »Es war für ihn eine gnädige Erlösung, Sir, ganz gewiß. Wäre er am Leben geblieben, hätte er nicht mehr viel zu erwarten gehabt.«

Kelso nickte, stieg den Niedergang hinauf und trat hinaus in den Sonnenschein.

Sie waren tatsächlich schon im Werfthafen, der sanft ansteigende Strand lag keinen Steinwurf weit entfernt. Die *Agamemnon* hatte losgeworfen und lag im Abstand von einer Kabellänge vor Anker. Zahlreiche Hände ergriffen die beiden Trossen, die von der Seahawk aus an Land gegeben worden waren. Langsam, Zoll für Zoll, schob sich die waidwunde Fregatte auf den Sandstrand und somit in Sicherheit.

Für Kelso gab es an Deck nichts mehr zu tun. Er freute sich, daß Jones, dessen Autorität bei der Lecksegelaktion wohl ein wenig untergraben worden war, diesen letzten Akt der Bergung allein geschafft und dadurch sein Ansehen bei der Besatzung wiederhergestellt hatte.

Kelso ging wieder in die Kajüte zurück.

»Soll er auf See bestattet werden?« fragte Noakes.

»Es ist wohl besser, wir setzen ihn mit militärischen Ehren in St. Mary's bei.« Als Seemann sollte Tulliver zwar seinen letzten Ruheplatzauf See finden, aber Kelso vermutete, daß er sich fürs Festland entschieden hätte, wenn er gefragt worden wäre.

»Wann soll die Beisetzung sein, Sir? In dieser Hitze –«

»Morgen. Ich werde mit dem Gouverneur sprechen und das Nötige veranlassen.«

»Aye, aye, Sir.«

Kelso stand noch immer unschlüssig in der Türöffnung und blickte auf das jetzt friedliche Antlitz des Toten herab. »Eins war mir rätselhaft«, sagte er. »Tulliver hat sich gut geführt, hat hervorragend gekämpft. Welchen Grund kann er gehabt haben, ständig zu äußern, daß es ihm leid täte?«

Seltsam blickte der Arzt ihn an. »Ich weiß auch nicht, Sir, es sei denn – ich meine, sicherlich ist es das.«

»Was meinen Sie?«

»Es tat ihm leid wegen Lady Susan, wenigstens sehe ich es so. Er versuchte sich zu entschuldigen, daß von allen Schiffen des Konvois ausgerechnet dieses eine gekapert wurde, die *Cleopatra.*«

7

»Es war eine beachtliche Flotte, die sie verfolgte«, sagte Kelso. »Ein französisches Linienschiff, eine Fregatte und dreißig bis vierzig Grabs oder Gallivaten.«

»Es war auch eine beachtliche Flotte, die angegriffen wurde«, betonte Raikes, ein hagerer, humorloser Schotte, der schon bei früheren Ratssitzungen häufig genug Kelsos Gegenspieler gewesen war. Die Jahre und das Klima hatten ihm übel mitgespielt, aber trotz seines schlechten Gesundheitszustands und seines nachlassenden Sehvermögens blieb er weiterhin Ratsmitglied. Als solches steuerte er viel von seinen Kenntnissen und seiner Erfahrung bei.

Emmerson andererseits hatte sowohl geistig wie körperlich im Lauf der Jahre stark abgebaut und trug recht wenig zu den Besprechungen bei, selbst wenn er wach war, was keineswegs immer zutraf. Man konnte sich jedoch darauf verlassen – ob er nun die Streitfrage verstand oder nicht –, daß er stets gegen Raikes stimmte.

»Kelso hat recht«, sagte er jetzt. »Er war dort und Raikes nicht. Der weiß gar nicht, worum es geht.«

Kelso wechselte einen Blick mit dem Gouverneur, der am Kopf der Tafel saß, und fragte sich, wie Bouchier es wohl schaffen wollte, mit diesen beiden als Ratsherren irgendein brauchbares Ergebnis zu erzielen. Es traf sich sehr ungünstig, daß die beiden anderen Ratsmitglieder, Carew und Forster, abwesend waren.

Inzwischen ging es schon auf Mitternacht zu. Die *Seahawk* war auf den Strand gesetzt worden und lag dort, auf beiden Seiten abgestützt, hoch und trocken. Die Verwundeten, soweit sie den Transport vom Orlopdeck zum Zwischen- und dann weiter zum Oberdeck überlebt hatten, befanden sich an Land im St. Mary's Hospital. Der Kompaniezimmermann hatte die Inspektion der Schäden beendet, und der Gouverneur hatte die Teilnahme an einem Dinner abgesagt, als sich herausstellte, daß die beiden Schiffe nicht vor Einbruch der Dunkelheit einlaufen würden. Dennoch war er nicht sehr begeistert gewesen von Kelsos Forderung nach einer sofortigen Ratssitzung.

»Eine Einberufung des Rates zu dieser späten Stunde, Kelso, das kann ich den Ratsmitgliedern nicht zumuten. Das hat es noch nie gegeben. Kann das nicht warten bis morgen?«

»Nein, das kann es nicht. Morgen gibt es viel Arbeit für uns, und die Entscheidungen dafür müssen schon heute abend getroffen werden.«

Der Gouverneur hatte mit einem Achselzucken geantwortet. Ihm war klar, daß Kelso auf jeden Fall seine Entscheidungen selbst treffen und das tun würde, was er für richtig hielt, daß aber seine Position viel stärker wäre, wenn er die Rückendeckung der Ratsmitglieder besaß. Bouchier hatte in der Vergangenheit schon mehr als einen Verweis aus London erhalten. Da aber das Direktorium dort stets nur auf Grund von mindestens drei Monate alten Informationen tätig wurde und der Verweis dann noch einmal dieselbe Zeit brauchte, bis er hier draußen ankam, störte ihn das nicht sonderlich. Aber ihm erschien es seltsam, daß Kelso mit der Einberufung des Rates solche Eile hatte. Konnte er die wenigen Stunden bis zum nächsten Morgen nicht noch warten? Der Gouverneur wußte zu diesem Zeitpunkt noch nicht, daß Susan Kelso sich in den Händen der Mahratten befand.

Jetzt wußte er es, als sie schwitzend im Ratssaal saßen und die schale, abgestandene Luft atmeten. Die Punkahs arbeiteten, und trotz der Insektenschwärme, die sich vor der Fliegengaze drängten, waren die Fenster geöffnet. Es dauerte aber bestimmt noch mindestens eine Stunde, bis es ein wenig abkühlte, und dann auch nur draußen. Die Schatten, die die flackernden Kerzen an die Wände warfen, erzeugten allerdings die übertriebene Illusion einer Luftbewegung.

»Das Ganze war eine seltsame Angelegenheit«, sagte Kelso, »zumindest nach den mir vorliegenden Berichten. Insofern muß ich Raikes recht geben. Die Mahrattenflotte war stark, unser Konvoi aber war es auch. Wir können nur schwer verstehen, was sich da abgespielt hat.«

»Sie meinen, wir haben unnötigerweise ein Schiff verloren – zwei Schiffe, wenn wir die *Seahawk* mitrechnen, die für längere Zeit ausfällt –, ein Verlust, den wir uns beim besten Willen nicht leisten können«, bemerkte Raikes bissig.

»Und die Besatzungen, die Passagiere, die Toten, Verwundeten und Gefangenen«, erinnerte der Gouverneur leise.

»Natürlich«, stimmte Raikes gereizt zu, »aber das zählt in London nicht. Alles, woran sie dort denken, ist Profit.« Er brach ab, gewarnt durch ein betontes Räuspern des Gouverneurs. Rasch fügte er hinzu: »Tut mir leid, Kelso, im Augenblick hatte ich ganz vergessen, daß Lady Susan –«

»Ich kann mir nicht vorstellen, daß die Schiffe unnötigerweise verlorengingen«, sagte Kelso, »wenn ich auch zugebe, daß sich da ein paar Vorgänge abgespielt haben, die ich nicht verstehe.«

»Wie es zum Beispiel kam, daß die *Cleopatra* vom Konvoi getrennt wurde?« fragte der Gouverneur.

»Ja. Jones von der *Seahawk* meinte, sie habe Schwierigkeiten mit der Ruderanlage gehabt – warum, das können wir allerdings nur vermuten, denn es herrschte nur mäßiger Seegang.«

»Vorsätzliche Beschädigung?« fragte Raikes lauernd. »Ist es das, was Sie meinen?«

Kelsos Gesicht war so ausdruckslos wie immer, als er antwortete: »Es wäre eine Möglichkeit.«

»Aber wer hätte das tun sollen?« fragte der Gouverneur. »Und wie? Soweit mir bekannt ist, versagte das Ruder bereits, bevor der erste Schuß fiel.«

»Ja. Jones und die anderen Offiziere, die ich befragt habe, bestätigten das.«

»Und Fenton? Was sagt er?«

»Hier.« Kelso reichte den hastig geschriebenen Bericht Fentons über den Tisch. »Lesen Sie selbst, was er schreibt.«

Fenton, dem es immer Schwierigkeiten machte, sich auszudrücken, und zwar mündlich wie schriftlich, hatte in der für ihn typischen Art geschrieben, knapp und kurz:

»Muß leider mitteilen, Sir, daß wir französische und Mahrattenflotte trafen auf Position 7°52' Nord, 75°20' Ost gegen acht fünfzehn am Morgen des 26. September. Konvoi fuhr in Dwarslinie, *Protector* in Lee. Bevor es zur Feindberührung kam, schor *Cleopatra* nach Steuerbord aus. Befahl *Seahawk*, ihr zu folgen.

Das tat sie. Wurde dann von *Normandie* angegriffen, kämpfte geschickt und mit vollem Einsatz. Kann Kapitän Tullivers Verhalten nicht hoch genug loben.

Während *Seahawk* eine Meile entfernt auf Leeseite kämpfte, wurden *Protector* und Rest des Konvois von *Rouen* und mehr als dreißig Grabs und Gallivaten bedrängt. Die Ostindienfahrer schlugen sich tapfer, zwei von ihnen erhielten leichte Beschädigungen. Keiner wurde gekapert. Wir versenkten zehn Grabs und Gallivaten.

Rouen löste sich bald von uns, soweit ich feststellen konnte, unbeschädigt. Als auch Mahrattenflotte sich dann zurückzog, sahen wir, daß sie zu ihrem Schwesterschiff *Normandie* gestoßen war. Zwischen den beiden, umzingelt von einem Dutzend Gallivaten, befand sich die *Cleopatra*.

Ich hoffe, Sie werden meine Gefühle verstehen, Sir, da ich ja wußte, daß sich Lady Susan dort an Bord befand, aber ich konnte nichts machen. *Seahawk* war durch ihre schweren Beschädigungen kampfunfähig. Die französischen Schiffe hatten sich mit ihrer Prise bereits mehrere Meilen entfernt und verschwanden bald am Horizont. Selbst wenn ich den Konvoi verlassen und die Verfolgung aufgenommen hätte, wäre kaum Aussicht gewesen, sie einzuholen.

Unter diesen Umständen beschloß ich, meine Order auszuführen, den Konvoi weiterzugeleiten nach St. Helena und dann zurückzukehren. *Seahawk* schicke ich mit diesem Bericht nach Bombay.

Nach meiner Rückkehr werde ich eine umfassendere Darstellung der Ereignisse geben und mich auch, falls erforderlich, einem Untersuchungsausschuß stellen. Gebe Gott, daß es Ihnen inzwischen gelingt, *Cleopatra* rasch zurückzuerobern und Lady Susan sowie die anderen Passagiere zu befreien.«

»Schön und gut!« bemerkte Emmerson. »Aber warum, zum Teufel, hat er sie nicht selbst befreit?«

»Weil er Seemann ist und ein guter Kapitän«, sagte Kelso in scharfem Ton. »Es wäre unverzeihlich, vier Ostindienfahrer wegen eines einzigen aufs Spiel zu setzen.«

»*Sie* sagen das?« fragte Emmerson verständnislos. »Macht es Ihnen denn gar nichts aus, daß Lady Susan in Gefangenschaft ist?«

Emmerson war krank und müde, denn es war auch für ihn ein langer und heißer Tag gewesen, aber er wurde jählings hellwach, als er Kelsos Gesichtsausdruck sah.

»Verdammt!« rief Kelso, »das wagen Sie mir zu sagen? Es ist meine Frau, die sie gefangengenommen haben, diese verdammten Wilden – verstehen Sie? Meine Frau!«

Emmerson schreckte auf und schien völlig zerknirscht. »Ich bitte um Entschuldigung, Kelso, ich hatte nicht die Absicht –«

»Es wird ihr nichts geschehen«, sagte der Gouverneur rasch, »ihr und den anderen Passagieren. Vergessen Sie nicht, daß sie sich zwar in der Gewalt der Mahratten befinden, daß es aber Franzosen sind, in deren Händen das Oberkommando liegt.«

»Ich hoffe, Sie haben recht«, erwiderte Kelso nachdenklich, »obwohl es keineswegs sicher ist, daß diese Wilden auf die französischen Offiziere hören.«

»Sie werden auf sie hören«, sagte der Gouverneur, »wenigstens im Augenblick, denn sie wollen ihr neues Machtgefühl auskosten. Chandra Nath in Poona und Kishun Roy in Gheriah haben bestimmt schon voller Freude die Wirksamkeit dieses Bündnisses mit den Franzosen festgestellt.«

Es war noch immer heiß. Gelegentlich, wenn der Wind etwas auffrischte, war allerdings von See her eine leichte Brise zu spüren. Draußen herrschte völlige Dunkelheit, nur aus dem Wachlokal drang ein schwacher Lichtschein, und die Laternen, die von den Bäumen auf beiden Seiten der Einfahrt hingen, brannten noch. Irgendwo außerhalb der Mauern heulte ein Hund.

»Fenton hat mein volles Vertrauen«, sagte Kelso schließlich. »Wir werden die Einzelheiten erst erfahren, wenn er zurückkehrt. Ich bin überzeugt, daß es ein paar Dinge gibt, die ich im Augenblick noch nicht übersehe, die er aber sicherlich aufklären kann. Im Augenblick vergeuden wir lediglich unsere Zeit mit Vermutungen, und die Zeit ist knapp.«

»Was war mit der Ruderanlage von *Cleopatra,* zum Beispiel?« brachte Raikes vor.

»Und was hat den Konvoi nach meiner Ausschiffung aufgehalten? Auch wenn sie kreuzen mußten, hätten sie schon viel weiter westlich stehen müssen. Niemals durften sie sich von den Gallivaten mit ihren Lateinersegeln einholen lassen.«

Der Gouverneur warf ein: »Wie Sie ganz richtig gesagt haben, ist es zwecklose Zeitvergeudung, hierüber Vermutungen anzustellen. Die Frage ist jetzt: Was können wir tun?«

»*Die Cleopatra* zurückerobern«, sagte Kelso.

Vorsichtig blickten sie ihn an, darauf bedacht, sich nicht bloßzustellen. Aber zweifellos war jeder von ihnen der Meinung, daß Kelso nicht im Ernst gesprochen haben konnte.

»Zurückerobern?« fragte der Gouverneur zweifelnd. »Wie?«

»Durch einen Angriff auf Gheriah, wenn es sein muß.«

Sofort protestierten sie lebhaft, wie er erwartet hatte. Raikes schrie empört: »Sie müssen verrückt sein, Mann! Wollen Sie, daß wir die ganze Mahrattenarmee hierherlocken?«

»Nicht, wenn wir es vermeiden können, aber ich bin überzeugt, daß Robert Clive in diesem Falle sagen würde, dies sei eine Herausforderung, der wir uns früher oder später doch stellen müssen.«

»Nun, er ist nicht hier, Gott sei Dank!« gab Raikes höhnisch zurück. »Und Sie müssen wahnsinnig sein, wenn Sie sich einbilden, wir könnten hunderttausend Mahratten schlagen.«

»Das könnten wir schon«, sagte Kelso, »mit etwas Mut und Entschlossenheit.«

Raikes' mageres Gesicht wurde kreideweiß vor Ärger. »Mut, sagen Sie? Wenn Sie mir unterstellen wollen, ich sei ein Feigling oder es fehle mir an –«

»Ich unterstelle gar nichts«, sagte Kelso, »ich stelle nur Tatsachen fest. Clive hat unter ähnlichen Verhältnissen bei Plassey gekämpft und gewonnen. Wieso ist die Annahme falsch, daß wir das auch können?«

Der Gouverneur schüttelte den Kopf. »Trotzdem, Kelso, der Gedanke gefällt mir nicht. Wie ich vorhin schon sagte, halte ich das für ein unannehmbares Risiko.«

»Im Augenblick ja, das gebe ich zu.«

»Was schlagen Sie also vor? Daß wir auf die *Protector* warten?«

Kelso rückte ungeduldig hin und her. »Das dauert fünf bis sechs Wochen, vielleicht sogar länger. Wenn Sie sich einbilden, daß ich meine Frau so lange in den Händen dieser Wilden lasse –«

»Also gut.« Der Gouverneur hob beschwichtigend die Hand. »Was schlagen Sie also vor?«

»Daß ich nach Süden segle. Die *Agamemnon* liegt im Hafen. Bis morgen mittag könnte sie mit Proviant- und Wasserübernahme fertig sein.«

Zweifelnd zog der Gouverneur die Stirn in Falten. »Zu welchem Zweck? Was wollen Sie damit erreichen?«

»Das weiß ich noch nicht genau. Eines aber ist sicher: Ob wir die Mahratten jetzt oder später angreifen, irgend jemand muß vorher rekognoszieren.«

»Das klingt plausibel«, sagte Emmerson. »Rekognoszieren.«

»Und dann«, fuhr Kelso fort, »wenn die Bedingungen günstig sind und wir uns unbemerkt nähern können, werden wir versuchen, einen Kommandotrupp an Land zu setzen.«

8

Bei halbem Wind, strahlendem Sonnenschein und mäßigem Seegang segelte die *Agamemnon* südwärts. Sie folgte der üblichen, von den Kompanieschiffen auf Patrouillenfahrt oder auf dem Wege nach Madras benutzten Route. Um die Geheimhaltung noch besser zu gewährleisten, hatte Kelso seinen Steward angewiesen, überall das Gerücht zu verbreiten, sie führen zur Coromandelküste.

Man konnte nicht vorsichtig genug sein. Als jüngerer Mann war er einmal, ebenfalls beim Bekämpfen derselben Mahratten, von der Tochter seines eigenen Khitmugar verraten worden. In Bombay gab es kaum eine Kneipe, kaum einen Basar, in dem sich nicht Sympathisanten und Informanten der Mahratten aufhielten. Auch die Bordelle waren berüchtigte Klatschzentren, selbst wenn die Mädchen – junge Inderinnen oder abgetakelte Europäerinnen – den Briten ewige Loyalität geschworen hatten.

Nur Cantwell, der Kommandant, kannte ihren wirklichen Bestimmungsort. Er war stolz darauf, mit dem Kommodore an Bord zu dieser gewagten Unternehmung segeln zu dürfen. Voller Begeisterung und Freude überlegte er, daß bei einem erfolgreichen Abschluß der Aktion seine Beförderungsaussichten bestimmt nicht negativ beeinflußt würden.

»Nach Einbruch der Dunkelheit könnten wir Kurs ändern und dichter unter Land gehen, Sir. Auf diese Weise würden wir den Patrouillen der Mahratten ausweichen.«

»Und von jedem Fischerboot und von jedem Dorfbewohner an Land gesehen werden.«

Kelso brachte es nicht fertig, den eifrigen jungen Mann zurechtzuweisen – vor nicht allzu langer Zeit war er selbst genauso jung und ungestüm gewesen –, aber er vermißte Fentons schweigendes Verständnis sehr.

»Ja, Sir. Ich meinte nur –«

»Was wir tun werden«, sagte Kelso, um die nutzlose Diskussion zu beenden – nutzlos, weil er genau wußte, was er beabsichtigte –, »ist folgendes: Wir behalten unseren Südkurs drei Tage lang bei, als ob wir Kap Comorin ansteuerten. Wenn wir von Mahrattenpatrouillen gesehen werden, wie Sie befürchten, desto besser. Solange sie glauben, daß wir nach Fort St. George fahren, vielleicht zur Verstärkung der dortigen Garnison, rechnen sie nicht damit, daß wir in irgendeiner Weise an Gheriah interessiert sind. Überraschung ist unsere beste Waffe. Wir können nur hoffen, daß sie nicht einmal die Möglichkeit in Betracht ziehen, daß wir einen derartig stark befestigten Hafen angreifen, noch dazu mit einer kleinen Korvette. Sie verlassen sich auf den Schutz des Forts und der Küstenbatterien, ganz zu schweigen von den Schwierigkeiten der Einfahrt und den französischen Kriegsschiffen in der Bucht.«

Er lächelte, um der Zurechtweisung den Stachel zu nehmen, und bemerkte zu seiner Freude, daß der junge Kommandant keineswegs verstimmt war.

»An Deck! Segel recht voraus!«

»Entern Sie auf, Mr. Jacklin«, sagte Kelso zum Midshipman der Wache. »Sehen Sie zu, was Sie ausmachen können.« Es konnte alles sein, vom Fischerboot bis zum Kriegsschiff, und schließlich war die kleine *Agamemnon* nicht sonderlich kampfkräftig.

Er blickte dem jungen Midshipman nach, der wie ein Äffchen die Wanten hinaufflitzte, dann weiter über Püttings und Mars bis zum Großtopp. Hier zog er, kein bißchen außer Atem, sein Glas aus dem Futteral und richtete es auf den Horizont.

»Etwas Kleines, Sir«, rief er kurz danach. »Lateinersegel, könnte eine Gallivate sein.«

Es schien sich zweifellos um eine Mahrattenpatrouille zu handeln.

»Behalten Sie sie im Auge«, rief Kelso hinauf. »Melden Sie, wenn sie Kurs ändert.«

»Aye, aye, Sir.«

Wenn es nicht die Vorhut einer größeren, noch hinter dem Horizont verborgenen Flotte war, würde eine einzelne Gallivate einer Begegnung mit einer Korvette geflissentlich aus dem Wege gehen.

»Ändert Kurs, Sir«, kam der Ruf des Jungen von oben. »Geht vor den Wind.«

Bringt sich in Sicherheit, dachte Kelso. Es war klar, daß ihr die sehr viel größere Korvette nicht folgen würde, hier an der Leeküste. Das war ja die Hauptschwierigkeit bei den Kämpfen mit den Mahratten: Ihre kleinen, behenden Fahrzeuge mit den spitzen Lateinersegeln waren, besonders bei leichter Brise, schneller und wendiger als jedes Kompanieschiff, und ihr ständiges Ausweichen glich ihre Feuerunterlegenheit aus. Wenn es jedoch zum Nahkampf kam, dann waren sie eine tödliche Gefahr, denn sie jagten stets im Rudel, meist begleitet von den noch kleineren Grabs. Der Anblick und das Geschrei der über Deck schwärmenden Eingeborenen waren der Alptraum eines jeden Kapitäns.

»Kurs halten!« befahl er dem Rudergänger. Ein Kompanieschiff auf der langen Reise zur Coromandelküste würde einer Gallivate wegen nicht seinen Kurs ändern.

Sie behielten den ganzen Tag über ihren Südkurs bei und pflügten auch durch die Dunkelheit mit gleichmäßigen acht Knoten. Ihr einziges Segelkürzen während der Nacht bestand aus einem Reff im Großsegel. Die meisten Kapitäne hätten stärker reduziert, denn die Gefahr einer Kollision auf dieser stark befahrenen Route war nicht zu unterschätzen. Aber auch wenn Cantwell sich vielleicht Sorgen um die Sicherheit seines Schiffes machte, so überwog doch das Vertrauen in den Kommodore und die Hoffnung auf Erfolg.

Bei Hellwerden sahen sie vor sich eine leere Welt, nichts als See und Himmel. Gegen Mittag sichteten sie eine weitere Patrouille, bestehend aus zwei Grabs und einer Gallivate. Hatte aber deren Kommandeur je einen Kampf in Erwägung gezogen, so mußte er diesen Gedanken rasch wieder verworfen haben.

Eine weitere Nacht und ein weiterer Tag verstrichen, und bei Einbruch der Dunkelheit stand die *Agamemnon* vor Gheriah. Durchs Glas sah Kelso Stadt und Hafen, von grünen Hügeln umgeben, und dahinter die blauen Linien der Ghats.* Da war auch das Vorgebirge, an das er sich gut erinnerte und das dem Hafen den nötigen Schutz gab. Weiter im Süden lagen die Sandbänke, die das Einlaufen ohne Lotsen gefährlich machten. In einer Entfernung von zehn Meilen sah er das neue Fort, das ein wenig tiefer auf der Klippe errichtet worden war als das alte, das sie zerstört hatten. Sicherlich war es dort erheblich wirkungsvoller, da der tote Winkel der Kanonen auf diese Weise stark reduziert wurde. In der Bucht, geschützt durch das Fort und die Küstenbatterien, lagen die französischen Schiffe mit ihrer Prise, sowie ein Teil der Mahrattenflotte.

»Eine beachtliche Herausforderung, Sir«, bemerkte Cantwell, der mit seinem Fernglas neben den Kommodore getreten war.

»Ja, aber eine, die wir annehmen müssen.« Kelso sprach mehr zu sich selbst, verlieh seinen Gedanken Ausdruck, deshalb störte es ihn ein wenig, daß Cantwell darauf antwortete.

»Wann, Sir, wird das Ihrer Meinung nach sein? Jetzt sind

* Randgebirge im Westen und Osten Indiens.

wir bestimmt noch nicht stark genug, besonders da die *Seahawk* ausgefallen ist. Müssen wir nicht auf Verstärkung aus Coromandel und Bengalen warten?«

»Das wird sich zeigen. Im Augenblick haben wir eine andere, dringlichere Aufgabe.«

»*Cleopatra* zurückzuerobern.« Der junge Mann lächelte hoffnungsvoll. »Sir, das gibt eine Feder für unseren Hut, wenn wir das schaffen.«

»Ich dachte dabei mehr an die Passagiere und die Besatzung.«

Oder an einen Passagier. Natürlich machte er sich Sorgen um Abercrombie, um die Besatzung und die armen Passagiere, aber er konnte seine Gedanken nicht von Susan abwenden. Kannte er doch aus eigener Erfahrung die angeborene Grausamkeit der Mahratten, ganz zu schweigen von den sonstigen Demütigungen, denen sie und auch die anderen weiblichen Passagiere ausgesetzt waren, und von den Bedingungen, unter denen sie wahrscheinlich alle hausen mußten. Er hoffte nur, daß Lemarchand, der französische Kommandant, die Macht besaß, sie gegen seine eigenen Bundesgenossen in Schutz zu nehmen.

»Wie viele sind insgesamt in Gefangenschaft geraten, Sir?« fragte Cantwell.

»Außer der Besatzung waren vierzig Passagiere an Bord.«

»Viele Frauen darunter?«

»Fünfundzwanzig, soviel ich weiß, außerdem sechs Kinder, zwei davon Babies.«

Cantwell antwortete nicht.

»Sie wissen jetzt, warum dieses Unternehmen gelingen muß!« sagte Kelso.

»Ja, Sir.«

Wieviel Aussicht bestand wohl, daß Lemarchands Vorstellungen bei den Mahratten auf fruchtbaren Boden fielen? überlegte Kelso. Für diese – wie für alle Inder – war die Frau ein Spielzeug oder aber ein Packesel, der zur Arbeit geprügelt wird, während sein Herr ruht oder seinem Zeitvertreib nachgeht. Bestand für diese Piraten irgendein Grund, eine englische Frau anders zu behandeln?

»Wann wollen wir Kurs ändern, Sir!«

»Jetzt noch nicht. Wir warten, bis es dunkel wird.«

Die Dunkelheit kam, wie immer in den Tropen, plötzlich und nach einer kurzen, farbenprächtigen Dämmerung. Ebenso plötzlich flaute meist der Wind ab und frischte dann gegen Ende der Abendwache wieder auf. So auch diesmal, und als Kelso schließlich den Befehl zum Halsen gab, briste es bereits weit heftiger, als für dieses Manöver nötig gewesen wäre.

»Voll und bei!« befahl er, als sie auf dem neuen Kurs lagen.

Sie kreuzten jetzt nordwärts, ein bis zwei Meilen von der Küste entfernt. An Steuerbord sahen sie die dunkle Gebirgskette der Ghats, die gelegentlich von den Lichtern der wenigen Dörfer unterbrochen wurde. An Bord der *Agamemnon* war alles dunkel bis auf die schwache, abgeblendete Kompaßbeleuchtung, auch unter Deck waren auf der Steuerbordseite alle Lichter gelöscht.

Es war ein unheimliches Gefühl, hier in den feindlichen Gewässern auf dem Achterdeck zu stehen, nach vorn zu starren und gelegentlich die phosphoreszierende Kiellinie zu beobachten. Kreuz- und Großmast sowie das Geflecht der Wanten waren schwach zu erkennen und kein Geräusch zu hören außer dem Rauschen des vorbeischäumenden Wassers. Irgendwo an Steuerbord lag Gheriah, wo Susan jetzt vielleicht noch wach war, vielleicht voller Hoffnung wartete. Was dachte sie wohl? Wie stark war ihr Vertrauen darauf, daß er sie trotz all ihrer Differenzen nie im Stich lassen würde?

»Hart Steuerbord!« schrie er und griff unwillkürlich mit in die Speichen, als eine dunkle Masse vor ihnen auftauchte, um gleich wieder in südlicher Richtung in der Dunkelheit zu verschwinden.

»Was war das?« flüsterte Cantwell.

»Ich weiß nicht. Vielleicht ein Fischerboot. Hoffen wir, daß man uns nicht erkannt hat.«

Das war ein Risiko, aber das mußten sie eingehen. Zum Umkehren war keine Zeit mehr. Auf jeden Fall schien es weniger verdächtig, wenn sie ohne jeden Alarm ihren Kurs beibehielten.

»Dort liegt es, Sir«, sagte Cantwell nach einiger Zeit und deutete landwärts, wo die Lichter von Gheriah jetzt deutlich zu sehen waren, aufgereiht wie eine Perlenschnur.

»Und das ist auch der Kurs, den Sie nachher steuern müssen«, sagte Kelso. »Nordnordost und in Deckpeilung mit dem Fort. Zwei Kabellängen vor der Küste drehen Sie nach Steuerbord. Etwa hundert Yards danach gehen Sie wieder auf den alten Kurs, müssen dann aber nochmals nach Steuerbord drehen, da die Fahrrinne hier landeinwärts abbiegt. Es ist vermutlich nicht so schwierig, wie es von hier aus scheint. Normalerweise liegen ja auch Fahrwasserbojen aus. Natürlich müssen wir darauf gefaßt sein, daß die Mahratten die Betonnung eingezogen haben, weil sie mit unserem Kommen rechnen. Im Kutter sollten Sie aber trotzdem keine Schwierigkeiten haben, hineinzukommen.«

»Es ist weniger das Hineinkommen, Sir, das mir Sorgen macht«, sagte Cantwell grinsend, »als vielmehr nachher das Herauskommen.«

9

Zusammen legten die beiden Boote ab und trennten sich, als sie sich dem Vorland näherten. Der Kutter mit Cantwell, Tinnesley, dem Zweiten Offizier, zwei Midshipmen und zwanzig Freiwilligen verschwand im Dunkel. Die umwikkelten Riemen bewegten sich vollkommen lautlos in den gut gefetteten Dollen. Lediglich das leise Gurgeln des Wassers am Bug durchbrach die Stille.

Es war eine Stunde vor Anbruch der Morgendämmerung, die Stunde, in der erfahrungsgemäß die Wachtposten dösen, die Kommandanten nach einer vielleicht ruhelos verbrachten Nacht endlich erschöpft einschlafen und normalerweise sogar die Hunde still sind.

Kelso befand sich mit Padstow, dem Bootsmannsmaat Crocker und zwei Ruderern in der Gig auf dem Weg zur Küste. Kurz vor Mitternacht hatten sie Gheriah erreicht, die Hafeneinfahrt in geringem Abstand passiert und dann weit nach Backbord ausgeholt, um schließlich keine halbe Meile von der Küste entfernt beizudrehen. Hier lagen sie, durch das steile Vorgebirge gegen Sicht von Land gedeckt, einigermaßen in Sicherheit. Wenigstens hoffte Kelso, daß sie so lange unentdeckt blieben, wie er und Cantwell auf ihrer gefährlichen Unternehmung unterwegs waren.

»Brandung voraus, Sir«, flüsterte Padstow ihm ins Ohr.

Kelso nickte. Von seiner Position im Heck des Bootes übersah er die Lage und war sich der Gefahr bewußt.

»Zwei Strich nach Backbord, Mr. Crocker«, befahl er. »Dort ist ruhiges Wasser. Sieht aus wie ein Sandstrand.«

Als sie näher kamen, erkannten sie die dunklen Formen von Hütten zwischen den Bäumen und mehrere auf den Strand gezogene Fischerboote. Ein Hund bellte und fuhr fort zu bellen, als der Kiel des Bootes fast lautlos den weichen, sandigen Grund berührte.

Kelso verfluchte sein Pech oder vielmehr seine falsche Lagebeurteilung, denn vor ein paar Jahren war er hiergewesen, hatte aber nicht mehr an das Dorf gedacht, das im Schutz des Vorgebirges lag. Wenn man sie jetzt entdeckte, war alles verloren. Mit vier Mann konnten sie keinesfalls ein ganzes indisches Dorf zum Schweigen bringen oder in Schach halten.

Crocker blickte ihn erwartungsvoll an, bereit, wieder abzulegen. Kelso wollte sich jedoch nicht so leicht geschlagen geben.

»Schiebt das Boot möglichst leise zwischen die Büsche«, flüsterte er, »und macht euch auf einen Hinterhalt gefaßt.«

Sie brauchten die Gig zwar nur ein kurzes Stück zu schieben, aber es war anstrengend, denn trotz der frühen Stunde war die Luft bereits recht schwül, der Sand weich und grundlos. Vom oberen Rand des Strandes führte eine steile Böschung zu dem Dornengestrüpp unter den Bäumen.

»So, das hätten wir, Sir«, sagte Padstow endlich, als sie die Gig mit viel Mühe zwischen die Büsche geschoben hatten. »Wenn sie jemand findet und herausziehen will, dann werden ihm die Dornen ganz schön zusetzen.«

Kelso gebot mit der Hand Schweigen, und als sie lauschten, stellten sie fest, daß der Hund, der sich während ihres Manövers in eine wahre Raserei hineingesteigert hatte, plötzlich seinen Schwung verlor. Sein Bellen wurde halbherzig, dann brach es ganz ab. Indische Fischer kamen aus den Hütten und schlurften bis zum Anfang des Strandes.

»Sie haben uns nicht gesehen«, flüsterte Crocker, als die Leute nach einer Weile wieder abzogen.

Kelso nickte und deutete hangaufwärts. Sie durchquerten einen Obstgarten, der auf dem sanft ansteigenden Hang angelegt worden war und der im Osten von einem Damm begrenzt wurde. Beim Näherkommen hatte Kelso an eine gut vorbereitete Verteidigungslinie gedacht, denn der Damm sah in der Dunkelheit aus wie eine Brustwehr. Er war sehr erleichtert, als sie vorsichtig auf allen vieren hinaufkrochen und feststellten, daß er nichts Gefährlicheres einschloß als Reisfelder.

Bei Anbruch der Dämmerung waren sie schon gut eine Meile von der Küste entfernt.

Sie versuchten, den Ostrand des Vorgebirges zu erreichen, das auch im Dunkeln gut erkennbar war. Es ging stets durch dichten Urwald, und sie machten erst halt, als sie den Kamm erreicht hatten.

Mit Erleichterung stellte Kelso fest, daß kein Morgennebel aufstieg. Zwar war die Sichtweite zu dieser frühen Stunde noch begrenzt, aber deutlich konnte er das Fort auf der Klippe erkennen, das wie ein warnender Finger in den Himmel ragte. An ihrem Fuß zeigte sich ein Streifen Wasser, auf dem Frühdunst lag. Irgendwo dort draußen, wenn alles bisher gutgegangen war, mußte der Kutter gerade das letzte Stück der Fahrrinne hinter sich gebracht haben.

»Was machen wir jetzt, Sir?« fragte Crocker.

»Wir wollen den Weg suchen«, antwortete Kelso, »der mit Sicherheit vom Fort zur Stadt führt. Wenn wir unterwegs jemanden treffen, muß er zum Schweigen gebracht werden.«

»Aye, aye, Sir«, warf Padstow grinsend ein und tätschelte den Griff seines Entermessers im Gürtel.

Der Weg, der sich erstaunlicherweise als kümmerlicher Pfad erwies, obwohl auf ihm ja Geschütze und Munition transportiert wurden, führte am Rand des Vorgebirges entlang, so daß sich ihnen zwischen den Bäumen hindurch der Blick auf Gheriah und die breite Hafeneinfahrt bot.

Der Dunst über dem Wasser war niedrig, aber dicht, was Cantwell in seinem Kutter zugute kam. Kelso konnte sich allerdings nicht vorstellen, daß die Mahratten entlang der Küste keine Posten aufgestellt haben sollten. Es war auch seltsam, daß anscheinend noch kein Alarm gegeben worden war, denn wenn der Kutter die richtige Durchfahrt gefunden hatte, mußte er jetzt bereits mitten im Hafen sein. Zwangsläufig erwog Kelso auch die anderen Möglichkeiten, daß Cantwell schon entdeckt, gefangen oder getötet worden oder daß der Kutter auf Grund gelaufen war.

Der Pfad führte bergab, und sie hatten den größten Teil des Weges bereits hinter sich und näherten sich den Außenbezirken des Ortes. Noch immer herrschte kein volles Tageslicht.

Sie versteckten sich im Schatten der Bäume, als eine Ziegenherde den Pfad kreuzte, und dann nochmals, als ein Bauer, die Hacke über der Schulter, zu seinen Feldern hinaufstieg. Schließlich erreichten sie, allem Anschein nach unbemerkt, eine Reihe von Hütten.

Dort duckten sie sich hinter einen Busch, und Kelso überlegte, was sie als nächstes unternehmen sollten. Bisher hatten sie unerhörtes Glück gehabt, bei den Hütten begann jedoch bereits die übliche Morgengeschäftigkeit. Inderinnen begaben sich, einen Tonkrug auf dem Kopf, zum Brunnen, ein Junge stapfte mit einem Joch, schwer beladen mit Früchten und Gemüse, zur Stadt. Draußen am Rand der staubigen Straße lag ein junges Mädchen auf dem Rücken, die Hände unter dem Kopf verschränkt. War sie tot oder schlief sie?

»Dorthin!« Kelso zeigte auf ein buschbestandenes Gelände hinter den Hütten, wo sie möglicherweise genügend Deckung finden konnten, um zum Stadtzentrum vorzudringen.

Ein paar Minuten waren sie schon unterwegs, teils kriechend, teils laufend oder geduckt abwartend. Plötzlich wurden die alltäglichen Geräusche der erwachenden Stadt jählings durch einen Pistolenschuß unterbrochen. Anscheinend kam er aus der Richtung des Hafens. Gleich darauf hörten sie Kanonendonner.

»Das sind sie, Sir«, flüsterte Padstow strahlend. »Sie haben die *Cleopatra* gefunden.«

Oder man hat sie abgefangen beim Versuch, den Hafen zu überqueren, dachte Kelso. Zu gern wäre er hinuntergelaufen zum Wasser, um zu sehen, wie Cantwell und sein Entsatztrupp zurechtkam, aber es war klar, daß er dazu keine Gelegenheit hatte. Gerade dieses Ablenkungsmanöver war es ja, was sie brauchten, um unbemerkt ins Stadtinnere zu gelangen.

Also bedeutete er den anderen, ihm zu folgen. Er lief über den Rest des Buschgeländes, vorbei an einer weiteren Reihe von Hütten und an einem größeren Gebäude, das ein Lagerhaus zu sein schien. Endlich erreichten sie eine der Hauptstraßen.

Im Hafen ging der Kampf weiter. Sie hörten noch immer Schüsse und lautes Geschrei, aber die Geschütze des Forts schwiegen, was sie sehr beruhigte. Es konnte eigentlich nur bedeuten, daß der Trupp die *Cleopatra* erreicht hatte, so daß die Geschützführer nicht mehr feuern konnten.

Jetzt stand Kelso am Anfang einer breiten Straße, über die Scharen von Mahratten – Männer, Frauen und Kinder – rannten. Einige waren noch halbnackt, als seien sie soeben erst aus dem Bett gesprungen. Sie alle liefen hinunter zum Hafen. Wenn sie sich nur ein einziges Mal umgewandt hätten, so wären ihnen die Engländer nicht entgangen, die jetzt lässig und ohne nach Deckung zu suchen mitten auf der Straße gingen. Schließlich entdeckte sie ein Soldat, der halb bekleidet und offensichtlich ziemlich verwirrt aus einem Bordell kam.

»Halt!« Er stolperte, als er auf sie zulief, denn seine Sandalen waren noch offen. Verzweifelt bemühte er sich, sein Messer zu ziehen.

Padstow rannte ihm entgegen wie ein gereizter Bulle und schlug ihm voller Wucht die Faust ins Gesicht.

Mit blutender Nase fiel der Mahratte hintenüber, und bevor er sich wieder aufraffen konnte, hatte Padstow ihn im Schwitzkasten.

Kelso zog den Degen und hielt die Spitze an des Mannes Brust. »Die englischen Gefangenen«, sagte er auf mahrattisch, »wo sind sie?«

Der Soldat rollte mit den Augen und öffnete den Mund, denn er konnte kaum noch atmen.

Als Padstow seinen Griff etwas lockerte, fragte Kelso nochmals: »Wo sind die englischen Gefangenen?«

Da er jetzt ein wenig mehr Bewegungsfreiheit hatte, wandte der Mahratte den Kopf und sah sich um. Als er aber lediglich den feindlichen Blicken Crockers und der beiden Seeleute begegnete, die ebenfalls ihre Messer gezogen hatten, kapitulierte er und sagte stockend: »In Cowlapundi.«

»Wo ist das?«

»Das Cowlapundi-Gefängnis.« Mühsam wandte er den Kopf nach links, was ihm sofort eine Verschärfung von Padstows Würgegriff einbrachte.

»Zeig uns den Weg«, befahl Kelso.

Mit Padstows Messer im Rücken und je einem der Seeleute auf jeder Seite führte sie der Mahratte durch ein Gewirr enger, übelriechender Gassen zur Rückseite der Stadt, bis sie zu einer Gruppe größerer Gebäude kamen, die einen freien Platz einrahmten.

»Wartet!« Kelso bedeutete ihnen stehenzubleiben, während er vorsichtig in das helle Sonnenlicht hinausblickte. »Was ist das?« Er hatte auf englisch gefragt und mußte seine Worte auf mahrattisch wiederholen, bis der Gefangene, zusätzlich ermuntert durch einen leichten Messerstich Padstows, antwortete.

»Cowlapundi, Sahib.« Dabei drehte er den Kopf in Richtung der Gebäude, da Padstow seine Arme festhielt. »Die

Kasernen, der Exerzierplatz und dort drüben das Gefängnis.«

Kelso blickte in die angezeigte Richtung und sah ein niedriges, langgestrecktes Gebäude mit vergitterten Fenstern und einer engen Eingangstür. Ein Posten unter Gewehr stand davor, und obgleich aus seinen häufigen, seewärts gerichteten Blicken zu ersehen war, daß er gar zu gern gewußt hätte, was dort unten vorging, konnten sie dennoch nicht damit rechnen, daß er seinen Platz verlassen würde.

»Ist dort das Gefängnis?«

»Ja, Sahib. Durch die Tür geht es ins Wachlokal, dann weiter ins Gefängnis.«

»Gibt es noch einen zweiten Eingang?«

»Ja, Sahib, in der Südmauer.«

»Ist er bewacht?«

»Ja, Sahib, Tag und Nacht, durch zwei Posten.«

»Was sagt er, Sir?« fragte Padstow. Man merkte ihm an, daß er nach einem Vorwand suchte, um dem Mahratten die Kehle zu durchschneiden.

»Das Gefängnis ist dort drüben, zwischen den Kasernen. Beide Eingänge sind bewacht.«

»Dann müssen wir ein Ablenkungsmanöver inszenieren, Sir«, antwortete Padstow. »Wie wäre es, wenn unser Freund hier mit dem Posten spräche?«

Kelso schüttelte den Kpof. »Das nützt nichts. Selbst wenn wir den Posten überwältigen, ist drin noch die volle Wachmannschaft.«

»Dann suchen wir den hinteren Eingang, Sir.«

»Es gibt hinten nur einen, und der ist bewacht.«

»Das sagt er!«

Kelso nickte. »Wir werden es versuchen. Wir gehen um das Gebäude herum zur Rückseite.«

Padstow grinste und drehte den unglücklichen Gefangenen herum. »Was soll ich mit dem hier machen, Sir?«

»Nehmen Sie ihn mit.«

Sie hatten dem Platz gerade den Rücken gekehrt, um durch die engen Gassen zurückzugehen, als Crocker mit gedämpfter Stimme hinter ihnen herrief: »Sir!«

»Was ist?«

»Dort, Sir. Ich kann es nicht glauben –«

Kelso trat rasch in den Schatten am Rande des Platzes zurück.

»Was ist?«

»Dort drüben, Sir.«

Er blickte hinüber und sah – kaum traute er seinen Augen – zwei Gestalten auf sich zukommen. Die eine war ein prächtig gekleideter mahrattischer Edelmann, die andere, die fröhlich neben ihm herging, mit einem Lächeln auf den Lippen, war Susan, seine Frau.

10

Sie sah schöner aus als je zuvor. Als er sie völlig ungezwungen und fröhlich plaudernd neben dem Mahratten einhergehen sah, mit dem sie offensichtlich auf recht vertrautem Fuß stand, spürte er, daß er sie noch immer liebte, und es war ihm völlig gleichgültig, was Padstow, Crocker und die beiden Seeleute denken mochten.

»Susan ist unbezähmbar«, hatte ihre Freundin Margaret Clive ihm damals in Bombay gesagt. »Was auch geschehen, wie sich auch das Schicksal gegen sie wenden mag, sie wird immer Siegerin bleiben. Sollten die Horden aus dem Norden einmal wirklich ihre Drohung wahrmachen und uns überrollen, sie wird bestimmt überleben. Ich möchte sogar wetten«, hatte sie lächelnd hinzugefügt, »daß sie innerhalb eines Monats in einem Prunkpalast in Delhi einquartiert sein wird, als persönliche Beraterin des Großmoguls.«

Und jetzt schritt sie, allem Anschein nach völlig frei, neben einem Mann von Bedeutung, möglicherweise dem Führer der Mahratten, und weder in ihrem Lachen noch in ihrer ganzen Haltung deutete auch nur das geringste darauf hin, daß sie gegen die Männer, die sie gefangengenommen hatten, noch irgendwelchen Groll hegte.

»Es ist Lady Susan, Sir«, flüsterte Padstow. »Was sollen wir machen?«

»Nichts, bis sie uns erreicht haben. Solange haltet euch versteckt.«

Er konnte es kaum ertragen, Susan zu beobachten, so frisch waren die Wunden von Kalkutta und ihre unverzeihliche Verbindung mit Gobindram Mitra, dem schwarzen Zemindar. Mitunter, wenn sie lächelnd log, schien es ihm, als gebe es für sie keine Prinzipien, sondern lediglich Zweckmäßigkeit. Aber sie liebte ihn, so wie er sie liebte. Davon war er überzeugt.

»Ruhig, du Halunke!« Er schreckte auf durch Padstows heiseres Flüstern und die Geräusche eines Kampfes. Als er sich umwandte, sah er, daß ihr Gefangener sich losgerissen hatte und mit wedelnden Armen auf den freien Platz rannte.

Es galt, keine Zeit zu verlieren. Mit gezücktem Degen lief Kelso hinterher. Der Mahrattenfürst, durch sein unerwartetes Auftauchen völlig überrascht, hatte kaum Zeit, seinen Degen zu ziehen.

Es folgte ein etwas unordentliches Gefecht, denn Kelso, eher ein wirkungsvoller als ein eleganter Fechter, stieß und schwang seinen Degen so wütend, daß der Mahratte sich nur verteidigen konnte. Gleichzeitig verfolgte Padstow, ebenso wütend wie sein Herr, wenn auch aus einem anderen Grunde, den flüchtigen Gefangenen, fing ihn rasch wieder ein und schnitt ihm ohne viel Federlesens die Kehle durch.

Mehr und mehr Mahratten kamen aus dem Eingang gestürzt, wo sie in der Mitte des Platzes auf Crocker und die beiden Seeleute prallten. Padstow, das blutige Entermesser in der Hand, rannte zu Lady Susan.

»Wir müssen zurück, Sir«, rief Crocker, während er mit einem Mahrattensoldaten kämpfte. »Es sind zu viele.«

»Gut. Nehmt Lady Susan mit, ich komme gleich nach.« Trotz seines Zorns und seiner eiskalten Entschlossenheit fand Kelso es mit jedem Augenblick schwieriger, die Ausfälle des Inders zu parieren, der sich als geschickter Fechter erwies. Noch wilder griff Kelso an, da er sich darüber im klaren war, daß jede weitere Minute ihre Aussicht auf Entkommen verringerte.

Hätte er mehr Zeit gehabt, so wäre es ihm wohl gelungen, seinen Gegner allmählich niederzukämpfen und zu schlagen, wenn er auch ehrlich genug war zuzugeben, daß dies keineswegs sicher war. Aber während er immer wieder angriff, ohne einen einzigen Gedanken an seine eigene Verteidigung zu verschwenden, rutschte er plötzlich aus und spürte im selben Augenblick einen stechenden Schmerz im Arm, während sein Degen im hohen Bogen durch die Luft flog.

»Roger!«

Er hörte Susans Aufschrei, und obwohl er die Degenspitze des Mahratten dicht vor seiner Brust sah und wußte, daß er sterben mußte, war er doch erleichtert und glücklich, die Angst in ihrer Stimme zu hören.

Auf einem Knie, mit blutendem Arm, seinen Degen mehrere Schritte entfernt, erwartete er den Gnadenstoß.

»Lump!« Padstow stürzte mit gezücktem Entermesser herbei und überrumpelte den Mahratten vollkommen. Dann warf er sich zur Seite und entging dadurch dem Degenstoß des Gegners.

Kelso benutzte die gewonnene Zeit und sprang auf.

»Susan!« rief er. »Meinen Degen!«

Sie hatte ihn schon aufgehoben, als Padstow trotz der ungleichen Verhältnisse erneut angriff.

Wieder unterlief er des Mahratten Degen, und gegenseitig packten sie sich am Arm. Zwar war Padstow fast einen Kopf kleiner, aber seine enormen Kräfte reichten aus, um den Gegner zurückzudrängen.

Dies gelang ihm jedoch nur ein paar Schritte, dann hatte der Mahratte sich losgerissen und hob seinen Degen erneut. Padstow, mit nichts weiter als seinem Messer zur Verteidigung, schien trotz seiner Körperkräfte zum Tode verurteilt.

»Susan!« rief Kelso nochmals und lief mit ausgestreckter Hand auf sie zu.

Susan hielt den Degen gepackt und sah ihm entgegen. Sie schien die ganze Szene mit kühler Gelassenheit zu genießen.

Dann trat sie einen Schritt näher, als wolle sie ihrem Mann den Degen überreichen, aber statt dessen stieß sie ihn tief in des Inders Brust.

Der Mahratte, ihr bisheriger Begleiter, sank in die Knie, Überraschung und Schmerz im Gesicht. Er äußerte etwas auf mahrattisch, wahrscheinlich einen Fluch, dann starb er.

»Kommen Sie, Sir!« rief Crocker von der anderen Seite des Platzes. »Es werden immer mehr von den Kerlen.«

Kelso blickte Susan an, und als ihre Blicke sich trafen, lächelten sie. »Du mußt laufen«, sagte er, »wenn du mit uns kommen willst.«

Rasch rannten sie durch die Gassen, bis sie die Hauptstraße erreichten, wo sie den Soldaten gefangen hatten, der aus dem Bordell kam. Die Straße war jetzt fast menschenleer. Ein paar alte Leute, zu schwächlich, um den Weg zum Hafen hinunterzulaufen, standen in den Hauseingängen, und ein kleiner Junge, der sich mehr für sein Spiel interessierte als für die englischen Marodeure, fuhr fort, im Straßenstaub zu spielen. Ein paar Soldaten vom Gefängnis folgten ihnen, aber offensichtlich ohne großen Eifer. Kelso hoffte, daß sie eine Chance hatten, wenn sie erst einmal den Hügel erreichten, bevor die Aufregung im Hafen abebbte.

Obwohl seine Aufgabe gescheitert war, denn er hatte beabsichtigt, alle Gefangenen zu befreien, so hatte er doch Susan wieder, und er schämte sich beinahe der Freude in seinem Herzen.

Sie rannte neben ihm her, ergriff seinen Arm, sooft sie stolperte, schien aber völlig unbeeindruckt von der Tatsache, daß ein halbes Dutzend Mahrattenkrieger, mit Dolchen, Säbeln und zumindest einem Gewehr bewaffnet, sie verfolgten.

Sie passierten die letzte Hütte, liefen über das offene Gestrüppfeld, bis sie den Fuß des Hügels, auf dem das Fort lag, erreichten.

Es war sehr heiß. Die Sonne, die jetzt über dem Frühdunst stand, brannte ihnen auf den Rücken, und die feuchte, schwüle Luft, die die Morgenkühle abgelöst hatte, trieb ihnen den Schweiß in die Augen.

»Sir!« Mit hochrotem Gesicht lief Padstow heran und stieß keuchend hervor: »Lassen Sie mich zurückbleiben und mit diesen Halunken abrechnen.«

»Allein?«

»Aye, Sir. Das wird mir keine große Mühe machen.«

»Sie schmeicheln sich selbst«, erwiderte Kelso grinsend. »Das muß ein halbes Dutzend oder noch mehr sein.«

»Ich komme schon klar mit diesen Heiden.« Keuchend fuhr er fort: »Es ist unrecht, daß Ihre Ladyship sich das Herz aus dem Leib rennt.«

»Passen Sie nur auf sich selbst auf, Padstow«, rief Susan gut gelaunt. »Ich laufe Ihnen noch davon.«

Sie waren jetzt aus der Stadt heraus, und als sie den Hügel erklommen, vernahmen sie plötzlich vor sich Kanonendonner.

»Was ist das?« Susan blieb stehen, und zum erstenmal drückte sich in ihrem Gesicht Besorgnis aus, als sie ihren Mann anblickte.

»Die Geschütze des Forts«, sagte Kelso. »Das bedeutet wahrscheinlich, daß Cantwell es geschafft hat.«

»Und die *Cleopatra* zurückerobert?«

»Ja.« Er griff nach ihrer Hand und zog sie auf eine Lichtung. »Komm! Hier haben wir freien Blick nach vorn.«

Ihre Verfolger hatten ebenfalls angehalten, und er sah, daß keine Verstärkung aus der Stadt folgte. Wenn sie das Tempo durchhalten und ihre Verfolger abschütteln konnten, hatten sie gute Aussicht zu entkommen.

Der Pfad wurde jetzt steiler, und sie mußten in Schritt fallen. Zuerst ging es noch rasch, dann aber wurden sie immer langsamer; mit vorgebeugtem Oberkörper erstiegen sie mühsam die steile Flanke des Berges. Es wurde immer heißer, obwohl sie sich fast ständig im dichten Schatten bewegten. Kelsos Arm begann zu schmerzen.

»Hier, Sir!« rief Padstow, als sie einen unbewaldeten Gipfel erreichten.

Kelso warf einen kurzen Blick bergab auf ihre Verfolger, die inzwischen mehrere hundert Yards zurückgefallen waren, und ging dann zu Padstow hinüber.

Das leuchtende Blau des Himmels und der See wurde unterbrochen durch ein einzelnes Schiff, nicht größer als ein Kinderspielzeug auf diese Entfernung, ein Ostindienfahrer unter Großsegel und Fock. Die Marssegel wurden gerade gesetzt, und Bugwelle sowie Kielwasser zeigten an, daß er bereits gute Fahrt lief. Die Kanonen des Forts feuerten erneut, jetzt bedeutend lauter, denn sie waren nur noch weniger als eine halbe Meile davon entfemt. Kurz danach sahen sie – winzig von hier oben – die Aufschläge im Wasser.

»Das ist verdammt nahe«, sagte Crocker; aber Padstow, voller Verachtung für alles, was die Eingeborenen betraf, entgegnete: »Mindestens eine Kabellänge. Sie haben ebensoviel Aussicht zu treffen wie diese Kanaken hier, uns zu fangen.«

»Und die ist größer, als du dir einbildest, Junge«, erwiderte Crocker, »wenn wir nicht machen, daß wir weiterkommen.«

»Mr. Crocker hat recht«, sagte Kelso. »Es wird Zeit.« Dann wandte er sich Susan zu und reichte ihr den Arm. »Alles in Ordnung?«

»Jetzt, da ich dich wiederhabe, ja«, erwiderte sie zärtlich und schmiegte sich an ihn.

Allmählich waren sie alle ziemlich erschöpft, und Kelso, dessen rechter Arm wie Feuer brannte und schmerzte, tröstete sich bei dem Gedanken, daß es bald wieder bergab ginge. Aber erst mußten sie ihre Verfolger abschütteln.

»Wie weit noch bis zur Abzweigung, Sir?« fragte Crocker.

»Nicht weit, sobald wir die richtige Stelle finden.«

Er wußte genau, wo sie lag, fürchtete aber, daß sie vom Fort aus gesehen werden könnten, bevor sie dort hinkamen.

»Was macht dein Arm?« fragte Susan. »Es geht ganz gut so.«

»Wenn ich dir nur helfen könnte!«

»Nur weitergehen. Das ist alles, was ich von dir möchte.«

Er stieg rasch ein paar Schritte aufwärts, bis sie an eine Wegbiegung kamen, dann warf er einen Blick zurück und sagte: »Das genügt.« Sie waren hier außer Sicht der Verfolger, und nach etwa hundert Yards machte der Pfad erneut eine Biegung. »Schnell! In die Büsche! Lauft, bis ihr außer Sicht vom Wege seid, und dann versteckt euch.«

Sie folgten seiner Anweisung, begeistert von der Aussicht auf einen Augenblick Ruhe, zumal der Weg danach allmählich wieder abwärts ging. Sie warfen sich alle hinter einen Erdwall und warteten.

Es schien recht lange zu dauern, bis die ersten Mahratten auftauchten. Sie sahen die weißen Gewänder und die altertümliche Muskete, die der vorderste von ihnen trug. Einen Augenblick später waren sie alle da.

Fünf waren es im ganzen, einer mußte unterwegs ausgefallen sein. Sie wirkten erschöpft und entmutigt und schienen nur allzu bereit, die wenig erfolgversprechende Verfolgung aufzugeben. War es nur Angst vor Strafe, die sie weitertrieb?

Sie schienen sich über irgend etwas zu streiten, und einer von ihnen kam bis an den Rand des Gebüsches und deutete hangabwärts.

»Sie kommen«, flüsterte einer der Seeleute.

Kelso griff mit der linken Hand zum Degen, hoffte jedoch, daß er ihn nicht brauchen würde. Wenn man sie entdeckte, mußten sie kämpfen, mit all den Nachteilen, die ihr tieferer Stand und das lose Gestein mit sich brachten. Auf alle Fälle, dachte er, werden sie Susan nicht bekommen.

Dann verschwand die Gefahr so plötzlich, wie sie gekommen war. Der Mann, der die anderen überreden wollte, in die Büsche zu steigen, wurde überstimmt, der Anführer deutete nach oben, und sie kletterten weiter, bis sie außer Sicht waren.

»Und viel Erfolg!« sagte Padstow lebhaft und erhob sich, aber Kelso machte eine warnende Handbewegung.

»Wartet! Wir lassen sie erst noch weiter abrücken. Wenn sie jetzt unerwartet stehenbleiben, hören sie uns.«

Sie legten sich wieder in den Schatten und ruhten sich aus. Erst nach ein paar Minuten gab Kelso das Zeichen zum Aufbruch. »Jetzt bergab, Leute. Wenn wir uns nicht verlaufen, sind wir in einer halben Stunde beim Boot.«

»Wenn die verdammten Halunken es nicht bereits gefunden haben«, sagte Padstow. »Wenn ich an diese Dornen denke –«

»Ruhe!« Kelso machte eine entsprechende Handbewegung.

Sie lauschten angestrengt, und nach einer Weile vernahmen es auch die anderen. Hinter ihnen auf dem Pfad war ein Geräusch zu hören, und sie glaubten, auch eine Bewegung gesehen zu haben.

»Der letzte von den Burschen«, flüsterte Padstow. »Da fehlte doch einer.«

Sie beobachteten den Nachzügler, der sich mühsam hangaufwärts arbeitete. Er war offensichtlich völlig erschöpft oder auch verwundet, denn er blieb alle Augenblicke stehen, um zu verschnaufen. Als er direkt über ihnen anhielt, vornübergebeugt, die Hände auf die Knie gestützt, sahen sie, daß es ein Europäer war.

»Großer Gott!« stieß Kelso überrascht hervor. »Es ist Pettigrew!«

11

Er kam jetzt hangabwärts zu ihnen, strauchelnd, rutschend und bisweilen beinahe stürzend. Als er die Büsche erreicht hatte, hielt er wieder an. Er wirkte so beleidigt, als wäre solch eine Anstrengung in der Morgenhitze für ihn unzumutbar. Jetzt bot er ein völlig anderes Bild als der geckenhafte Stutzer, den Kelso von den Ratssitzungen in Fort William in Erinnerung hatte. Als er Kelso erkannte und einen kurzen Seitenblick auf Susan geworfen hatte, erschien so etwas wie Triumph in seinem Gesicht.

»Für die Liebe riskiert der tapfere Kommodore also alles!«

»Wie sind Sie freigekommen?« fragte Kelso. »Und wo sind die anderen?«

»Die Mahratten? Als letztes habe ich sie bergauf zum Fort klettern sehen.«

»Nicht die Mahratten. Sie wissen genau, wen ich meine. Wo sind Besatzung und Passagiere der *Cleopatra?*«

Pettigrew hob die Augenbrauen. »Wo sie seit ihrer Gefangennahme immer waren, nehme ich an – im Cowlapundi-Gefängnis.«

»Aber Sie nicht?«

»Weder ich noch Lady Susan.« Mit einer leichten Kopfbewegung deutete er ihre Anwesenheit an.

»Sie wurden separat untergebracht?«

»Ja, als Ratsmitglied von Fort William und als dienstältester Kompanievertreter. Sie rechneten ohne Zweifel damit, daß ich ein gutes Pfand abgäbe für ein späteres Lösegeld.«

Kelso nickte. Das erschien plausibel, obgleich es ihn ärgerte, daß die Mahratten diesen unerträglichen Gecken höher einstuften als einen Seemann, als Abercrombie zum Beispiel. »Meine Frau auch?« fragte er und blickte Susan an.

»Zweifellos.«

»Was geschah mit Abercrombie? Ist er zusammen mit den anderen eingesperrt?«

»Abercrombie ist tot.«

»Das tut mir leid. Fiel er im Kampf?«

»Ja.«

»Nein«, sagte Susan scharf. »Irgend etwas Geheimnisvolles umgibt seinen Tod. Ich denke, Sie sollten das am besten wissen?«

Kelso blickte rasch von einem zum anderen und spürte eine abgrundtiefe Gegnerschaft zwischen den beiden. Obgleich er jetzt kein weiteres Problem brauchen konnte, war er doch froh darüber, daß Susan das wahre Wesen dieses Ex-Ratsmitgliedes erkannt zu haben schien.

»Wenn es ein Geheimnis gab, was ich bezweifle«, sagte Pettigrew, »so sollten wir es ein andermal erörtern. Ich persönlich bin der Meinung, daß er von einem französischen Scharfschützen erschossen wurde, der im Want saß. Im übrigen glaube ich nicht, daß die Mahratten noch sehr viel weiter aufwärts steigen werden; sie werden bald merken, daß wir sie hereingelegt haben, und umkehren.«

Kelso nickte. »Sie haben recht. Wir sind in einem Dorf nördlich vom Vorgebirge an Land gekommen«, erklärte er, während sie zusammen bergab stiegen. »Die Gig liegt dort im Gebüsch versteckt. In einer halben Stunde sollten wir an Ort und Stelle sein.«

»Kalewa«, sagte Pettigrew.

»Was?«

»Kalewa heißt das Dorf, wo Sie Ihr Boot versteckt haben.«

»Woher, zum Teufel, wissen Sie das?«

»Mein lieber Kelso«, begann Pettigrew mit solch widerlich überlegenem Lächeln, daß Kelso sich die Schadenfreude nicht verkneifen konnte, als er ausrutschte und hinfiel.

»Vorsicht, Sir«, sagte Padstow und half ihm auf die Beine. »Gefährlicher Weg für diejenigen, die das nicht gewohnt sind.«

Pettigrew schüttelte ihn ab und sagte unwillig: »Das weiß ich selbst!« Aber es dauerte ein paar Minuten, bis er sich soweit erholt hatte, daß er weitersprechen konnte. Es ging jetzt ein wenig bequemer abwärts, da sie dem Lauf eines ausgetrockneten Bachbetts folgen konnten.

Kelso wiederholte daher seine Frage: »Woher wußten Sie, wo wir das Boot versteckt hatten?«

»Mein lieber Kelso, in meiner besonderen Stellung als privilegierter Gefangener habe ich nicht nur gefaulenzt. So konnte ich zum Beispiel die Karten der Mahratten einsehen – ohne deren Wissen natürlich –, und es war dieselbe Richtung, in der ich unsere Flucht geplant hatte.«

»Gut. Ich würde gern mehr über Ihre Pläne erfahren, wenn wir wieder an Bord sind.«

Pettigrew warf ihm einen spöttischen Blick zu. »Sie sind also auch an den anderen Gefangenen interessiert?«

»Wir kamen, um alle zu befreien«, erwiderte Kelso in ruhigem Ton, »oder um zumindest herauszufinden, wo sie gefangengehalten werden. Es war reiner Zufall, daß Susan gerade den Platz überquerte.«

»Zusammen mit Bedi Roy, Kishuns Bruder.«

»So, der war das also.« Er hätte gern mehr erfahren, hielt aber seine Fragen zurück in Gedanken an Pettigrews Bosheit und vielleicht auch aus Scheu davor, was er möglicherweise hören würde. Susan, geleitet von Padstow, folgte ihnen im Abstand von etwa zwanzig Schritten.

»O ja, Lady Susan hat Freunde an den höchsten Stellen. Ich hegte nicht den geringsten Zweifel, daß sie es schaffen würde zu fliehen.«

Kelso antwortete nicht. Pettigrew war mit ihnen in Kalkutta gewesen, und ob er nun die volle Wahrheit wußte oder nur einen Teil, auf alle Fälle hatte er zumindest Gerüchte gehört. Bestimmt war ihm bekannt, daß Susan sich in die Welt der Männer und in den Handel eingeschaltet hatte und sogar eine Geschäftsverbindung mit dem Zemindar Gobindram Mitra eingegangen war, wobei sie Methoden anwandte, die bestenfalls als dubios bezeichnet werden konnten. Auf alle Fälle hatte sie ihr Versprechen eingelöst, die reichste Frau in ganz Bengalen zu werden, das war allgemein bekannt. Gerüchte besagten sogar, daß noch schlimmere Skandale gefolgt wären, wenn Kelso seine Frau nicht nach England zurückgeschickt hätte.

Sie verließen jetzt die Vorberge, und der Pfad führte einen sanften Hang hinab zwischen süß duftenden, blühenden Büschen zu den Reisfeldern im Tiefland. Frauen arbeiteten dort bis zu den Knien im Wasser, aber sie zeigten keinerlei Unruhe. Hin und wieder streckte eine ihren offenbar schmerzenden Rücken und blickte, die Hand über den Augen, ohne sonderliches Interesse zu den vorbeigehenden Fremden hinüber, das war alles. Als sie zur Uferstraße kamen, sahen sie, daß die Dorfbewohner das Boot entdeckt hatten.

Es war hinunter zum Strand gezogen worden, und eine Schar Männer und Knaben untersuchte es neugierig. Von Zeit zu Zeit warfen sie besorgte Blicke auf die Bucht hinaus, als erwarteten sie, daß von dort draußen ein weiteres Boot käme, dessen Besatzung ihnen den Besitz streitig machen könnte.

Die *Agamemnon* lag draußen und bot ein malerisches Bild, wie sie sich mit aufgegeiten Segeln sanft in der Dünung wiegte. Von der *Cleopatra* war nichts zu sehen.

»Hören Sie das, Sir?« fragte Crocker.

»Ja.« Kelso hob die Hand, bis sie alle lauschten und nun ebenfalls den fernen Kanonendonner von der anderen Seite des Hügels hörten. Wenn der Ostindienfahrer noch immer frei und unbeschädigt war, dann mußte er bald das Vorgebirge runden und hier auftauchen. »Rasch! Wir haben keine Zeit zu verlieren«, rief Kelso.

Die Leute am Strand zogen sich zurück, als die Engländer unter den Bäumen erschienen. Zwar hatten einige von ihnen Macheten und einer einen Fischspeer in Händen, aber sie machten nicht den Eindruck der Feindseligkeit. Trotzdem behielt Kelso sie scharf im Auge, als er den Sandstrand überquerte. Die Erfahrung hatte ihn gelehrt, daß der Inder oft dann am gefährlichsten ist, wenn er friedfertig erscheint.

»Schieben Sie die Gig ins Wasser, Mr. Crocker«, befahl Kelso, »aber nicht zu hastig. Wir wollen nicht den Anschein erwecken, als hätten wir Angst.«

Die Fischer, etwa zwanzig Mann stark, standen nun zwischen dem Boot und der See. Nur zögernd und widerwillig traten sie zur Seite, als die Engländer die Gig ins Wasser schoben.

»Haut ab, ihr verdammten Heiden!« rief Padstow, während er sich mit vorgeschobenem Kopf, halb geblendet von Schweiß, seinen Weg durch die schweigende Menge bahnte. Die Fischer machten Platz, aber nur so weit, daß das Boot gerade hindurchpaßte. Sobald es passiert hatte und noch bevor es im Wasser war, schlossen sich ihre Reihen wieder.

»Komm«, sagte Kelso zu Susan. »Je eher wir hier wegkommen, desto besser.«

»Was!« bemerkte Pettigrew hämisch. »Der tapfere Kelso hat doch keine Angst vor ein paar Indern?«

»Halten Sie den Mund!« gab Kelso zurück. »Und bleiben Sie gefälligst bei uns. Noch sind wir nicht in Sicherheit.«

Schweigend setzten sie ihren Weg hinunter zum Wasser fort, Susan zwischen Kelso und Pettigrew. Sie näherten sich der geschlossenen Gruppe der Fischer, die sie mit ausdruckslosen Gesichtern anstarrten, aber keinerlei Anstalten trafen, sie durchzulassen.

»Aus dem Weg!« befahl Kelso und machte einen Schritt nach vorn. Als der nächststehende Inder nicht gehorchte, stieß er ihn mit voller Wucht beiseite.

Das wirkte, als habe er eine Lunte an das Zündloch einer Kanone gehalten. Die Inder, die sich bisher zwar mürrisch, aber doch immerhin ruhig verhalten hatten, fingen plötzlich an, wie wild zu kämpfen. Mit ihren Macheten, ja selbst mit den bloßen Händen schlugen sie auf die beiden Männer und auf die Frau ein und hatten sie bereits umzingelt, bevor Padstow und seine drei Gefährten sich von außen her auf sie stürzten.

»Haut ab, ihr Halunken!«

Padstow, der ohnehin jederzeit den Kampf liebte, war diesmal besonders wütend, weil es sein Herr war, der angegriffen wurde. So wild war sein Ansturm, daß die Inder den Mut verloren und sich ein paar Schritte weit zurückzogen.

»Bist du verletzt?«

Kelso kniete bereits neben Susan, die bei dem Handgemenge zu Boden gestürzt war. Er legte ihr den Arm um die Schulter und richtete sie soweit auf, daß sie sitzen konnte.

»Das kam ein bißchen überraschend.« Lächelnd blickte sie zu ihm auf.

Ihre Gesichter waren ganz dicht beieinander. Er fühlte ihre Wärme, die weichen Formen ihres Körpers, und roch den zarten Duft ihres Haares. Ihre Blicke begegneten sich, jeder las die Liebe im Auge des anderen.

»Susan!« Zwar besaß er genügend Selbstbeherrschung, um sie nicht zu küssen, aber beide wußten, daß ihr Streit vergessen war. Was sie auch getan hatte – denn noch fehlte ihm die Erklärung für ihre Freundschaft mit Bedi Roy –, er würde ihr verzeihen, würde den Skandal ignorieren, ihre Missetaten vergessen – bis zum nächstenmal.

»Komm!« Er half ihr auf die Füße, führte sie am Arm zur Gig, wo die anderen sie erwarteten.

»Traue niemals einem Heiden«, begrüßte sie Padstow fröhlich. »Das ist meine Meinung, Sir.«

Pettigrew, der sich noch immer den Sand von Jackett und Hose klopfte, sagte nichts.

Sie nahmen in der Gig Platz, Susan und Kelso im Heck, Pettigrew zu seinem Verdruß im Bug, wo er reichlich unbequem saß. Als Padstow und ein weiterer Seemann sie durch das flache Wasser schoben, schöpften die Inder wieder Mut und suchten Steine. Aber ihre Wurfversuche waren so kläglich, daß nicht ein einziger Stein in der Nähe des Bootes einschlug.

Als sie nur noch eine Kabellänge von der *Agamemnon* entfernt waren, bog die *Cleopatra* um das Vorgebirge, das sie bisher verdeckt hatte.

12

Die Agamemnon machte den Eindruck eines gut durchtrainierten Boxers, der mit entblößtem Oberkörper und bandagierten Knöcheln zu Beginn des Kampfes ungeduldig auf den Gong wartet. Als Kelso durch die Relingspforte an Bord stieg, sah er, daß die Decks naßgesprengt und mit Sand bestreut, daß die Geschütze ausgefahren waren und gefüllte Wassereimer am Großmast bereitstanden: klar Schiff zum Gefecht. Die Geschützbedienungen kauerten neben den Munitionsstapeln, die Geschützführer hielten die brennenden Lunten bereit und warteten auf den Feuerbefehl. Die Deckswache stand an Brassen, Fallen und Schoten, klar zum sofortigen Einsatz.

»Vollzeug setzen, Mr. Lemmon!« rief Kelso, während er die Treppe zum Achterdeck hinauflief. »Rudergänger, drehen Sie vor den Wind!«

Innerhalb von Minuten verwandelte sich die *Agamemnon* aus einem malerischen Bild in ein aggressives Kampfinstrument. Die Segel füllten sich, die Schoten wurden durchgesetzt, mit leichter Schlagseite drehte sie vor den Wind und schoß, rauschendes Kielwasser hinter sich lassend, auf das Kap zu und dann weiter der offenen See entgegen. Die wiedereroberte *Cleopatra* kam langsam näher.

»Ich nehme an, Sie wollen uns nicht an Deck haben?« sagte eine Stimme neben Kelso, und als er sich umwandte, sah er Pettigrew mit Susan.

»Nein, bedaure.« Er schämte sich ein bißchen, daß er die beiden in seinem Kampfeifer völlig vergessen hatte. »Susan, würdest du dich von Sir Ralph zum Kabelgatt bringen lassen?«

»Nein.« Bittend blickte sie ihn an, aber ihr festgeschlossener Mund und das trotzig vorgeschobene Kinn redeten eine Sprache, die er nur zu gut kannte. »Es ist nicht das erste Mal, daß ich dabei bin, wenn gekämpft wird, das weißt du. Laß mich ins Orlopdeck gehen, vielleicht kann ich dem Arzt bei den Verwundeten helfen.«

Gern hätte er Einwände erhoben, aber dazu war keine Zeit. »Gut.« Lächelnd nickte er ihr zu in Anerkennung des Mutes, denn das enge Kabelgatt mit seiner schlechten Luft und dem Kampfeslärm an Deck darüber war zwar nicht sehr bequem, doch hätten es die meisten Damen wohl dem grausigen Schrecken des Orlops mit seinen Schwerverwundeten vorgezogen.

»Ich wähle das Kabelgatt«, sagte Pettigrew und zog eine Grimasse. »Ich habe weder die Absicht, noch bin ich dazu in der Lage, als Gehilfe eines Schlachters zu fungieren.«

Die *Cleopatra* mit ihrer geringen Besatzung machte bei halbem Wind und gesetzten Untersegeln gute Fahrt, was am raschen Passieren des Vorgebirges zu erkennen war. Kelso sah, daß Cantwell die Zeit benutzt hatte, um Abwehrnetze auszubringen. Es bestand kein Zweifel, daß er sie brauchen würde, denn bereits hatten zwei Grabs und eine Gallivate die Verfolgung aufgenommen. Als die *Agamemnon* vom Vorgebirge freigekommen war, sah Kelso einen ganzen Schwarm von Lateinersegeln sich der Einfahrt nähern, und im Hafen setzten die *Normandie* und die *Rouen* ebenfalls Segel.

Ihm war klar, daß die Aussicht zu entkommen trotz des Erfolges des Landungstrupps äußerst gering war. Während der Fahrt von Bombay hatte er genügend Zeit gehabt, darüber nachzudenken. Da die Besatzung nur ausreichte, um eins der beiden Schiffe angemessen zu bemannen, hatte er der Korvette den Vorzug gegeben. Sie konnte sich eventuell allein durchkämpfen, während der Ostindienfahrer, in jedem Falle unterbesetzt, durch seine Schwerfälligkeit im Kampf nicht viel wert war. Er hielt es also für zweckmäßiger, die *Agamemnon* ausreichend zu bemannen und ihr den Schutz der *Cleopatra* zu übertragen. So bestand wenigstens eine geringe Hoffnung, daß mit etwas Glück und vielleicht auch durch Unentschlossenheit auf seiten der Mahratten beide Schiffe entkommen könnten.

»Zwei Strich nach Backbord«, befahl Kelso. »Gehen Sie so dicht an die *Cleopatra* wie möglich.«

Die beiden Schiffe passierten einander in ganz geringem Abstand. Kelso sah, daß außer den ausgebrachten Sperrnetzen auch die Geschütze des Oberdecks auf beiden Seiten ausgefahren waren und Cantwell seine kleine, völlig überarbeitete Besatzung gerade mehr Segel setzen ließ. Cantwell stand vor der schwierigen Rechenaufgabe, welche der Arbeiten, die normalerweise von zweihundertfünfzig gut ausgebildeten Seeleuten verrichtet wurden, er seiner zusammengekratzten Crew von vierzig Leuten zumuten konnte. Alles, was Cantwell bisher getan hatte, war wohlüberlegt gewesen. Wenn er jetzt noch Mars- und Bramsegel setzen ließ, dann hatten sie alles erreicht, was sie schaffen konnten.

»Gut gemacht, Mr. Cantwell!« rief Kelso hinüber. »Sie wissen, was Sie zu tun haben?«

»Jawohl, Sir.« Cantwells Stimme klang klar und deutlich über den schmalen Streifen Wasser. »Ich werde so viel Segel setzen, wie wir bedienen können, und nach Bombay segeln.«

»Richtig, und zwar so schnell wie möglich. Wir kommen hinterher, sobald wir dazu in der Lage sind.«

Als sie vom Heck des Indienfahrers frei waren, ließ Kelso wenden und Kurs auf die verfolgenden Mahrattenfahrzeuge nehmen.

Er wußte genau, wie er gegen Grabs und Gallivaten vorgehen mußte. Darin hatte er genügend Erfahrung. Die *Agamemnon* war hier in Indien gebaut, also aus solidem Teakholz, während die Mahrattenschiffe aus dauerhaftem, aber sehr viel leichterem Korkholz hergestellt wurden. Aus früheren Gefechten war ihm bekannt, wie sie aufeinander reagierten.

»Kurs halten!«

»Aye, aye, Sir.« Der Rudergänger, der die drohende Kollision erkannte, konnte kaum seine Besorgnis verbergen. »Aber, Sir –«

»Ich weiß.«

Die beiden Grabs drehten ab, aber die Gallivate, die sich in sicherem Abstand wähnte, hatte bereits das Feuer aus den Neunpfündern im Bug eröffnet.

»Mr. Langley!« rief Kelso dem Artillerieoffizier zu. »Feuer frei! Auf die Gallivate.«

»Aye, aye, Sir.«

Die Korvette war nur noch einen Steinwurf weit von der nächsten Grab entfernt und genau auf Kollisionskurs.

»Bitte, Sir!« sagte der Rudergänger nochmals in flehentlichem Ton.

»Hart Lee!« rief Kelso und griff selbst mit in die Speichen, damit keine Zeit durch Rückfragen verlorenging.

Der plötzliche Kurswechsel führte zu einem gleitenden Rammstoß durch den Bug der *Agamemnon*. Er war zwar nicht so vernichtend, als wenn sie ihren direkten Kurs beibehalten hätte, aber doch ausreichend, die Grab fast zum Kentern zu bringen und auch einige Männer der eigenen Besatzung von den Beinen zu reißen.

Nur mühsam richtete sich die Grab wieder etwas auf und blieb dann mit schwerer Schlagseite liegen.

»Feuer!«

Die Geschütze donnerten mit bewundernswerter Präzision ihre Ladung hinaus, und Kelso beobachtete, wie die Gallivate von den Aufschlägen der Salve eingegabelt wurde.

»Auswischen! Nachladen! Feuer!«

Die zweite Breitseite, auf etwas größere Entfernung abgefeuert, war noch wirkungsvoller als die erste, denn ein Glückstreffer zersplitterte den Mast knapp über dem Deck, so daß er mitsamt seinem Lateinersegel über Bord stürzte.

Eine Grab und eine Gallivate hatten sie jetzt – zumindest vorübergehend – außer Gefecht gesetzt, so daß er die zweite Grab unbeachtet lassen konnte. Zwar folgte sie mit prall gefülltem Segel der *Cleopatra,* der sie sich rasch näherte, aber allein würde sie wohl kaum angreifen.

»Sir!«

Als er in die vom Ersten Offizier angezeigte Richtung blickte, sah er vom Fort Rauchwölkchen aufsteigen und mit dem Wind davontreiben.

Der Aufschlag lag zwar kurz, aber doch so dicht, daß die Beschießung eine ernste Gefahr bedeutete. Schließlich konnten die großkalibrigen Geschosse der Landbatterien eine Korvette mit einer einzigen, gut liegenden Salve versenken.

Die *Normandie,* das französische Linienschiff, hatte ebenfalls Feuer eröffnet, während sie der *Rouen* zur Fahrrinne folgte. Die Schüsse waren aber wohl mehr als Warnung gedacht, denn auf Grund der großen Entfernung bestand keinerlei Aussicht auf einen Volltreffer.

Die gesamte Szenerie lag so klar und deutlich vor ihm im Sonnenlicht, als sei sie im Sandkasten der Marineschule Bombay aufgebaut. An Steuerbord lag die Küstenbatterie auf dem Vorgebirge, in deren Reichweite sie sich befanden. Voraus wand sich die Fahrrinne zwischen den Sandbänken hindurch. Ihrem Verlauf folgend, näherte sich ein Schwarm von Grabs und Gallivaten, während dahinter, noch im Hafen, die *Rouen* und die *Normandie* die Fahrrinne ansteuerten.

Seine Gedanken wurden jäh unterbrochen, als eine der Zweiunddreißigpfundkugeln des Forts auf der Back einschlug und das Schiff vom Kiel bis zur Mastspitze erbeben ließ. Es war ein einzelnes Geschoß, das die Back durchschlagen und dann eine tiefe, schwelende Rinne ins Oberdeck gerissen hatte, bis es zwischen der unglücklichen Bedienung eines Steuerbordgeschützes landete.

»Feuerlöschpützen nach vorn! Deckswache! Mr. Honeysett, lassen Sie die Trümmer wegschaffen!«

Während die Toten zum Fuß des Großmastes und die schreienden Verwundeten unter Deck geschleppt wurden, passierte die *Agamemnon* die Einfahrt zur Fahrrinne. Plötzlich wußte Kelso, was er zu tun hatte.

»Klar zum Wenden!«

Die Korvette ging über Stag, und Kelso rief: »Mr. Langley! An die Backbord-Geschütze! Ziel ist die vorderste Gallivate! Feuererlaubnis, wenn Ziel aufgefaßt!«

»Aye, aye, Sir.«

Die Gallivate befand sich in einer äußerst ungünstigen Lage. Sie zeigte ihnen die Breitseite, während sie den engen Windungen der Fahrrinne folgte. Diese Position würde sie höchstens zwei oder drei Minuten beibehalten, aber dennoch hütete sich Kelso, den Artillerieoffizier zur Eile anzutreiben. Eine einzige, gut gezielte Breitseite war mehr wert als ein ganzes Dutzend, die übereilt gefeuert wurden.

»Ziel auffassen!« Als habe er die Wichtigkeit gerade dieser Breitseite erkannt, ging Langley von Geschütz zu Geschütz, überprüfte die Zieleinstellung, brachte leichte Verbesserungen mit Keil und Handspake an. Gerade, als die Gallivate anfing zu drehen, befahl er:

»Feuer!«

Jegliche Ungeduld, die Kelso gefühlt haben mochte, verschwand schlagartig in einer Woge der Erleichterung. Mindestens vier Geschosse hatten das Schiff in unmittelbarer Nähe der Wasserlinie getroffen, während ein fünftes die Verschanzung durchschlug und über das Deck fegte. Die Schreie der Verwundeten schallten über das Wasser, und gleichzeitig legte sich die Gallivate über und begann dann mit ihrem noch immer stehenden Lateinersegel zu sinken.

»Gut gemacht, Mr. Langley!« rief Kelso. »Jetzt gehen wir nochmals über Stag, danach nehmen Sie die folgende Gallivate mit Ihren Steuerbordgeschützen unter Feuer.« Dann trat er nach vorn an die Querreling und rief hinunter: »Gut gemacht, Leute! Noch einmal so!«

Das würde ihren Eifer anspornen, denn die Geschützführer der Steuerbord-Batterie wollten es natürlich ihren Kameraden gleichtun.

Als das Manöver beendet war und die *Agamemnon* auf Gegenkurs lag, sah Kelso, daß sich die zweite Gallivate in einer äußerst schwierigen Situation befand. Die Fahrrinne war nirgends so breit, daß zwei Schiffe einander mit genügendem Sicherheitsabstand passieren konnten. Da die erste beim Sinken gekentert war und ihr Mast wie eine Absperrung quer über das Fahrwasser ragte, stand der Kapitän der nachfolgenden Gallivate vor einem üblen Dilemma, zumal hier in der Biegung der starke Gezeitenstrom auf die Sandbank setzte. Er konnte entweder das Segel wegnehmen und Anker werfen, oder er konnte den Versuch unternehmen, sich so gut es ging an dem Wrack vorbeizuquetschen.

Er entschied sich für das letztere.

»Feuererlaubnis, Mr. Langley!«

Es bestand in der Tat kein Grund zur Eile, es sei denn, um dem Feuer des Forts zu entgehen, denn der letzte Aufschlag hatte soeben unangenehm dicht neben dem Achterdeck gelegen. Schon schien es, als habe die Gallivate ihren glücklosen Gefährten passiert, da stieß sie mit solcher Wucht auf die Sandbank, daß ihr Mast in der Mitte brach und mit einem Gewirr von Tauwerk und zerfetztem Segeltuch von oben kam. Gleichzeitig wurde das Heck vom Strom quer über die Fahrrinne und gegen das Wrack ihres Schwesterschiffes gedrückt, wo es sich unentwirrbar festhakte.

»Feuer!«

Die Breitseite war kaum noch nötig, aber schließlich war

es schwieriger und zeitraubender, zwei Wracks zu beseitigen als eins. Rasch bildete sich in dem so gründlich blockierten Fahrwasser ein riesiger Stau von Grabs, Gallivaten und zwei französischen Kriegsschiffen.

13

»Eine denkwürdige Leistung und ein schöner Erfolg«, sagte der Gouverneur. »Ich bin davon überzeugt, daß unser Direktorium in London begeistert sein wird.«

»Außer natürlich, daß Kelso sein Ziel nicht erreicht hat: die Befreiung der Gefangenen.«

Unwillig blickten sie hinüber zu Pettigrew, der als ehemaliges Ratsmitglied lediglich aus Höflichkeitsgründen zu dieser Sitzung eingeladen worden war. Der dicke Emmerson protestierte sofort: »Ehre, wem Ehre gebührt, Sir Ralph. Eine kleine Korvette mit einer Handvoll tapferer Männer gegen Kishun Roys gesamte Streitmacht!«

»Und dessen Bundesgenossen«, fügte Raikes hinzu, »diese gedungenen französischen Söldner.« Es kam nicht oft vor, daß er mit Emmerson übereinstimmte, aber in diesem Punkt wenigstens waren sie sich einig.

In ganz Bombay herrschte Hochstimmung.

»Pettigrew hat recht«, sagte Kelso ruhig. »Wir fuhren nach Gheriah, um die Gefangenen zu befreien, und das ist uns nicht gelungen.«

Trotz der frühen Stunde – es war erst sieben Uhr morgens – war es erstickend heiß im Sitzungsraum. Die Punkah schwang zwar heftig auf und nieder, da der Punkah-Wallah, durch die Schelte des Khitmugar jählings aus seinem Dösen aufgeschreckt, wie wild an den Seilen riß. Sie rührte jedoch nur die abgestandene Luft ein wenig um.

Jenseits des verbrannten Rasens, der wie das struppige Fell eines räudigen Schakals aussah, und hinter den Beeten, die in rührender Weise ihre wenigen, sorgfältig gepflegten Blumen zur Schau stellten, erstreckte sich der Paradeplatz, staubig und ausgedörrt. Soldaten der 39er Füsiliere exerzierten dort, Geschütze wurden gereinigt, und die Militärkapelle spielte. Oberst Ashton, auf einem schneeweißen Pferd, inspizierte die neue Wache.

»Eine Berichtigung, Kelso«, bemerkte der Gouverneur. »Sie gingen nach Gheriah, um aufzuklären, das war vereinbart. Tatsache ist, daß Sie bei ganz geringen Eigenverlusten mit dem unbeschädigten Kompanieschiff *Cleopatra* zurückkehrten –«

»Aber ohne ihre Ladung«, warf Pettigrew ein.

»Und mit dem wohl wichtigsten der Passagiere«, fuhr der Gouverneur unbeirrt fort.

»Das ist alles schön und gut«, protestierte Pettigrew, »aber meine Befreiung war zum größten Teil mein eigenes Verdienst. Ich wäre ohnehin entkommen. Was die *Cleopatra* betrifft –«

»Ich sprach nicht von Ihnen, sondern von Lady Susan«, unterbrach ihn der Gouverneur eisig.

»Lady Susan – ach ja.« Pettigrew lehnte sich genüßlich im Sessel zurück. Offensichtlich bereitete ihm der allmählich bemerkbare Umschwung der Stimmung zu Ungunsten von Lady Susan eitel Freude.

Die Stellungnahme der Leute in Bombay war bisher äußerst zurückhaltend, wenn die Sprache auf Lady Susans Befreiung kam. Obgleich Kelso noch nichts Derartiges gehört hatte, so war ihm doch klar, daß entsprechende Gerüchte im Umlauf waren. Gar zu gut kannte er die klatschsüchtige Gesellschaft in Indien. Wie kam es, daß die Frau des Kommodore als einzige entkommen war? Pettigrew hatte seine Befreiung zur Genüge als eigenes Werk hochgespielt. Warum hatten ihr die Mahratten besondere Privilegien gewährt? Sie hechelten und tratschten, und dazu kamen noch die geheimnisvollen Gerüchte, die der Küstenklatsch von Kalkutta aus durchsickern ließ. Die allgemeine Stimmung schlug immer mehr zu Susans Ungunsten um.

»Die Aufklärung war nur ein bedingter Erfolg«, stimmte Kelso zögernd zu. »Wir wissen, wo Besatzung und Passagiere gefangengehalten werden, wissen aber im Augenblick noch nicht, wie wir sie befreien sollen. Hierbei, so hoffe ich, können Sie uns helfen, Sir Ralph.«

»Oder Lady Susan«, antwortete Pettigrew. »Sie kennt wahrscheinlich die Pläne der Mahratten besser als ich.«

Kelso blieb ruhig, aber seine Stimme war hart wie Stahl, als er fragte: »Was soll das heißen?«

»Mein lieber Kelso, ich stelle lediglich Tatsachen fest. Ich war bevorzugter Gefangener, das stimmt. Die mir gewährten Privilegien nahm ich jedoch nur zu einem einzigen Zweck an: um die Befreiung meiner Mitgefangenen zu planen.«

»Wollen Sie damit andeuten, daß meine Frau etwas anderes tat?«

Pettigrew merkte, daß er gefährlichen Boden betrat. Ihm war klar, daß Kelso nicht einen Augenblick zögern würde, ihn zu fordern, wenn sich die Gelegenheit dazu bot. Sein bisher so arroganter Blick wurde unsicher, und rasch lenkte er ein: »Verstehen Sie mich nicht falsch, Kelso. Leider hatte ich keine Gelegenheit, mit Lady Susan zu sprechen. Ich will nur zum Ausdruck bringen, daß sie mit ihrem weiblichen Instinkt wahrscheinlich besser Gelegenheit hatte als ich, irgendwelche Schwächen in der Verteidigung der Mahratten ausfindig zu machen.«

»Wenn sie das erreicht hat«, erwiderte Kelso, »so hat sie es mir noch nicht anvertraut. Aber ich möchte hier zwei Dinge klarstellen, Gentlemen, falls darüber noch Mißverständnisse bestehen sollten. Erstens: Es war Susan, meine Frau, die Bedi Roy getötet hat. Zweitens: Sie besteht darauf, eine Entsatzexpedition, die wir zur Befreiung der restlichen Gefangenen nach Gheriah schicken, zu begleiten.«

»Lady Susan!« Der Gouverneur machte eine abwehrende Handbewegung. »Mein lieber Kelso, das kommt nicht in Frage. Wenn sie nicht auf dem Begleitschiff bleibt, wäre sie völlig unannehmbaren Gefahren ausgesetzt.« Er schüttelte den Kopf und fügte, allerdings selbst nicht sehr davon überzeugt, hinzu: »Ich werde es nicht erlauben.«

»Das sollten Sie besser Susan selbst sagen«, warf Kelso lächelnd ein. »Hoffentlich gelingt es Ihnen, sie davon abzubringen.«

»Die Frage ist«, unterbrach Raikes gereizt, »was werden wir tun?«

»Da gibt es meiner Meinung nach nur eins«, erwiderte Kelso. »Wir müssen noch mal ein Expeditionskorps nach Gheriah schicken, sobald die *Seahawk* wieder seeklar ist. Wir haben gesehen, daß wir mit etwas Glück und der entsprechenden Entschlossenheit die gesamte Mahrattenflotte einschließlich der französischen Schiffe dort blockieren können. Während wir das als Ablenkungsmanöver benutzen, setzen wir ein Landungskorps von etwa fünfzig Marineinfanteristen und Seeleuten nördlich des Vorgebirges ab –«

»Nein!« Wuchtig schlug der Gouverneur mit der Faust auf den Tisch. »Das erlaube ich nicht. Ich habe vorhin schon gesagt, Kelso, und dabei bleibe ich: Wir wollen uns nicht den Zorn Chandra Naths zuziehen, auch nicht wegen ein paar hundert Gefangener.«

Sie schwiegen. Zwar war Kelso der Held des Tages und hatte einen Ruf wie kein anderer, aber die Worte des Gouverneurs machten doch Eindruck. Niemand, der länger als ein paar Wochen in Bombay weilte, konnte die Augen vor der Bedrohung durch die Mahratten verschließen. Bombay selbst, eine Insel, mit dem unruhigen Subkontinent nur durch einen schmalen Damm verbunden, schien nach außen hin sicher. Es hatte ein stark befestigtes Fort, eine Besatzung von einem Infanteriebataillon und mehr als tausend Sepoys. Seine staubigen Straßen, die einst nur unter steter Bedrohung durch Räuber und Wegelagerer passiert werden konnten, waren jetzt sicher. Die Eingeborenenmärkte und die prunkvollen europäischen Läden florierten prächtig, und die Angestellten der Kompanie konnten sich, wenn sie ihre anstrengende Vormittagsarbeit in der unerträglichen Hitze hinter sich hatten, in dem wunderschönen neuen East India Club entspannen. Dennoch war diese friedliche Fassade trügerisch. Gleich jenseits des Dammes und fünfhundert Meilen nach Norden, Osten und Süden erstreckte sich das Mahrattenreich, drohend wie ein zum Sprung geduckter Tiger. Ein offener Angriff auf Gheriah konnte das den Sprung auslösende Moment sein.

»Und ich habe vorhin schon gesagt und wiederhole es jetzt noch einmal«, erwiderte Kelso, »daß Sie irgendwann Chandra Nath doch die Stirn bieten müssen. Sie sind genauso lange in Indien wie ich, Sie kennen die Einstellung der Inder. Vorsicht legen sie als Feigheit oder als Zeichen von Schwäche aus, und gerade das provoziert einen Angriff. Je weniger Truppen und Geschütze wir haben, desto mehr fordern wir sie heraus. Robert Clive wußte das, und darum hatte er Erfolg.«

»Clive war ein Genie«, sagte der Gouverneur, »oder vom Glück begünstigt, vielleicht auch beides. Wir können nicht das Leben aller Europäer in Bombay riskieren.«

Die Temperatur im Raum stieg trotz der Anstrengung des Punkah-Wallah, und der Gouverneur rief wütend nach einem Bediensteten, um die Fenster öffnen zu lassen. Ein Schwarm kleiner Insekten, die es trotz der Fliegengaze geschafft hatten einzudringen, tanzte unaufhörlich in der Luft.

»Eine Erfrischung, Gentlemen«, schlug der Gouverneur vor. »Vielleicht hilft uns das weiter.«

Er wartete, bis ein Khansama* unter den wachsamen Blicken des Khitmugars ein Tablett mit Wein, Sorbet und kaltem Kaffee hereinbrachte. Ein Teller mit indischen Süßigkeiten wurde ebenfalls auf den Tisch gestellt.

»Greifen Sie zu, Gentlemen«, sagte der Gouverneur. »Kelso, kann ich Ihnen ein Glas Bordeaux anbieten?«

»Danke, nein.«

»Ich sehe die Situation folgendermaßen«, fuhr der Gouverneur fort und schenkte sich dabei ein Glas Wein ein. »Der direkte Angriff auf Gheriah wäre im Augenblick eine unnötige Provokation. Später können wir ihn vielleicht in Betracht ziehen, denn wir dürfen schließlich nicht das Schicksal von vierzig Passagieren, alles Europäer, und mehr als zweihundert Offizieren und Mannschaften außer acht lassen.«

»Die im Augenblick in Sicherheit sind«, warf Pettigrew rasch ein. »Unsere vordringlichste Aufgabe ist es doch, herauszufinden, welches die Forderungen Chandra Naths sind.«

»Kann er denn Forderungen stellen«, fragte Raikes, »obwohl er sich doch öffentlich von den Piraten distanziert hat?«

»Ob er sie selbst stellt oder durch Kishun Roy, diesen Erzgauner, stellen läßt, macht keinen Unterschied«, erwiderte Pettigrew. »Was er wirklich will, daran besteht nicht der geringste Zweifel, ist doch, die Engländer aus Bombay herauszuwerfen.«

»Wenn das stimmt«, sagte Kelso, »und ich glaube, Sie haben recht, welchen Zweck sollten dann Verhandlungen haben? Früher oder später *müssen* wir kämpfen. Meiner Meinung nach je eher desto besser.«

Niemand antwortete. Es war offensichtlich, daß dieses Argument sie beeindruckt hatte. Andererseits – er konnte es

* Indischer Bediensteter, Servierer.

beinahe an ihren Gesichtern ablesen – genossen sie im Augenblick den Frieden und wollten ihn nicht aufs Spiel setzen. Chandra Nath war zwar nicht gerade freundlich, aber auch nicht offen feindselig, während seine Heerhaufen sich bei der im Lande herrschenden Ruhe langweilten. In einigen Monaten, vielleicht sogar schon in einigen Wochen, konnte sich die Situation vollkommen ändern. Die Afghanen im Norden würden möglicherweise das gewünschte Ablenkungsmanöver inszenieren, oder die Mahratten, des langen Wartens auf eine Provokation müde, griffen vielleicht anderswo an.

»Pettigrew hat recht«, sagte der Gouverneur schließlich. »Ich halte es für klüger, vorläufig Ruhe zu bewahren.«

»Mit fünfundzwanzig Frauen und Kindern in den Händen der Mahratten«, rief Kelso, »die Gott weiß welchen Demütigungen ausgesetzt sind!«

»Vierundzwanzig«, berichtigte Pettigrew, »da Lady Susan geflüchtet ist.«

»Vierundzwanzig oder vier«, brauste Kelso auf, »was ist der Unterschied? Die Frage bleibt, sollen wir die Ärmsten dort lassen?«

»Tut mir leid, Kelso«, sagte der Gouverneur beruhigend, »und glauben Sie bitte nicht, ich hätte kein Verständnis für Ihre Gefühle. Aber wie uns Pettigrew versichert, stehen die weiblichen Gefangenen unter dem persönlichen Schutz von Lemarchand, dem französischen Kommandeur.«

»Aber wie lange noch? Da wir Kishun Roys Festung angegriffen und mehrere Mahratten, darunter seinen eigenen Bruder, getötet haben, halte ich es für äußerst zweifelhaft, daß er auf die Bedenken des Franzosen weiterhin Rücksicht nimmt.«

»Ich weiß nicht, ob das zutrifft«, der Gouverneur schüttelte bedauernd den Kopf, »ich weiß es beim besten Willen nicht. Aber alles in allem halte ich es doch für besser, zu warten, Kelso. Darauf muß ich bestehen. Im Augenblick zumindest stimme ich Pettigrew zu. Wir sollten herausfinden, was Chandra Nath will.«

Kelso blickte starr geradeaus und überlegte. Kaum war er sich der besorgt auf ihm ruhenden Blicke seiner Ratskollegen bewußt. Wenn nötig, würde er den Gouverneur einfach übergehen, wenigstens soweit es die Marineschiffe betraf. Andererseits respektierte er Bouchier und wußte aus Erfahrung, daß dessen Entscheidungen immer auf Logik beruhten. Zudem konnte die *Seahawk nicht* vor Ablauf einer Woche seeklar sein, und das würde für die Hin- und Rückreise nach Poona genügen. Wenn er nur nicht diese persönliche Verantwortung für die Gefangenen gefühlt hätte, und wäre es nicht ausgerechnet Susan, die entkommen war!

Schließlich nickte er. »Gut. Wenn Sie alle einverstanden sind, Gentlemen, werde ich selbst nach Poona fahren. Heute nachmittag breche ich auf.«

14

»Roger, nimm mich mit!«

»Zu Chandra Nath?« Zerstreut lächelte er, während er Padstow beim Packen der Reisetasche zusah. Sicher meinte Susan das nicht im Ernst. »Vorsichtig mit dieser Karaffe, Padstow!« Es verdroß ihn, daß er einem Mann, der so eindeutig ihr Feind war, auch noch Geschenke mitbringen sollte. Aber das war nun einmal so Sitte hier im Osten.

»Abgesehen von dem Vergnügen deiner Gesellschaft«, sagte er freundlich, »was für Vorteile sollte das bringen?«

»Ich könnte mit ihm sprechen, ihm ein bißchen schmeicheln, und zwar auf eine Weise, die du, mein lieber Roger, nicht einmal in Betracht ziehen würdest.«

»Vielleicht.« Sicherlich hatte sie recht. Er hatte ja selbst gesehen, wie sie die Männer manipulieren konnte, daß es ihr stets Vorteile brachte.

In Kalkutta, wo sie beide die wenigen stürmischen Monate ihres Ehelebens verbracht hatten, waren nicht nur die Ratsmitglieder einschließlich des Gouverneurs Susans Zauber verfallen, sondern auch Gobindram Mitra, der Zemindar, und der eine, den er sich zu vergessen bemühte – Mohammed Khan, der Anführer der Dacoit,* dessen Vertrauen auf das Wort der Memsahib ihn das Leben gekostet

* Indische Straßenräuber.

hatte. Margaret Clive hatte recht gehabt: Susan würde aus jeder Situation stets als Siegerin hervorgehen.

»Diesmal nicht, meine Liebe«, sagte er, zog sein Hemd aus und warf es aufs Bett. »Sosehr ich deine Überredungskünste schätze, ich fürchte doch, daß es ein schwieriges Interview werden wird und nicht ganz ungefährlich.«

Sie schien seine Entscheidung zu akzeptieren. Während sie ihm beim Ausziehen zusah, fragte sie: »Wie war die Ratssitzung?«

»Nicht besonders erfolgreich. Nur Emmerson und Raikes waren da und der Gouverneur natürlich. Carew und Forster sind immer noch krank.«

»Und Ralph Pettigrew?«

Er zog eine Grimasse. »Ja, der auch.«

Sie folgte ihm ins Duschbad. »Wann willst du aufbrechen?«

»In einer Stunde. Es hat keinen Zweck, in der Nachmittagshitze loszufahren.«

Zufrieden nickte sie und begann, ihre Bluse aufzuknöpfen. Er schien nicht einmal sehr überrascht.

»Susan! Dazu ist keine Zeit mehr. Ich habe Padstow gesagt, um fünf Uhr soll er die Pferde bereithalten.«

»Zeit genug«, erwiderte sie mit einem Lächeln, das er nur zu gut kannte. Im nächsten Augenblick stieg sie zu ihm unter die Dusche.

Geradezu ausgehungert liebten sie sich, Susan mit einer Hingabe, die ihre Teefreundinnen schockiert und in Erstaunen versetzt hätte. Hinterher lagen sie erschöpft nebeneinander auf dem Bett. Auf dieser Seite des Hauses, wo die Fenster nach Norden gingen und am Nachmittag durch die Zweige einer Trauerweide beschattet wurden, war es angenehm kühl. Vor den Fenstern lag ein Garten, durch den ein Bach floß. Im Augenblick glich alles einem Dschungel voll leuchtender exotischer Blüten. Susan hatte bereits die Dienerschaft zur Arbeit eingesetzt, einschließlich Padstow, so oft ihm sein erfinderischer, lebhafter Geist nicht rechtzeitig eine plausible Ausrede eingab. Nach ein paar Wochen, das war Kelso klar, würde Susan wieder Ordnung in das häusliche Chaos gebracht haben. Niemals konnte sie längere Zeit untätig bleiben.

»Roger.« Sie wandte sich ihm zu und legte ihm ihren nackten Arm auf die Brust. »Wie lange wirst du wegbleiben?«

»Eine Woche, nicht länger. Ich habe nicht die geringste Absicht, für Chandra Nath den Handlanger zu spielen.«

»Mein braver Roger!« Sie machte eine Bewegung, so daß ihre weichen Brüste auf seinem Körper ruhten, und ihre Hände glitten hinunter zu seinen Hüften. »Ich weiß genau, wie es sein wird. ›Was kann ich für meine englischen Freunde tun?‹ wird Chandra Nath fragen, das ölige Gesicht ein einziges Lächeln. ›Gerechtigkeit üben‹, sagt mein wackerer Roger. ›Ich verlange, daß Sie die unschuldigen Gefangenen in Gheriah freilassen.‹ ›Wenn ich das nur könnte‹, wird der Peshwa sagen und dabei seine Hände gen Himmel heben. ›Das sind doch Piraten, wissen Sie, Kriminelle, über die ich keine Gewalt habe.‹«

Sie änderte jeweils ihre Stimme und imitierte ihn selbst und den Mahrattenfürsten so überzeugend, daß Kelso herzlich lachen mußte. »So ähnlich wird die Sache laufen«, nickte er. »Es ist beinahe Zeitvergeudung, dort hinzugehen.«

»Warum tust du's dann?«

»Weil der Rat es so wünscht und weil – um ehrlich zu sein – vielleicht doch etwas dabei herauskommt.« Er zögerte einen Augenblick und fügte dann mit einem spitzbübischen Grinsen hinzu: »Außerdem ist die *Seahawk* frühestens in einer Woche mit ihrer Reparatur fertig.«

Sie lachte, schmiegte sich eng an ihn und bedeckte sein Gesicht mit Küssen, bis er gezwungen war, sie erneut zu lieben. Sie lagen noch eng umschlungen, als Padstow an die Tür klopfte.

Am frühen Abend brachen sie auf. Kelso ritt vorn zusammen mit Pettigrew, der zur allgemeinen Überraschung darauf bestanden hatte, mitzukommen; Padstow und Kilgannon, ein riesiger Schotte, bildeten das Geleit. Mit der Sonne im Rücken und den noch frischen Pferden ritten sie in kurzem Galopp zunächst die Küstenstraße und dann landeinwärts am Fluß entlang bis zum Einbruch der Dämmerung. Endlich schlugen sie auf einer Lichtung am Ufer des Flusses ihr Nachtlager auf.

Von allen in Frage kommenden Reisegefährten hätte Kelso sich Pettigrew wohl als allerletzten ausgesucht. Als er nun auf seiner Decke lag, zu den Sternen aufschaute, dem Zirpen der unzähligen Grillen und Zikaden und dem Quaken der Ochsenfrösche lauschte, kam ihm der Gedanke, daß dies eine einmalige Gelegenheit zu einer Unterhaltung war und zur Klärung verschiedener Fragen. Warum hatte sich dieser geckenhafte Ex-Ratsherr entschlossen, die beschwerliche Reise mitzumachen, da er doch die Hitze und den Straßenstaub haßte? Was hielt er wohl davon, hier im Freien übernachten zu müssen?

»Pettigrew, sind Sie noch wach?«

»Ja, und ich werde es voraussichtlich den größten Teil der Nacht über sein, denn zum Schlafen ist es hier viel zu unbequem.«

»Sie werden trotzdem schlafen«, sagte Kelso, »schon vor Müdigkeit. Wir haben meiner Schätzung nach mindestens vierzig Meilen zurückgelegt.«

»Mein geplagter Leib stimmt Ihnen zu.«

»Etwas wollte ich Sie schon immer fragen«, sagte Kelso. »Was hat sich eigentlich auf der *Cleopatra* abgespielt?«

Zunächst herrschte Schweigen, und er hörte in der Dunkelheit, wie Pettigrew sich ihm zuwandte. »Als die Mahratten angriffen? Ich weiß es nicht, ich war zusammen mit den anderen Passagieren unter Deck. Der arme Abercrombie wurde, glaube ich, von der Kugel eines Scharfschützen getroffen.«

»Meine Frau glaubt das nicht. Sie war dabei, als man ihn unter Deck brachte. Sein halbes Gesicht war weggerissen, sagt sie, so als habe ihn jemand aus nächster Nähe erschossen.«

Wieder herrschte längeres Schweigen, bis Pettigrew endlich antwortete: »Eine bemerkenswerte Frau, Lady Susan, und offenbar eine Expertin auf diesem Gebiet. Aber wenn das stimmt, was sie sagt, wäre es dann nicht möglich, daß Abercrombie sich selbst erschossen hat?«

»Warum, um Himmels willen, hätte er das tun sollen?«

»Ich weiß es auch nicht. Außer natürlich, daß er eine Menge unangenehmer Fragen hätte beantworten müssen, wenn er am Leben geblieben wäre.«

»Wie konnte er das wissen? Ich denke, er wurde erschossen, bevor der Kampf losging?«

»Nicht ganz. Ein paar Schüsse aus dem großkalibrigen Buggeschütz der *Normandie* waren schon gefallen und hatten an Bord beträchtlichen Schaden angerichtet. Die *Rouen* war etwa noch eine halbe Meile entfernt und schloß rasch auf.«

»Das klingt, als hätten Sie das alles selbst gesehen.«

»Wie?«

»Ich denke, Sie waren unten?«

Pettigrew schwieg einen Augenblick, und in seiner verspäteten Antwort schwang etwas mit, das wie unechter Ärger wirkte. »Verdammt, Kelso! Soll dies ein Verhör sein?«

»Ich versuche lediglich herauszufinden, was sich abgespielt hat.«

»Können Sie sich nicht mit dem zufriedengeben, was ich dem Gouverneur berichtet habe?«

»Es wäre leichter, wenn es mit dem übereinstimmte, was ich von meiner Frau gehört habe.«

»Sie war unter Deck.«

»Sie doch auch, oder habe ich Sie falsch verstanden?«

»Nein, aber sie ging vor mir hinunter, voller Eifer, die Verwundetenversorgung zu organisieren.« Dann fügte er hinzu: »Außerdem ist sie eine Frau.«

»Was hat das damit zu tun?«

»Wir waren im Gefecht. Sie wissen besser als ich, was das bedeutet, der Lärm, das Durcheinander. Welche Frau könnte in einer solchen Situation klaren Kopf behalten und sich hinterher noch genau an alles erinnern, was sich ereignet hat?«

»Susan könnte das.«

Pettigrew ließ ein verächtliches Schnauben hören und stützte sich auf die Ellbogen. Der Mond ging hinter den Bäumen auf und tauchte eine Seite der Lichtung in leuchtendes Silber. Drüben bei den Pferden stand Kilgannon Wache, während Padstow schnarchte, als wolle er die Frösche übertrumpfen.

»Es wird natürlich ein Ermittlungsverfahren geben«, sagte Kelso, »das ist Ihnen doch klar? So wie ich es sehe, kam es zu keinem Vorfall, der zum Verlust der *Cleopatra* geführt haben könnte.«

»Genau! Das wird es auch gewesen sein, was Abercrombie zum Selbstmord trieb.«

»Sie meinen, es war seine Schuld?«

»Zumindest trug er die Verantwortung dafür, und das hätte man ihm vorgeworfen.«

Kelso nickte. Das war eins der Risiken des Kommandanten. Wenn das Schiff angegriffen wurde, mußte man sich auf seine Erfahrung, sein Geschick und auf die Disziplin der Besatzung verlassen, aber ebenso hing alles vom Glück ab. Ein einziger Treffer, der einen Mast zerschoß oder unter der Wasserlinie einschlug, konnte die Niederlage bedeuten, während ein glücklicherer Kommandant, der vielleicht lange nicht so tapfer und geschickt gekämpft hatte, sein Schiff unbeschädigt durchbrachte.

»Auf jeden Fall«, fuhr Pettigrew fort, »wird es bei einer Verhandlung nur sehr wenige Leute geben, die Aussagen machen können.«

»Die *Seahawk* liegt im Hafen. Ihre Offiziere müssen etwas gesehen haben.«

»Aus der Entfernung von einer halben Meile – möglicherweise auch mehr? Und vergessen Sie nicht, Kelso, sie kämpften ja selbst.«

»Sie könnten uns erklären, warum der Konvoi so wenig Fahrt machte.«

»Das kann ich Ihnen auch erklären.«

Kelso wartete einen Augenblick und sagte dann: »In Ihrem Bericht habe ich nichts darüber gelesen.«

»Danach hat mich niemand gefragt.«

»Oder vielleicht dachten Sie auch, wir wüßten nicht, daß der Konvoi so weit zurücklag? Er hätte zu diesem Zeitpunkt schon viel weiter westlich stehen müssen.«

»Zum Teufel, Kelso, sehen Sie sich vor! Das klingt, als wollten Sie mich für das Mißgeschick der *Cleopatra* verantwortlich machen.«

»Ich will nur herausfinden, was sich wirklich abgespielt hat.«

»Gut. Das werde ich Ihnen sagen. Kurz nachdem Sie auf die *Agamemnon* übergestiegen waren, passierte irgend etwas mit der Ruderanlage der *Cleopatra.*«

»Wissen Sie, was es war?«

»Nein. Ich bin kein Fachmann. Auf jeden Fall wäre es für mich zwecklos gewesen, einzugreifen, auch wenn ich der dienstälteste Kompanieangehörige an Bord war. Könnten es die Steuerketten gewesen sein?«

»Vielleicht. Können Sie beschreiben, was geschah?«

»Mit Leichtigkeit. Eine Zeitlang segelten wir noch in genauer Formation, *Protector* eine Viertelmeile an Backbord und ein anderes Schiff, den Namen habe ich vergessen –«

»*Hoogli?*«

»Ja, das stimmt – *Hoogli* an Steuerbord. Plötzlich scherte die *Cleopatra* aus, ich sage Ihnen, es war entsetzlich! Die Damen schrien, der Kapitän fluchte und beschimpfte den Rudergänger, das Schiff holte stark über und, so sagte mir Abercrombie nachher, wenn nicht die entsprechenden Befehle so rasch gegeben und ebenso rasch ausgeführt worden wären, hätte sie möglicherweise kentern können.«

»Was geschah weiter?«

»Ich weiß es nicht, ich war unter Deck.« Er zögerte ein wenig und fuhr dann rasch fort: »Ich bin gleich nach unten gegangen, um festzustellen, ob bei dem fürchterlichen Überholen in meiner Kabine etwas beschädigt worden war. Wir drehten dann bei, und Abercrombie ließ den Zimmermann mit seinen Leuten nach dem Defekt suchen. Es muß etwas Ernsthaftes gewesen sein, denn wir blieben den halben Tag über beigedreht liegen. Als wir bei Einbruch der Dunkelheit endlich wieder Fahrt aufnahmen, wurden nur ganz wenige Segel gesetzt, und wir liefen nicht mehr als drei Knoten.«

So hatte es sich also abgespielt. Kelso konnte sich Fentons Ungeduld und Enttäuschung vorstellen, als der gesamte Konvoi in der glühenden Sonnenhitze beigedreht liegen mußte, während hinter dem Horizont Franzosen und Mahratten näher und näher kamen. Und all das, nachdem er gerade erst das Kommando über den Konvoi übernommen hatte.

»Wurde das Rudergeschirr der *Cleopatra* eigentlich repariert?« fragte er.

»Es scheint so. Wir segelten die ganze Nacht unter gerefften Marssegeln, und bei Tagesanbruch oder kurz danach sichteten wir die Flotte des Feindes.«

»Und da brach das Rudergeschirr erneut?«

»Ja, wenn auch nicht sofort. Es passierte, als das französische Linienschiff gerade in Reichweite gekommen war. Obgleich die *Protector* signalisiert hatte: ›Schlachtlinie formieren‹, scherte die *Cleopatra* plötzlich nach Steuerbord aus, und Abercrombie war gezwungen, seinen Kampf allein auszufechten, bis dann die *Seahawk* zu ihm stieß.«

»Aber da war Abercrombie schon tot. Und Sie meinen, er hätte sich selbst erschossen?«

»Ich weiß es nicht, aber das scheint mir die plausibelste Erklärung.«

»Mir nicht«, sagte Kelso. »Ich kannte Abercrombie gut, bin mit ihm zusammen eine Zeitlang auf der alten *St. Helena* gefahren. Er war ein gottesfürchtiger Mann und eifriger Kirchgänger. Niemals hätte er Selbstmord begangen.«

»Nun, er ist tot. Das ist alles, was wir wissen.«

»Und Tulliver auch«, fügte Kelso hinzu, »obgleich ich bezweifle, daß er uns viel hätte sagen können.«

»Wenn Sie mich fragen«, sagte Pettigrew, »so bin ich der Meinung, daß wir nie die Wahrheit erfahren werden. Abercrombie ist tot, seine Besatzung ist in Gefangenschaft und Fenton mit seiner *Protector* wahrscheinlich noch in St. Helena.«

Kelso nickte in der Dunkelheit. »Sie haben recht. Im Augenblick können wir lediglich Vermutungen anstellen. Aber eines will mir nicht einleuchten, und darüber werden wir, wenn auch erst später, die Wahrheit erfahren. Ich möchte wissen – und bestimmt auch unser Direktorium in London –, wie einer der neuesten Indienfahrer mit einer wertvollen Ladung verlorengehen konnte, mit der gesamten Besatzung und mehr als vierzig Passagieren. Etwas stimmt da nicht, und irgend jemand – vielleicht die gefangenen Offiziere in Gheriah, vielleicht auch der Zimmermann – wird die Antwort wissen.«

»Wenn sie jemals freigelassen werden«, sagte Pettigrew. »Aber darüber werden wir mehr erfahren, wenn wir morgen mit Chandra Nath sprechen.«

15

Kurz nach Mittag überquerten sie den Fluß an einer Furt, die jetzt, gegen Ende des Monsuns, noch immer so tief war, daß die Pferde in der starken Strömung erheblich kämpfen mußten. Am anderen Ufer kamen sie auf steinigen Boden. Zu ihrer Linken ragte ein hoher Gebirgszug auf, die westlichen Ghats.

Es war unwahrscheinlich heiß. Die stechende Sonne, Mückenschwärme, die Mensch und Pferd gleichermaßen belästigten, und die schwüle Luft machten den Ritt zur Qual und stellten hohe Anforderungen an die Ausdauer der Reiter. Selbstverständlich ruhte die Unterhaltung fast völlig, nur bei Weggabelungen wurde gelegentlich eine Frage gestellt, und Padstow stieß von Zeit zu Zeit seine greulichen Flüche aus.

Fast den ganzen Tag über stieg der Weg an. Bis zum späten Nachmittag ritten sie bergauf, dann endlich gelangten sie auf eine weite Hochebene. Sie war dicht bewaldet und von tiefen Schluchten durchzogen. Dann plötzlich verwandelte sich der bisher fast zugewachsene Pfad in eine gut erkennbare Straße. Ein paar winzige Dörfer tauchten auf, doch bald umgab sie wieder dichter Wald. Nach einiger Zeit, mitten im unbewohnten Gelände und weitab von jeder menschlichen Behausung, erhob sich vor ihnen völlig unmotiviert ein riesiger Tempel. Die Sonne stand noch hoch am Himmel, als ihnen ein Trupp berittener Mahratten entgegenkam.

Kelso und Pettigrew zügelten ihre Pferde und ritten im Schritt auf sie zu.

»Salaam!« grüßte Kelso mit vor der Brust verschränkten Armen den Anführer, einen Mann mit der schmalen Hakennase, dem schmallippigen Mund und dem harten Blick des Mahrattenkriegers.

»Wir kommen, um mit dem Peshwa zu sprechen, mit Chandra Nath.«

»Hat der Peshwa nach Ihnen gesandt?«

»Mein Name ist Roger Kelso, Kommodore der Marine der Ostindischen Kompanie. Dies ist Sir Ralph Pettigrew, Mitglied des Rates. Der Peshwa wird uns empfangen.«

Der Anführer starrte ihn so unfreundlich an, als habe er die Absicht, ihren Anspruch zu bestreiten. Als aber Kelso, ohne seine Erwiderung abzuwarten, an ihm vorbeiritt, wandte er sein Pferd und sagte in herablassendem Ton: »Folgt mir.«

Sie trabten die Straße entlang, auf beiden Seiten flankiert von den Mahratten. Nachdem sie mehrere unglaublich schmutzige Dörfer passiert hatten, hörte der Wald gänzlich auf, und sie kamen auf die Maidan,* an deren Ende das Fort Shanwar Peth aufragte. Ein wenig tiefer lag die geschäftige Stadt Poona.

Der Gestank in den engen Gassen war unbeschreiblich und verursachte geradezu Übelkeit. Es roch nach Kot, Urin, Fäulnis und Verwesung. Als sie hintereinander herritten – zwischen den Häusern war nicht genügend Platz, um nebeneinander zu reiten –, scheuchten sie ganze Schwärme von Fliegen auf. Skrofulöse Kinder krabbelten auf der Straße, ohne die Pferde zu beachten, alte Weiber saßen in den Hauseingängen und betrachteten die Fremden ohne sonderliche Neugier. Erst als sie den von Menschen wimmelnden Marktplatz erreichten und sich dann westwärts dem Fluß zuwandten, betraten

* Großer freier Platz oder Esplanade in indischen Städten.

sie das Viertel der Privilegierten. Sie kamen an pompösen Villen vorbei, bis sie den Palast des Peshwa vor sich sahen.

Das große, prunkvolle Gebäude lag am Ende einer breiten Allee inmitten eines prächtigen Parks. Vor dem Gittertor standen Posten, die sie ohne weiteres einreiten ließen. Der Rasen war übersät mit blühenden Büschen, und auf der Südseite des Palastes ragte schattenspendender Baumbestand auf. Die Freitreppe, die zum Palast hinaufführte, war von weiteren Posten gesäumt.

»Diese Engländer suchen um eine Audienz beim Peshwa nach«, kündigte der Anführer ihrer Eskorte sie an.

Einer der Posten ging hinein, und nach einer endlosen Zeit, während Kelso und seine Gefährten gleichmütig in der Sonne warteten, erschien er wieder in Begleitung eines Mannes, den sie seinem Aussehen nach für einen Stallmeister hielten.

»Sahibs, Ihr wollt meinen Herrn sprechen?«

»Ja. Kommodore Kelso und Sir Ralph Pettigrew von der Ehrenwerten Ostindischen Kompanie in den Diensten Seiner Majestät, des Königs Georg von England.«

Der Stallmeister verbeugte sich mit einem sonoren ›Salaam‹, womit er ihre Titel quittierte, und forderte sie auf einzutreten.

Chandra Nath, der mächtigste Mann in Zentralindien, empfing sie in seinem Thronsaal. Er sah ganz anders aus, als Kelso erwartet hatte, denn im Gegensatz zu den wohlgenährten und sinnenfreudigen Potentaten Bengalens war er hager, mit der schmalen Raubvogelnase seines Volkes und dem scharfen Blick eines Falken. Er musterte sie eingehend und wandte sich dann an Kelso.

»Sie kommen mit einer Botschaft von König Georg?«

»Wir kommen wegen seiner Untertanen, dieser unglücklichen Männer und Frauen, die an Bord des Indienfahrers *Cleopatra* gefangengenommen worden sind und sich jetzt im Cowlapundi-Gefängnis befinden.«

»Ach ja.« Der Peshwa hieß sie durch eine Handbewegung auf den Kissen Platz nehmen. »Ein äußerst bedauerlicher Zwischenfall.«

»Ein Akt der Seeräuberei, Euer Exzellenz«, beharrte Kelso auf seiner Anklage, »für den wir im Namen Seiner Majestät, des Königs Georg, Wiedergutmachung fordern.«

Die streng blickenden Augen verengten sich zu schmalen Schlitzen, und die Stimme des Peshwa nahm einen härteren Ton an. »Fordern? Das ist eine recht unglückliche Formulierung. Bedenken Sie, daß Sie allein, oder beinahe allein, in die mächtigste Stadt des Mahrattenreiches gekommen sind.«

»Wir sind Engländer und kommen im Vertrauen auf die Ehrenhaftigkeit der Mahratten. Ich kann nicht glauben, Euer Exzellenz, daß ein Mann Ihres Ranges es nötig hat, Drohungen auszustoßen.«

»Ich bin es nicht, Kommodore, der Drohungen ausstößt, und ich bin es auch nicht, der fordert.« Chandra Nath lächelte liebenswürdig und zwang dadurch Kelso, einen anderen Ton anzuschlagen.

»Die Piraten von Gheriah haben die Schiffahrt der Kompanie schon viel zu lange gestört«, sagte Kelso. »Vor ein paar Jahren mußten wir ihnen eine Lektion erteilen.«

»Die sich nicht wiederholen wird, hoffe ich.« Der Peshwa machte jetzt nicht den geringsten Versuch, seine Drohung zu verschleiern. »Was sich zu Tulagee Angrias Zeiten abgespielt hat, ist vorbei, aber keineswegs vergessen. Jede Wiederholung eines solchen Angriffs, auch wenn er erfolglos sein sollte, würde in Poona als Aggression angesehen.«

»Gegen wen, Exzellenz?«

»Gegen das Volk der Mahratten.«

»Dann muß ich also daraus schließen, daß Sie diese Piratenakte gutheißen?«

»Sicher nicht. Wir sind ein zivilisiertes Volk, das in der Vergangenheit als kriegerisch bekannt war und das noch immer über die mächtigste Armee in ganz Indien verfügt, jetzt aber Frieden wünscht. Wir möchten gute Beziehungen zu all unseren Nachbarn, einschließlich der Briten.«

»Ist es dann nicht berechtigt, Sie zu bitten, etwas gegen jene Mahratten zu unternehmen, die den Frieden stören und gute Beziehungen unmöglich machen?«

Der Fürst spreizte die Finger, und einen Augenblick mußte Kelso an Susans Darstellung des Peshwa denken, während sie nackt auf dem Bett lagen. ›Es sind Piraten, wissen Sie, Kriminelle, über die ich keine Macht habe‹, hatte Susan ihn sagen lassen. »Ich habe keine Macht über sie«, sagte der wirkliche Peshwa jetzt, »es sind Piraten, Kriminelle.«

»Aber Sie sind mächtig, Exzellenz. Gheriah hätte keinerlei Abwehrmöglichkeit gegen einen Angriff von Land aus.« Kelso sprach schnell und runzelte die Stirn, damit der Mahrattenfürst nicht das Lächeln bemerken sollte, das ihm dabei um die Lippen spielte.

Wieder spreizte der Peshwa die Finger. »Wenn ich das nur könnte! Aber Sie haben keine Ahnung, mein Freund, von meinen Schwierigkeiten.«

»Ich sehe keine«, erwiderte Kelso kalt. »Gheriah ist keineswegs uneinnehmbar, nicht einmal von See aus. Von der Landseite her und mit der ungeheuren Armee, von der Sie sprachen, müßte es ein leichtes sein.«

Der Peshwa schüttelte den Kopf, offenbar bemüht, eine Ausrede zu finden. Dann wandte er sich plötzlich an Pettigrew. »Sir Ralph, Sie sehen meine Position richtig. Wie kann ich von meiner Armee verlangen, daß sie gegen ihr eigenes Volk kämpft?«

»Vielleicht, Euer Exzellenz, ist ein Krieg gar nicht notwendig«, regte Pettigrew an. »Wenn die Piraten von Gheriah überredet werden könnten, ihre Bedingungen bekanntzugeben . . .«

Das scharfgeschnittene Gesicht erhellte sich durch ein Lächeln. »Ja, das wäre möglich, denke ich.«

»Was für Bedingungen?« fragte Kelso. »Sie kennen offenbar die Gedanken dieser Kriminellen?«

Der Peshwa musterte ihn finster. »Sehen Sie sich vor, Kommodore! Verlassen Sie sich nicht allzu sehr auf mein Wohlwollen.«

»Ich bin ein Mann, der die Wahrheit schätzt, Exzellenz, und ich bin überzeugt, daß auch Sie das tun. Lassen Sie uns keine unnötigen Worte wechseln. Welches sind die Bedingungen Gheriahs?«

»Gut, wenn Sie die Wahrheit wissen wollen: Ich glaube, mein Freund, daß diese Piraten, wie wir sie nennen wollen, gern die Passagiere und die Besatzung der *Cleopatra* und dazu die Ladung, die mindestens zwanzig Lakhs* wert ist, zurückgeben würden – unter einer Bedingung.«

»Und die lautet?«

»Daß Sie und Ihre Kompanie Bombay verlassen.«

Selbst Kelso, der eine unsinnige Forderung erwartet hatte, war verblüfft. »Das kann nicht Ihr Ernst sein!«

»Das ist es aber. Sie sagen, das wäre ein fairer Tausch gegen das Leben so vieler Engländer.« Er machte eine Pause und fügte dann, gewissermaßen als nachträglichen Einfall, hinzu: »Und Engländerinnen.«

»Zum Teufel mit dieser Bedingung! Was wird aus unseren Faktoreien, den Reismühlen, dem Fort, den schönen Häusern, die wir gebaut haben, und aus der Werft?«

»Entsprechende Entschädigungen würden natürlich gezahlt.«

»Und was wird aus Bombay nach unserem Weggang? Wollen Sie es Gheriah überlassen?«

Der Peshwa hob die Schultern, als sei er überrascht über eine so naive Frage. »Das käme auf Verhandlungen an.«

Kelso richtete sich zu seiner vollen Größe auf und blickte

* 1 Lakh of Rupees = 100000 Rupien = 12500 Goldpfund.

den Mahrattenfürsten wütend an. »Es kommt nicht in Betracht.«

»Dann tut es mir leid. Ich fürchte, nun kann ich nicht mehr für die Sicherheit Ihrer Landsleute bürgen.«

»Und mir tut es leid, Exzellenz, daß ich jetzt auf Drohungen zurückgreifen muß, ob es Ihnen gefällt oder nicht.« Kelso beugte sich vor und sprach leise, aber eindringlich. »Ich warne Sie. Wenn man einem der Gefangenen, auch nur einem einzigen, ein Haar krümmt, dann wird England das Mahrattenvolk mit Krieg überziehen.« Er hob die Hand, als der Peshwa ihn unterbrechen wollte. »Und wenn wir Krieg gegen Sie führen, dann wird das nicht geschehen mit einem Infanteriebataillon, nicht mit ein paar tausend Sepoys und den wenigen Kriegsschiffen der Ostindischen Kompanie, sondern mit der gesamten Marine des Königs, mit des Königs Armee und mit einem Aufgebot an Waffen, wie Sie es sich überhaupt nicht vorstellen können. Wir würden Poona dem Erdboden gleichmachen, würden diesen Palast zerstören, würden ganz Zentralindien überrennen und das gesamte Volk der Mahratten unterjochen.«

Er hatte ruhig gesprochen, aber so eindringlich, daß der Peshwa sichtlich beeindruckt war. Lediglich Pettigrew wußte, daß Kelso bluffte und daß seine Aussicht, das Parlament zu einer offiziellen Kriegserklärung gegen einen fernen und in London weitgehend unbekannten indischen Staat zu überreden, etwa ebenso groß war wie die, der nächste Premierminister zu werden. Aber ohne eine einzige Trumpfkarte in der Hand konnte Kelso nur bluffen.

»Vielleicht, Exzellenz«, regte Pettigrew an, besorgt über Kelsos Direktheit, »vielleicht würden sich die Piraten in Gheriah auf eine etwas vernünftigere Bedingung einlassen.«

Der Peshwa saß in Schweigen gehüllt und starrte vor sich hin. Ob er eine scharfe Erwiderung oder aber seine Möglichkeiten, die Forderung zu reduzieren, in Erwägung zog, war nicht zu erkennen.

»Ich bitte Sie zu berücksichtigen, Exzellenz, daß die Drohungen, die mein Freund, der Kommodore, äußert, im Namen von London gesagt wurden, und das liegt Tausende von Meilen entfernt. Er selbst und auch ich, die wir hier in Indien leben, sehen das Problem von einer ganz anderen Seite.«

»Gut. Einigen wir uns auf eine Summe von fünf Crores* in Gold und Edelsteinen«, sagte der Peshwa, »zahlbar hier in Poona und *vor* Freilassung der Gefangenen.«

Kelso nickte. So verhandelten Realisten miteinander. »Eine gewaltige Summe, Exzellenz, aber immerhin im Bereich der Möglichkeit. Ich werde sehen, was ich tun kann.«

»Gut.«

»Und da wir beide Männer der Praxis sind, werden Sie sicherlich einsehen, daß wir nur die Hälfte des Lösegeldes im voraus bezahlen können. Der Rest wird fällig nach Auslieferung der Gefangenen.«

Wieder überlegte der Peshwa. Schließlich nickte er. »Gut. Es gilt.«

Kelso stand auf. »Dann werden wir mit Ihrer gütigen Erlaubnis gleich aufbrechen. Innerhalb einer Woche erhalten Sie unsere Antwort.«

Der Peshwa stand ebenfalls auf und hob grüßend die Hand.

»Sie sind ein tapferer Mann, Kommodore, ein Mann nach meinem Geschmack. Es wundert mich, daß Sie mit solchen Narren wie Raikes und Emmerson zusammenarbeiten oder gar mit Carew und Forster – wenn sie nicht gerade krank sind. Sollten Sie jemals daran denken, die Ehrenwerte Kompanie zu verlassen, um sich zum Beispiel ein Vermögen zu erwerben, bevor Sie nach England zurückkehren, lassen Sie es

* 1 Crore of Rupees = 10 Millionen Rupien.

mich wissen. Mit Vergnügen nähme ich einen Mann wie Sie in meine Dienste.«

»In welcher Eigenschaft?« fragte Kelso mit boshaftem Lächeln. »Als Oberbefehlshaber der Piratenflotte von Gheriah?«

16

Die Fregatte *Seahawk* und die Korvette *Agamemnon* liefen mit der Abendtide aus und steuerten nordwärts. Die Besatzung und auch die meisten Offiziere glaubten, daß es sich um eine routinemäßige Patrouillenfahrt handelte, wie man ihnen gesagt hatte. Nur Kelso, der vorübergehend das Kommando über die *Seahawk* übernommen hatte, und Cantwell, Kommandant der *Agamemnon,* kannten das tatsächliche Ziel.

»Wir haben nur eine Möglichkeit«, hatte Kelso bei der stürmischen Ratssitzung zäh auf seinem Standpunkt beharrt. »Chandra Nath hat bestimmt nicht die Absicht, die Gefangenen freizulassen, selbst wenn wir das Lösegeld auftreiben.«

»Was wir nicht schaffen«, warf Raikes ein. »Es sei denn, mit Hilfe von Fort William und Madras.«

»Und der Zustimmung unseres Direktoriums in London«, fügte Emmerson hinzu. »Das würde Monate, vielleicht sogar ein ganzes Jahr dauern.«

»So lange können wir nicht warten«, sagte Kelso abschließend, »selbst wenn wir uns auf Chandra Naths Redlichkeit verlassen könnten.«

»Damit bin ich nicht einverstanden«, wandte Pettigrew ein. »Sie schätzen Chandra Nath falsch ein. Fünf Crores sind eine enorme Summe, das weiß ich, aber sollte uns irgendein Preis zu hoch sein für das Leben so vieler Briten?«

Ungeduldig hatte Kelso ihn gemustert. »Wenn – und ich wiederhole, wenn – wir eine so ungeheure Summe auftreiben und nach Poona schaffen könnten, welche Garantie hätten wir dann, daß Chandra Nath seinen Teil des Abkommens einhält? Glauben Sie, daß ein Mann, dessen ganzes Trachten danach geht, die Briten aus Indien zu vertreiben, ein solches Pfand aus der Hand gibt?«

»Sicher. Wenn wir das Lösegeld bezahlen.«

»Dann sind Sie leichtgläubiger, als ich gedacht habe. Nach so vielen Jahren in Indien wundert mich das sehr. Er wird ein paar freilassen und den Rest unter irgendeinem Vorwand zurückhalten – sie seien krank und daher nicht transportfähig, oder sie seien geflüchtet und nicht auffindbar. Und glauben Sie mir: Diejenigen, die er zurückhält, sind bestimmt die wichtigsten, einige der Frauen, die Kinder und die reichen Kaufleute. Ich sage Ihnen, Gentlemen, ich habe nicht das geringste Zutrauen zu den Versprechungen Chandra Naths.«

Zögernd und trotz der Einwände Pettigrews hatte der Rat endlich eingewilligt, ein Expeditionskorps nach Gheriah zu schicken. Der Gouverneur war in der wenig beneidenswerten Lage, zwar zu glauben, daß Kelso recht hatte, andererseits aber den Plan nicht rückhaltlos unterstützen zu können, weil er sich für Leben und Sicherheit aller Kompaniebediensteten in Bombay verantwortlich fühlte. Schließlich ließ er sich überzeugen, besonders durch Kelsos Versicherung, daß Chandra Nath die Drohung mit Englands Kriegserklärung für den Fall der Gefangenenverletzung oder der Invasion Bombays ernst genommen habe, und stimmte zu.

Nachdem es Kelso gelungen war, den Rat zu überreden, hatten sich Schwierigkeiten mit Susan ergeben. Die Geschichte von der Routinefahrt, jetzt in dieser kritischen Zeit, glaubte sie nicht und hatte verlangt, auf die Expedition nach Gheriah mitgenommen zu werden. Kelso hatte so überzeugend gelogen, wie er nur konnte, aber sie durchschaute ihn sofort und war beim Abschied sehr verstimmt.

Die Monsunzeit war nahezu vorüber, und das Wetter, launisch und sprunghaft wie eine eigensinnige Frau, machte das Segeln schwierig. Auf ihrem Nordkurs hatten sie zunächst Backstagsbrise und liefen mindestens acht Knoten. Sobald sie außer Sicht des Landes waren, ließ Kelso kürzen bis auf Vorsegel und gereffte Untersegel. Der Wind schralte ständig und drehte zuletzt auf Nordwest, so daß sie kreuzen mußten. Nach einer Stunde flaute der Wind plötzlich ab, bis nur noch eine ganz leichte Brise zu verspüren war, die das Schiff kaum steuerfähig hielt.

»Wir werden auch während der nächsten Tage ständig kreuzen müssen, Sir«, sagte Jones, der Erste Offizier. »Der Nordostpassat ist überfällig.«

»Sie haben recht. Nur werden wir nicht kreuzen, sondern mit achterlichem Wind segeln.«

Jones, ein älterer Mann und nicht sehr rasch von Begriff, machte ein verblüfftes Gesicht. »Wie ist das möglich, Sir? Sie meinen, wir werden Kurs ändern?«

»Ja. Sobald es dunkel ist und wir weit genug von Land und frei vom Küstenverkehr sind.«

Es war schon beinahe dunkel. Die letzten leuchtenden Farben am Himmel verblaßten bereits, und der Horizont, soeben noch in tiefes Purpurrot getaucht, so daß er wie eine ferne Bühnendekoration wirkte, rückte sichtlich näher und nahm einen schlichten Grauton an.

Ein Schiffsjunge kam nach achtern, um die Kompaßbeleuchtung anzuzünden.

»Tut mir leid, daß wir so geheimnisvoll auslaufen mußten und daß es nicht möglich war, Ihnen unsere wirkliche Aufgabe mitzuteilen.«

»Wir fahren nach Süden, Sir?« fragte Jones. »Werden wir diese armen Seelen in Gheriah befreien?«

»Wenn wir es schaffen.« Kelso sah den Ersten Offizier

von der Seite an, als sie nebeneinander an der Heckreling standen, und war froh, keinerlei Anzeichen einer Verstimmung in dessen Gesicht zu entdecken. »Ich konnte Sie nicht früher einweihen. Sie werden verstehen, daß das Überraschungsmoment unsere einzige Chance ist.«

»Das verstehe ich, Sir. Bitte, machen Sie sich meinetwegen keine Gedanken. In all meinen Dienstjahren habe ich meine Pflicht erfüllt, so gut ich konnte. Solange ich weiß, was von mir erwartet wird, bin ich zufrieden.«

Kelso nickte lächelnd. »Danke, Mr. Jones. Ich bin davon überzeugt, daß wir gut miteinander auskommen werden.«

»Das einzige ist, Sir«, fuhr Jones nach einer längeren Pause fort, »gehen wir nicht ein sehr großes Risiko ein?«

»So, wie es aussieht, natürlich, aber nicht, wenn uns die Überraschung gelingt. Ich beabsichtige, mich ganz an den Plan zu halten, den wir vor zwei Wochen bei unserem damaligen Versuch so erfolgreich ausgeführt haben.«

»Aye, Sir. Ich habe davon gehört. Hat nicht die *Agamemnon* zwei Gallivaten versenkt, um die Ausfahrt zu blockieren?«

»Ja, und was sie einmal getan hat, kann sie wiederholen.« Er machte eine Pause und blickte angestrengt landwärts. Dann sagte er: »Ich denke, wir haben jetzt genug getan, um unsere Spur zu verwischen. Ändern Sie Kurs auf Südsüdwest, bitte.«

»An die Brassen! Klar bei Halsen und Schoten!«

Als die *Seahawk* vor den Wind drehte, dicht gefolgt von der *Agamemnon,* die das entsprechende Signal erkannt und ausgeführt hatte, schien das Schiff zu neuem Leben zu erwachen. Die Decksplanken, die beim Kreuzen geächzt und gestöhnt hatten, als wollten sie ihren Protest zum Ausdruck bringen, vibrierten jetzt leise und sanft. Die vorherige Schlagseite, wechselnd nach jedem Wendemanöver, wich jetzt einer wiegenden Rollbewegung und einem leichten Heben und Senken des Decks im Rhythmus des ein- und auftauchenden Bugs. Die Segel waren prall gefüllt, denn der kapriziöse Wind hatte aufgefrischt und zeigte wohl bereits das Einsetzen des Nordostpassats an. Die *Seahawk* hinterließ ein langes, phosphoreszierendes Kielwasser, während sie zügig nach Süden fuhr.

Eine gute Viertelstunde war vergangen, bis Jones wieder neben Kelso an die Heckreling trat.

»Einfaches Segeln, Sir«, sagte er. »Wenn der Wind anhält, können wir in zwei Tagen vor Gheriah sein.«

»Das hoffe ich. Wir werden uns weit genug westlich halten, außerhalb der Schiffahrtslinien, und zu Gott beten, daß uns niemand sieht. Wenn der Wind so bleibt, kommen wir bei Einbruch der Nacht an. Sie setzen mich mit fünfzig Mann nördlich der Einfahrt und in Lee des Vorgebirges ab. Morgen werden wir Freiwillige für diese Unternehmung aufrufen. Sie segeln dann eine Stunde vor Hellwerden mit *Agamemnon* zur Einfahrt und beziehen dort Position.«

»Vorausgesetzt, daß wir nicht gesehen worden sind.«

»Ob Sie gesehen worden sind oder nicht, ist gleichgültig. Es kommt darauf an, daß Sie die Mahratten und – wichtiger noch – die beiden französischen Schiffe im Hafen festhalten.«

»Werden sie uns nicht gleich beim ersten Tageslicht angreifen, Sir?«

»Möglich, aber solange Sie und Cantwell kühlen Kopf behalten und die Geschützführer nicht die Nerven verlieren, tun Sie nichts anderes als das, was die *Agamemnon* vor vierzehn Tagen allein gemacht hat: Sie blockieren die Einfahrt.«

Jones schwieg längere Zeit; nicht wegen irgendwelcher Befürchtungen, dachte Kelso, sondern weil er ein Mann war, der sich alles gründlich überlegen mußte. »Die Kanonen des Forts, Sir, reichen die nicht bis zu uns?«

»Ja. Sie werden Sie von Zeit zu Zeit mit ein paar Salven eingabeln, aber das müssen Sie ertragen. Außerdem sind Sie vor der Einfahrt am äußersten Rand der Reichweite. Cantwell wird es so einrichten, daß einer von Ihnen immer feuert, während der andere über Stag geht. Auf diese Weise werden Sie bewegliche Ziele sein und gleichzeitig das Feuer auf die Fahrrinne aufrechterhalten.«

»Was sollen wir tun, Sir, wenn die Fahrrinne blockiert ist?«

»Sie bleiben dann, sagen wir, eine halbe Meile weiter seewärts, also außerhalb der Reichweite, aber nahe genug, um eingreifen zu können, wenn die Einfahrt wieder freigeräumt sein sollte.«

»Und *Agamemnon?*«

»Sie wird so dicht an die Nordseite der Vorberge gehen, wie sie riskieren kann. Dort warte ich – wenn alles gutgeht – mit meinem Trupp von fünfzig Mann und den Gefangenen auf die Einschiffung.«

Mit vollen Segeln und günstigem Wind fuhren sie die ganze Nacht, den nächsten Tag und die folgende Nacht zügig südwärts. Beim Morgengrauen des zweiten Tages befanden sie sich wiederum allein auf der Weite der See. Niemand hatte sie bisher gesehen, alles war gutgegangen. Zu gut, empfand Kelso, früher oder später würde sich ihr Glück sicherlich wandeln. Als er beim Hellwerden an Deck kam, begrüßte ihn der junge Travers, der die Morgenwache hatte. Kelso warf einen Blick auf die Schiefertafel, auf der die Logergebnisse angeschrieben wurden, und trat dann zu Travers an die Luvreling.

»Wieder ein schöner Morgen und günstiger Wind, Sir«, sagte der junge Mann. »Heute abend stehen wir vor Gheriah.«

»Ich hoffe es.« Kelso betrachtete das junge, frische Gesicht und fragte sich, ob er selbst vor zehn oder zwölf Jahren genauso unschuldig ausgesehen hatte. Travers wirkte eher wie ein Chorknabe als wie ein Marineoffizier, würde aber sicherlich im Kampf seinen Mann stehen. »Kommen Sie mit beim Landungsunternehmen?« fragte er.

»Ja, Sir, wenn Sie einverstanden sind.«

»Warum nicht? Wir können tüchtige junge Leute gebrauchen. Waren Sie schon einmal bei einem Landetrupp?«

»Nein, Sir, aber auf der *Surat* steuerte ich die Gig bei einem Entsatzunternehmen.«

»War es erfolgreich?«

»Ja, Sir, wenn auch –«, der junge Mann zögerte und wurde rot –, »nicht durch mein Verdienst, fürchte ich.«

»Was war denn los?«

»Der Erste Offizier und der Bootsmann gelangten mit ihren Kuttern ungesehen längsseits, und ihre Trupps enterten das feindliche Schiff. Ich sollte am Heck festmachen, aber einer meiner Leute hatte sich betrunken, bevor das Unternehmen losging, und der verlor jetzt seinen Riemen. Bis wir den wiederhatten und festmachen konnten, war alles vorüber. Das Schiff war unser, als wir endlich an Bord kamen.«

Kelso lachte. Ihm gefiel des jungen Mannes Aufrichtigkeit. »Besser, es ist Ihnen als Fähnrich passiert als später, wenn Sie Offizier sind. Morgen, so hoffe ich, werden Sie Gelegenheit haben, sich auszuzeichnen.«

»An Deck! Segel an Backbord voraus!«

Der Ruf aus dem Vortopp klang wie ein Warnsignal. So nahe dem Ziel! Wenn sie jetzt entdeckt wurden, einen Tag, bevor sie Gheriah erreichten, war alles vorbei.

»Was können Sie ausmachen?«

»Es sind zwei, Sir, beide noch unter der Kimm. Alles, was ich sehen kann, sind ihre Bramsegel.«

»Wohin fahren sie?«

»Genau nach Norden, Sir, scheint mir, obgleich ...« Er zögerte, und nicht nur Kelso wartete atemlos auf seine weiteren Worte. »Einer von ihnen ändert Kurs, Sir. Muß uns gesehen haben. Der andere folgt ihm. Ja, Sir, beide steuern genau auf uns zu.«

17

»Hinauf mit Ihnen, Tanner«, sagte Kelso und bemühte sich dabei, seiner Stimme die Erregung nicht anmerken zu lassen. »Melden Sie alles, was Sie ausmachen können.«

Die Hände auf dem Rücken verschränkt, sah er scheinbar ruhig zu, wie der Midshipman in den Wanten hinaufflitzte. An Deck drängelte sich alles an der Backbordverschanzung, als könne man von dort aus mit dem bloßen Auge etwas sehen von den Schiffen, deren Rumpf selbst vom Vortopp aus noch unter der Kimm und deren oberste Segel nur mit Hilfe des Glases auszumachen waren.

»Was tun diese Männer, Mr. Lovegrove?« rief Kelso hinunter, mehr um sich abzulenken, als aus Ärger. »Lassen Sie sie an ihre Arbeit gehen.«

»Aye, aye, Sir.«

Wenn es sich bei den beiden Schiffen um Indienfahrer handelte – und das war durchaus möglich, denn seit die Franzosen Pondicherry aufgegeben hatten, riskierte es die Kompanie auch einmal, Handelsschiffe ohne Geleitzug herzuschicken –, dann konnte er seinen Plan unverändert ausführen. Je mehr er es sich jedoch überlegte, desto unwahrscheinlicher erschien ihm diese Möglichkeit. Der Hafenkommandant von St. Helena wußte zwar noch nicht, daß zwei französische Kriegsschiffe sich mit den Mahratten zusammengetan hatten, was Fenton ihm allerdings bald berichten würde. Aber es schien kaum glaubhaft, daß die beiden Indienfahrer unbemerkt Gheriah passiert haben sollten, denn die normale Route führte im Abstand von knapp fünfzig Meilen dort vorbei.

»An Deck!« kam Tanners schrille Knabenstimme aus dem Vortopp. »Es sind Kriegsschiffe, Sir. Die Rümpfe kommen jetzt über die Kimm.«

»Welcher Nationalität?«

»Frogs,* Sir – möchte ich wetten. Der eine ist ein Dreidekker.«

»Und der andere?«

»Etwas kleiner, Sir. Ich glaube, eine Fregatte.«

Normandie und Rouen! Irgendwie mußten sie von ihrem Plan Wind bekommen haben. Sie waren aus Gheriah ausgelaufen und wollten sie nun hier abfangen. Vorbei jegliche Hoffnung auf Überraschung, vorbei die Chance, die englischen Gefangenen zu befreien, dachte Kelso.

»Was tun sie, Sir?« fragte Jones, der an Deck gekommen war, als er die Rufe hörte.

»Sie wollen uns abfangen. Irgend jemand muß unseren Plan verraten haben.«

»Bedeutet das, daß wir ihn ändern müssen, Sir?«

»Es bedeutet noch mehr«, erwiderte Kelso grimmig. »Nämlich, daß wir ihn aufgeben müssen.«

»Und nach Bombay zurückkehren?«

»Ja, aber erst, wenn wir unsere Visitenkarten ausgetauscht haben.« Kelso trat an die Querreling und rief zum Deck hinunter: »Mr. Lovegrove! Lassen Sie gefechtsklar machen.«

Während die Trommelwirbel ertönten und die Freiwache an Deck stürzte, begleitet von den aufmunternden Rufen und den antreibenden Rohrstockhieben der Bootsmannsmaaten, überdachte Kelso die Situation. Natürlich wäre es klüger, einem Gefecht aus dem Weg zu gehen. Der Abstand

* »Frösche«: Franzosen, wegen ihrer Vorliebe für Froschschenkel.

betrug noch mehr als fünfzehn Meilen. Sie konnten also kehrtmachen, Kurs auf Bombay nehmen und bald hinter dem Horizont verschwunden sein, da die größeren und schwereren französischen Schiffe nicht so rasch folgen konnten. Es wäre kein unehrenhafter Rückzug gewesen, wenn er sich auch vorstellen konnte, wie einige Leute in Bombay – Pettigrew zum Beispiel – hecheln würden. Das war es jedoch nicht, sondern eher die ihm angeborene Arroganz, sein Glaube an die britische Überlegenheit sowie die Erinnerung an frühere Erfolge. Er, Kelso, konnte doch nicht vor einem Franzmann davonlaufen!

An Bord wickelte sich die inzwischen eingespielte Routine ab. Schläuche wurden angeschlagen, Pumpen besetzt, die Decks gewässert und mit Sand bestreut, Pützen mit Wasser zu den Geschützen geschafft, ebenso Munition und Pulver. Unten wurden die Schotten gelegt – auch die seiner eigenen Kajüte –, und Noakes, der Schiffsarzt, überwachte im Orlop den Transport der Seekisten aus dem Kadetten- und Fähnrichslogis, die zu improvisierten Krankenbetten zusammengestellt wurden.

»Wenn es die *Normandie* ist, Sir, ein Linienschiff, dann hat sie Zweiunddreißiger an Bord«, ließ Jones sich vernehmen, der zu Kelso getreten war.

»Ja. Zu schwer für uns, wenn wir sie nahe herankommen lassen, und noch schwerer für die *Agamemnon.* Wir müssen lediglich aufpassen, daß sie uns nicht zu nahe kommt.«

»Aye, aye, Sir. Und die *Rouen,* in Europa gebaut, ist größer als wir und mit Vierundzwanzigpfündern bestückt.«

»Und aus Eichenholz«, erinnerte ihn Kelso, »das lange nicht so widerstandfähig gegenüber Beschuß ist wie indisches Teakholz.«

Jones überdachte das Gehörte sorgfältig und lächelte dann. »Aye, aye, Sir, das stimmt.«

Cargill, der Segelmacher, war der Unterredung gefolgt und nicht so leicht zu überzeugen; vielmehr ließ er seinen düsteren Voraussagen freien Lauf. Seine lange, gekrümmte Gestalt stand wie ein Fragezeichen über das Ruder gebeugt. Er hielt die *Seahawk* genau auf Kurs, aber ihm war anzumerken, daß er nicht mit dem Herzen dabei war.

»Wie lange wird es dauern, bis wir in Reichweite sind, Sir?« fragte Jones.

»Eine Stunde, möglicherweise etwas länger. Sie können die Freiwache wieder unter Deck schicken, bis wir dichter heran sind.«

Es begann eine spannungsgeladene Stunde für alle an Bord, eine Spannung, die nicht im geringsten dadurch gemildert wurde, daß die meisten von ihnen schon ähnliches erlebt hatten. Bald würden die Schiffe in Reichweite kommen, die Geschütze das Feuer eröffnen. Tonnen tödlichen Metalls würden von Schiff zu Schiff fliegen, Fleisch und Knochen waren dann schutzlos dem mörderischen Feuer preisgegeben, lediglich die Verschanzungen boten illusorische Dekkung. Allein vom Geschick des Kommandanten, des Rudergängers, der ganzen Besatzung hing dann alles ab, und, nicht zu vergessen, vom Glück. Der Gedanke, getroffen zu werden, glich einem Alptraum und wurde am besten gar nicht in Erwägung gezogen, soweit das beim steten Herannahen des Feindes möglich war.

»*Normandie* hat Feuer eröffnet«, meldete Travers eine Stunde später, als die Schiffe sich in Dwarslinie bis an die Grenze der Reichweite genähert hatten. Die Stimme des jungen Travers war nicht ganz so ruhig wie sonst, stellte Kelso fest, aber er verargte ihm das nicht. Selbst der Tapferste spürte die Aufregung beim Herannahen des Gegners.

»Mit dem langen Tom im Bug«, spottete ein Midshipman verächtlich. »Davon hat sie nicht viel!«

Kelso stimmte mit der Feststellung des Jungen überein, wenngleich er seine Meinung hier auf dem Achterdeck nicht so offen äußern konnte. Das neunpfündige Langrohrgeschütz, von der ständig auf- und niedergehenden Back auf diese enorme Entfernung abgefeuert, hatte wohl kaum Aussicht, zu treffen. Manche Kommandanten hielten allerdings den Abschußlärm aus Gründen der Kampfmoral für besser als das zermürbende Warten. So war denn auch nirgends die Wassersäule des Aufschlags zu sehen, und bevor das Buggeschütz wieder feuern konnte, manövrierten die Führerschiffe sich in die entsprechende Kampfposition.

Der Windvorteil war auf seiten der Engländer. Kelso, der von der Seahawk aus führte, konnte sich die Seite aussuchen und hoffte, zwei Breitseiten abfeuern zu können, bevor die *Normandie* einmal schoß. Er konnte dann weiter die nachfolgende *Rouen* angreifen oder auch den Schußwechsel mit ihr vermeiden. Beim danach erforderlichen Halsen mußte er für eine kurze Zeit das verwundbare Heck seiner *Seahawk* dem feindlichen Beschuß aussetzen. Das Ganze war eine ausgezeichnete Gelegenheit, seine Seemannschaft unter Beweis zu stellen.

»Halten Sie die Steuerbordgeschütze klar zum Feuern, Mr. Lacock!« rief Kelso zum Artillerieoffizier hinunter. »Feuern erst auf mein Kommando.«

»Aye, aye, Sir.« Er sah, wie Lacock am siebten Geschütz kniete und die Zieleinstellung überprüfte. Zweifellos wollte er sicherstellen, daß zumindest ein Geschütz zu seiner Zufriedenheit im Ziel lag.

»Sir!« Es war Cargill, der Segelmacher. Offensichtlich wurde er nervös, da die beiden Führerschiffe, nur noch knapp eine Viertelmeile voneinander entfernt, genau auf Kollisionskurs lagen.

»Kurs halten!«

»Ihr Buggeschütz hat wieder gefeuert, Sir!« rief Travers. Einen Augenblick später hörten sie das Heulen der Kugel über ihren Köpfen.

»Laßt sie warten, Jungs!« rief Kelso zu den Geschützbedienungen hinunter, die darauf brannten, zurückzufeuern. »Wir werden gleich von uns hören lassen.«

»Sir!« Wieder Cargill, der die unmittelbar bevorstehende Kollision kommen sah. Im nächsten Augenblick ging es wie ein Ruck durch seinen ganzen Körper, als Kelso ihm direkt ins Ohr rief: »Ruder hart Backbord!«

»An die Brassen!«

Die *Seahawk* schwang herum, während ihre Rahen zugleich so mitgebraßt wurden, daß die Segel auch weiterhin vollstanden. Als sie im Abstand von weniger als einer Kabellänge den Bug der Normandie passierte, rief Kelso: »Feuer!«

Die Steuerbordgeschütze donnerten mit geübter Präzision ihre Breitseite heraus – gerade in dem Augenblick, als das Deck waagrecht lag. Die *Normandie,* durch dieses geschickte Manöver völlig überrascht, erhielt die volle Ladung in ihr Vorschiff. Mit zertrümmerter Back und mehreren Lecks in der Nähe der Wasserlinie scherte sie nach Steuerbord aus und exponierte dadurch ihre Backbordseite für eine zweite Salve der *Seahawk*.

»Auswischen! Nachladen! Ziel auffassen! Feuer!«

›Der Drill ist es, durch den man Schlachten gewinnt‹, das hatte Kommodore James, sein alter Mentor, immer gesagt. Eine Fregatte mit einer hervorragend gedrillten Besatzung war für die zwar stärker bewaffneten, aber schwerfälligeren Linienschiffe immer ein ernstzunehmender Gegner. Auf dem Batteriedeck der *Seahawk* rissen die Geschützbedienungen bereits an den Taljen, die Putzer stießen ihre Schwämme in die Mündungen, die Ladenummern standen mit ihren Ansetzern bereit, und die Geschützführer knieten vor den Verschlüssen und bemühten sich, das Ziel aufzufassen.

Die Deckscrew wartete an Brassen und Schoten, klar zum sofortigen Ausführen der Befehle des Kommandanten. Als die *Seahawk* vor den Wind drehte und ihre zweite Breitseite feuerte, wurde es Kelso klar, daß er sich dieser Besatzung wegen keine Sorgen zu machen brauchte. Sie war hervorragend ausgebildet.

»Klar zum Wenden!«

In diesem Augenblick feuerte die *Normandie* ihre erste Breitseite ab.

Die Einschläge donnerten ihnen um die Ohren. Drei landeten in der Nähe des Großmastes, einer auf dem Achterdeck und ein fünfter krachte in die Back.

»Feuerlöschtrupp nach vorn! Schafft die Trümmer weg! Die Verwundeten unter Deck!«

Beim dritten Geschütz, das einen direkten Treffer erhalten hatte, lagen vier Männer in grotesken Verrenkungen. Einem von ihnen war das Bein abgerissen worden, ein anderer lag offensichtlich im Sterben, denn das Deck rings um ihn war von Blut überflutet, aber kein einziger schrie oder rief um Hilfe. Das würde erst später kommen, wenn der Schiffsarzt unten sein grausiges Werk begann.

»*Agamemnon* ist getroffen, Sir!« rief Jones.

Die Korvette hatte er im Eifer des Gefechts völlig vergessen, aber jetzt sah er sie, wie sie mühsam gegen den Wind kreuzte, hitzig verfolgt von der französischen Fregatte. Ihr Klüverbaum war weggeschossen, die Vorsegel schleiften außenbords neben ihr her. »Mr. Lacock! Zielwechsel, Ziel ist *Rouen*, Feuererlaubnis!«

So erpicht war der französische Kommandant auf die Verfolgung der beschädigten Korvette, daß er offenbar keinen Blick für die *Seahawk* übrig hatte. Die beiden Schiffe lagen bereits querab weniger als hundert Yards voneinander entfernt, als die englische Fregatte ihre Breitseite abfeuerte, wieder einmal mit vollendeter Präzision. Die Geschütze donnerten genau gleichzeitig, und fast im selben Augenblick – so dicht lagen die Schiffe beieinander – erhielt die *Rouen* die volle Ladung.

Sie schien plötzlich stehenzubleiben. Sie lag auf Steuerbordhalsen und holte jetzt so weit nach Backbord über, daß sie zu kentern drohte.

»Auswischen! Nachladen! Feuer!«

Wieder brüllten die Geschütze der *Seahawk* auf, und die

Rouen, schwer getroffen, drehte ab und versuchte verzweifelt, vor dem Wind zu entkommen.

Inzwischen war aber Lemarchand auf der *Normandie* nicht faul gewesen. Das gewaltige Linienschiff hatte durch den Wind gedreht, seine Steuerbordgeschütze donnerten ihre Ladung heraus, und *Seahawk* getroffen von den schweren Zweiunddreißigern, holte über und drohte zu kentern, genau wie die *Rouen* vor ein paar Minuten.

»Halten Sie Kurs!« rief Kelso dem Gefechtsrudergänger zu. »Mr. Lovegrove, lassen Sie anbrassen!«

Langsam richtete sich die Fregatte wieder auf. An Deck herrschte Verwirrung. Noch mehr Tote und Verwundete wurden von den Backbordgeschützen weggezogen und zum Großmast oder nach unten geschafft. Der Bootsmann, mit hochrotem Gesicht und völlig heiser, teilte einen Trupp Seeleute ab zum Beseitigen der Trümmer. In dieses Durcheinander ertönte Kelsos Stimme: »Klar zum Feuern, Mr. Lacock! Feuer auf Ihr Kommando!«

Die beiden Schiffe lagen jetzt auf Parallelkurs, im Abstand von weniger als einer Kabellänge. *Seahawk* hatte die Luvposition. Auf der Steuerbordseite der *Normandie,* die gerade ihre Breitseite abgefeuert hatte, sah man die Geschützbedienungen beim Auswischen und Nachladen. Eine Breitseite in diesem Augenblick wäre besonders wirksam.

Lacock schien das zweifellos selbst zu empfinden, denn trotz der offensichtlichen Ungeduld der Backbordgeschützführer, die starke Ausfälle erlitten hatten, lief er von Kanone zu Kanone und überprüfte gewissenhaft die Zieleinstellung.

Endlich schien er zufrieden. Er trat zurück und rief: »Feuer!«

So präzise donnerte die Breitseite heraus, daß sie wie ein einziger, gewaltiger Kanonenschuß klang. Von der Wucht des Rückstoßes der gleichzeitig abgefeuerten zwölf Achtzehnpfünder holte *die Seahawk* weit nach Steuerbord über.

Sowie die Geschütze bis zur Endstellung zurückgelaufen

waren, stürzten die Bedienungen an die Taljen, andere griffen zu Schwämmen, Stangen und Ansetzern, die Munitionsmanner hoben Kugeln und Schrott, klar zum Nachladen, und die Geschützführer warteten ungeduldig mit Dorn, Keil und Holzhammer, um die Höhen- und Seiteneinstellung zu korrigieren. Zum Beobachten der Aufschläge hatten sie keine Zeit, aber spontaner Jubel der Leute an Deck sagte ihnen, daß sie getroffen hatten.

Lacocks Geduld hatte sich in der Tat bezahlt gemacht, denn Kelso sah große Löcher im Rumpf des Linienschiffs. Sie lagen überwiegend in Höhe des Batteriedecks, und als die Franzosen fast unmittelbar nach den Einschlägen zurückfeuerten, war das eine wilde und unordentliche Angelegenheit.

»Noch einmal, Jungs!« rief Kelso zu den Geschützbedienungen der Backbordseite hinunter. »Die werden die *Seahawk* nicht so bald vergessen.«

Die Leute riefen Beifall, während die Geschützführer sorgfältig zielten.

»Feuer!«

Die Schiffe lagen jetzt so dicht beieinander, daß es selbst einem unerfahrenen Richtschützen kaum möglich gewesen wäre, vorbeizuschießen. Die Kanoniere der *Seahawk* aber waren alles andere als unerfahren, außerdem brannten sie auf Rache. Ihre Breitseite riß weitere Löcher in den Rumpf des Linienschiffs, und ein Schuß, der zwar nicht so genau, dafür aber um so wirkungsvoller im Ziel lag, zerschmetterte die Kreuzbramrah.

»Klar zum Halsen!«

Während die *Seahawk* drehte, wobei sie noch immer ihre Luvposition wahrte, feuerten die Geschütze der *Normandie* in ihr ungeschütztes Heck. Die Bedienungen waren jedoch durch den schweren Beschuß, den sie mehrmals hatten hinnehmen müssen, so geschwächt, daß sie kaum Schaden anrichteten.

»Sehen Sie dort, Sir!« rief Jones. »Die *Agamemnon* ist in sehr schlechtem Zustand.«

In der Tat hatte die Korvette durch das Fehlen des Klüverbaums und mit einem Riß im Großsegel, der von Liek zu Liek ging, ihren einzigen Vorteil gegenüber den erheblich größeren Schiffen verloren: ihre Wendigkeit. Erneut näherte sich ihr die *Rouen,* klar zum Angriff.

»Vier Strich nach Steuerbord!« befahl Kelso. Keinesfalls konnte er die *Agamemnon* ihrem Schicksal überlassen.

Der Kommandant der *Rouen,* der offenbar auf einen raschen Fangschuß gehofft hatte, sah nun plötzlich die englische Fregatte auf sich zukommen. Er änderte Kurs, versuchte sich in eine Position zu manövrieren, in der er durch die Korvette gedeckt wurde, aber Cantwell durchschaute seine Absicht, drehte ab und zwang ihn dadurch, der *Seahawk* die Stirn zu bieten.

Beide waren Fregatten, wenn dieser Begriff auch auf europäischen und indischen Bauwerften eine unterschiedliche Bedeutung hatte. So war die *Rouen* nicht nur wesentlich größer und schwerer, sondern auch mit Vierundzwanzigern bewaffnet gegenüber den Achtzehnpfündern der in Bombay gebauten *Seahawk*. Diese aber setzte dagegen den Vorteil einer hervorragend trainierten und disziplinierten Besatzung und eines Kommandanten, dessen Seekriegserfahrung von niemandem in diesen Gewässern erreicht wurde.

»Klar bei Steuerbordgeschützen!« rief Kelso so ruhig, als handle es sich um eine Admiralsbesichtigung. »Klar bei Brassen und Schoten!«

Die beiden Schiffe lagen auf Kollisionskurs, aber Cargill, der inzwischen eine Kostprobe von des Kommodores Geschicklichkeit beim Manövrieren erhalten hatte, blieb diesmal still.

»Hart Backbord!«

Das Rad wirbelte herum, die Rahen wurden gebraßt, und während die *Seahawk* an dem Franzosen vorbeischoß, donnerten die Steuerbordgeschütze ihre Ladung heraus – auf so geringe Entfernung, daß sie jede etwa beabsichtigte Antwort im Keim erstickten.

Als die Schiffe einander passiert hatten, ließ Kelso durch den Wind drehen, da sie den Luvvorteil jetzt eingebüßt hatten. Wenn der französische Kommandant klaren Kopf behielt, dann würde *die Seahawk* jetzt ihr Teil abkriegen.

Aber zu Kelsos Überraschung verzichtete die *Rouen* auf ihren Vorteil. Mit achterlichem Wind segelte sie davon und folgte der *Normandie,* die, wie Kelso erst jetzt feststellte, schon eine halbe Meile entfernt war.

»Sie haben genug, Sir!« rief der junge Travers. »Die Frogs haben die Nase voll!«

Es stimmte. Beide französischen Schiffe hatten zwar allerhand einstecken müssen, aber keines war so schwer beschädigt, daß ein Abbrechen des Gefechts gerechtfertigt gewesen wäre.

Dennoch, dachte Kelso voll Bitterkeit, während er ihnen nachblickte, hatten sie das erreicht, weswegen sie ausgelaufen waren. Sie hatten seinen Plan, die Gefangenen in Gheriah zu befreien,vereitelt.

18

»Es war also ein Fiasko!« sagte Pettigrew. »Wir haben unsere Absicht gezeigt, Chandra Nath ist gewarnt und wird zweifellos seine Forderung erhöhen, wenn wir nicht bald zahlen.«

»Wenn wir nicht kapitulieren, meinen Sie«, erwiderte Kelso. »Tut mir leid, Pettigrew, aber das ist nicht die Art und Weise, wie wir hier handeln. Das einzige, was die Inder achten, ist Stärke.«

»Die wir zur Zeit offensichtlich nicht besitzen.«

»Und Streitkräfte. Sie haben einen heillosen Respekt vor unseren Streitkräften.«

»Mein lieber Kelso, eine Fregatte und eine Korvette, beide leider beschädigt, dazu ein Bataillon Füsiliere und ein paar tausend Sepoys: Nennen Sie das Streitkräfte?«

»Auch *Normandie* und *Rouen* sind beschädigt.«

»Die Wahrheit ist«, warf der Gouverneur rasch ein, um den Streit zu schlichten, bevor er ernstlich entbrannte, »daß wir Pech hatten. Weil die französischen Schiffe zufällig in diesem Seegebiet patrouillierten –«

»Nein!« Kelso schlug mit der Faust auf den Tisch. »Sie waren nicht zufällig dort. Wir trafen sie weit abseits von ihren normalen Patrouillenwegen.«

Die Ratsmitglieder betrachteten ihn unsicher. Wahrscheinlich fragten sie sich, warum es immer Kelso war, der ihre geheimen Befürchtungen aussprach. Die Luft im Sitzungsraum war heiß und stickig, denn es herrschte noch Mittagshitze. Es sprach sehr für die Bedeutung, die sie der Situation und ihrer Gefährlichkeit beimaßen, daß sie die Sitzung jetzt, zur heißesten Zeit des Tages, einberufen hatten. Raikes war da, womöglich noch verkniffener als sonst, Emmerson schien bereits schlapp zu machen und stützte sich mit seinen fetten Armen schwer auf den Tisch, und Carew, der sich von seinem Fieberanfall einigermaßen erholt hatte, war ebenfalls zur Teilnahme überredet worden.

»Sie meinen, daß die Franzosen gewarnt worden sind?« fragte der Gouverneur.

»Dessen bin ich sicher. Die beiden Schiffe wären niemals zusammen auf Patrouillenfahrt gegangen, sondern einzeln mit einem entsprechenden Geleit von Gallivaten. Auf irgendeine Weise – wie, das weiß ich nicht – hatten sie erfahren, daß wir kommen würden. Danach brauchten sie uns nur abzufangen.«

Es herrschte unbehagliches Schweigen, während die Ratsmitglieder auf ihre Hände, auf den Tisch, wo die Fliegen sich bereits auf den leeren Gläsern niederließen, oder an die Decke zur langsam auf- und niedergehenden Punkah blickten. Lediglich Pettigrew schien Kelso beizupflichten.

»Kelso hat recht. Offensichtlich wußten sie es.«

»Aber woher?« Der Gouverneur sah ihn nicht gerade freundlich an. In all den Jahren seiner Amtsführung hatte er es als gegeben hingenommen, daß es Dinge gab, die am besten ungesagt blieben. »Niemand wußte etwas davon außer uns, die wir hier in diesem Raum sind.«

»Ich nicht«, protestierte Carew. »Ich lag im Bett.«

»Das stimmt. Aber der Rest, Emmerson, Raikes, ich selbst.«

»Und Pettigrew«, sagte Kelso.

»Und Sie«, erwiderte Pettigrew.

Kelso hob die Schultern. »Es wäre wenig sinnvoll, meine eigene Unternehmung zu gefährden.«

»Nicht absichtlich natürlich, aber ein unachtsames Wort – ich nehme an, dessen haben wir uns alle schon einmal schuldig gemacht.«

»Nicht bei einer geheimen Sache wie dieser hier, so hoffe ich«, sagte der Gouverneur steif.

»Ich habe es niemandem erzählt«, sagte Kelso bestimmt. »Ich habe mit niemandem außerhalb dieses Raums darüber gesprochen.«

»Auch nicht mit Ihrer Frau?« Pettigrew lächelte, als er das sagte, aber das Lächeln war mit Bosheit gemischt.

»Mit niemandem«, beharrte Kelso. Das stimmte natürlich, aber er konnte sich eines Zweifels nicht erwehren. Susan selbst hatte die Frage aufs Tapet gebracht. Instinktiv hatte sie gespürt, daß etwas nicht stimmte, daß jetzt nicht die richtige Zeit war für eine routinemäßige Patrouillenfahrt. Je mehr sie darauf bestand, desto hartnäckiger hatte er geleugnet, aber – das gestand er sich ein – er war kein Meister im Lügen. War es möglich, daß Susan ihn verraten hatte? Wie sie ihn schon einmal in Bengalen verraten hatte, ehrlich davon überzeugt, daß es in seinem Interesse lag? Sie war eine seltsame, willensstarke Frau, aber trotz all ihrer Fehler liebte er sie.

»Wenn jemand leichtsinnig geplaudert hat«, sagte der Gouverneur, »und ich halte es durchaus noch nicht für erwiesen, denn wir alle kennen den Küstenklatsch hier – dann hoffe ich, daß er seine Lektion gelernt hat.« Er blickte sich im Kreise um und sagte dann energisch: »Und jetzt, denke ich, sollten wir keine Zeit mehr mit Mutmaßungen verschwenden.«

»Ich stimme zu«, sagte Pettigrew. »Schließlich haben wir wichtigere Dinge zu überlegen. Wie rasch, zum Beispiel, können wir das Lösegeld auftreiben, und wie wollen wir ein solches Gewicht an Gold und Edelsteinen nach Poona transportieren?«

Kelso schlug so heftig mit der Faust auf den Tisch, daß der

arme Emmerson, der eingenickt war, jählings aufschreckte und der Khitmugar den Kopf zur Tür hereinsteckte in der Annahme, er sei gemeint. »Sie liegen völlig falsch, wenn Sie überhaupt an Lösegeld denken. Wenn Chandra Nath jetzt gewinnt, ist es der erste Nagel zu unserem Sarg. Er wird seine Forderungen ständig steigern, überzeugt von unserer Schwäche, und er wird nicht eher ruhen, bis er uns aus Bombay verdrängt hat.«

»Das sagen Sie!« gab Pettigrew zurück. »Aber ich bin der Meinung, daß Sie irren. Ich denke, wir sollten Chandra Nath trauen.« Beifallheischend blickte er sich in der Tafelrunde um. »Welche andere Möglichkeit haben wir denn? Niemand hier ist doch der Auffassung, daß wir die Gefangenen ihrem Schicksal überlassen sollten. Auf irgendeine Weise müssen sie befreit werden. Vielleicht wird uns Kelso verraten, was er beabsichtigt?«

»Gewiß.« Kelso beugte sich über den Tisch und sagte: »Ich denke, wir sollten wieder eine Expedition auf den Weg bringen – und zwar noch heute nacht.«

»Heute nacht!« Selbst der Gouverneur, der im Lauf der Jahre schon so manchen von Kelsos Plänen gehört hatte, war verblüfft. »Womit? Die *Seahawk* und die *Agamemnon* sind außer Gefecht gesetzt, die *Malabar* auf Patrouillenfahrt. Wir haben nur noch die Mörserboote.«

»Ich nehme die *Seahawk*«, sagte Kelso. »Sie ist beschädigt, stimmt, aber nicht so schwer, daß sie nicht auslaufen könnte. Die Mahratten werden uns nicht erwarten, zumal die *Normandie* und die *Rouen* selbst beschädigt sind.«

»Aber wie?« Der Gouverneur hob ratlos die Hände. »Wie wollen Sie das bewerkstelligen?«

»Wir laufen heute nacht aus«, sagte Kelso, »gleich nach Einbruch der Dunkelheit. Bei diesem günstigen Wind können wir in zwei Tagen vor Gheriah sein.« Er blickte sich um, ballte die Fäuste und sagte: »Überraschung ist es, was wir brauchen, Gentlemen, und die werden wir diesmal erreichen. Wir landen bei Kalewa, nördlich vom Vorgebirge, und werden es mit einem Trupp von lediglich fünfzehn oder zwanzig Mann versuchen. Es ist eine Chance, vielleicht für lange Zeit die einzige, aber ich bin der Meinung, wir sollten es wagen.«

Alle schwiegen, und es dauerte eine volle Minute, bis der Gouverneur schließlich sagte: »Nun, Kelso, wie die meisten Ihrer Pläne hat auch dieser den Vorzug der Kühnheit. Ich weiß nicht, ob Sie alles berücksichtigt haben, was dagegen spricht – ich persönlich halte es für unermeßlich viel –, aber andererseits bleibt uns keine Alternative außer der Bezahlung des Lösegeldes. Wenn Sie also zustimmen, Gentlemen . . .«

Sie nickten, zögernd zunächst, aber dann, als habe etwas von Kelsos Zuversicht auf sie übergegriffen, begannen sie zu lächeln. »Viel Glück, Kelso! Wenn es Ihnen gelingt . . .«

Nur Pettigrew blieb still.

Kelso kehrte nach Hause zurück und rief Padstow, der zu seiner Entrüstung auf Susans Anweisung das Wohnzimmer saubermachte. »Schluß mit diesem Unsinn!« befahl er, als sein Steward hereinkam. Er trug eine Schürze und einen gekränkten Gesichtsausdruck. »Pack meine Seekiste. Wir laufen aus!«

»Gott sei gedankt!« rief Padstow erleichtert, faltete die Hände und hob den Blick zur Decke. »Das zeigt wieder, Sir, daß die Gebete eines frommen und gottesfürchtigen Mannes, wie ich es bin, mitunter erhört werden.«

»Was soll das bedeuten?« fragte Susan, die mit einer Liste noch zu erledigender Arbeiten hereinkam. Als sie ihren Mann sah, lächelte sie und küßte ihn leicht auf die Wangen. »Du willst doch nicht schon wieder weg?«

»Ich fürchte, so ist es.«

»Aber Roger! Du bist doch gerade erst zurückgekommen.«

»Ja, aber dies ist dringend und duldet keinen Aufschub.«

Sie blickte ihm forschend ins Gesicht und verwirrte ihn dadurch völlig. »Du gehst nach Gheriah!«

»Nein.«

»Roger!« Sie trat dicht an ihn heran, ergriff seine beiden Arme und zwang ihn dadurch, ihr ins Gesicht zu sehen. »Du hast mich einmal getäuscht. Ein zweites Mal gelingt dir das nicht.«

»Warum bist du so daran interessiert?«

»Wenn du einen Angriff auf Gheriah planst, komme ich mit.«

»Warum?«

Sie hob die Schultern. »Vielleicht ist es mein Gewissen. Ich kann es nicht ertragen, an all diese Gefangenen zu denken, besonders an die Frauen und Kinder, die dort unter unerträglichen Bedingungen festgehalten werden. Außerdem war ich selbst als Gefangene dort. Ich weiß, wo sie sich befinden.«

Er trat mit ihr ans Fenster und blickte hinunter auf den Rasen und auf einen Halbkreis von Beeten, die eine rührende Blumenschau darboten, auf die Straße und jenseits davon auf einen Streifen unbebauten Geländes. Ein englischer Soldat stand dort, zusammen mit einem jungen indischen Mädchen – sie konnte kaum mehr als zwölf Jahre alt sein. Ihr Sari stand offen, und er liebkoste ihren braunen Körper, ihre kleinen, wohlgeformten Brüste, ihre Taille, ihre Hüften.

»Roger!« Susan schlang die Arme um ihn und preßte sich fest gegen ihn. »Bevor du gehst –«

»Nein.« Er entzog sich ihr. »Ich muß an Bord. Bei Dunkelheit laufen wir aus.«

»Das sind noch drei Stunden.«

»Es gibt noch unendlich viel zu tun.«

»Roger!«

Beinahe mühelos konnte sie ihm ihren Willen aufzwingen. Er wußte es und schämte sich dessen, aber es war ihm klar, daß es immer so sein würde, wenn sie zusammen waren. Während er bei ihr lag und auf ihre leidenschaftliche Umarmung reagierte, konnte er nicht vergessen, daß irgend jemand seine letzte Unternehmung verraten hatte. Konnte es Susan gewesen sein? Wer mochte wissen, welch unheilige Allianz sie während ihrer Gefangenschaft geschlossen hatte, mit nichts als ihrer Schönheit und ihrer Skrupellosigkeit als Waffe?

Und doch war sie es gewesen, die ohne das geringste Anzeichen von Bedauern Bedi Roy getötet hatte, dessen erinnerte er sich hoffnungsvoll.

»Liebling!« Mit den Fingern zeichnete sie die Linie seines Kinns nach und zog ihn dann an sich. Ihr Körper war fest und schön, viel schöner als der des indischen Mädchens, das sie soeben gesehen hatten, und ihre Art zu lieben ließ ihn alle Zweifel und Sorgen vergessen. Für ein paar Minuten zumindest gab er jegliche Vorsicht und Zurückhaltung auf. »Liebling, nimm mich mit!«

Noch immer in ihren Armen, blickte er ihr in die Augen. »Nein, das geht nicht.«

»Warum denn nicht?«

»Weil ich dich liebe und den Gedanken nicht ertragen könnte, daß du möglicherweise verletzt wirst.«

»Ich werde mehr verletzt sein, wenn du mich hier zurückläßt.«

Er betrachtete die glatte Haut ihrer Schultern und küßte, einem plötzlichen Impuls folgend, ihren zarten Hals. »Warum willst du unbedingt mitkommen?«

»Ich habe es dir schon gesagt – weil ich ein Gewissen habe. Ich schulde es den anderen, die zurückbleiben mußten.«

»Meinst du, daß du helfen kannst?«

»Bestimmt kann ich das. Ich kenne das Fort, ich kenne den Weg ins Gefängnis.«

»Ich auch. Ich bin dort gewesen, wie dir bekannt sein dürfte.«

Sie schüttelte den Kopf. »Durch das Haupttor, das immer bewacht ist. Auf diesem Weg wirst du nie hineinkommen.«

»Auf der Rückseite ist noch ein Tor.«

»Das genauso schwierig ist.« Sie legte ihm die Hände auf die Schultern und bat: »Roger, nimm mich mit – bitte! Allein hast du keine Aussicht, nur mit mir.«

Nachdenklich sah er sie an. »Du meinst, du kennst noch einen anderen Weg hinein?«

»Ja.«

»Dann erzähl mir, wo er ist. Trotzdem besteht kein Grund für dich, mitzukommen.«

»Ich muß, Roger. Ich muß.«

Da war irgend etwas, das er nicht begriff, etwas, das sie nicht sagen mochte, aber sie schien aufrichtig zu sein. »Wo ist dieser geheime Eingang? Sag es mir wenigstens.«

Sie zögerte, und dann errötete sie, was er noch nie bei ihr erlebt hatte. »Es ist ein Gang«, sagte sie. »Er führt von der westlichen Mauer hinein. Er ist unbewacht und nur durch eine wacklige Tür verschlossen.«

»Wohin führt er?«

Sie zögerte, überlegte eine Lüge, entschloß sich dann aber, die volle Wahrheit zu sagen. »Er führt in Bedi Roys Schlafzimmer.«

19

Sie ankerten eine Kabellänge vor der Küste und ruderten über das ruhige Wasser der Bucht. Bis zum Hellwerden waren es noch gut zwei Stunden, das mußte genügen, dachte Kelso, um die Stadt zu erreichen und auch noch bei Dunkelheit zurückzukehren. Voraussetzung war, daß sie einen Weg durch das Watt und die dahinterliegenden Sumpfwiesen fanden. Vor Anbruch der Dämmerung würden die Mahratten vermutlich nicht angreifen, aber der Erfolg hing von vielen Voraussetzungen und Zufälligkeiten ab, das war ihm völlig klar.

Kelso saß neben Susan im Heck des Bootes und beobachtete die stille, palmenbestandene Küste, der sie sich langsam näherten. Er hoffte, daß sich die Mahratten durch das kürzliche Seegefecht in falscher Sicherheit wiegten oder daß sie – wie er vermutete, von dem unbekannten Verräter gewarnt – bei Kalewa auf der anderen Seite der Bucht vergeblich auf ihn warteten. Er hoffte sehr, daß ihm die beabsichtigte Überraschung in vollem Umfang gelingen würde. Über die von ihm allein geplante Änderung hatte er mit niemandem gesprochen, nicht einmal mit Susan.

»Sieht ziemlich ruhig aus, Sir«, flüsterte der junge Travers. Seine Augen und auch ein leises Zittern der Lippen verrieten seine Aufregung, seine Unsicherheit.

Lächelnd nickte Kelso ihm zu. Nervosität vor dem Kampf war natürlich, dachte er. Im Kampf selbst würde Travers mutig seinen Mann stehen, davon war er überzeugt.

»Beinahe etwas zu ruhig«, erwiderte Susan leise. »Es kommt mir vor, als wollten wir einen Mondscheinbummel auf der Maidan unternehmen.«

Bemerkenswert, dachte Kelso, sie schien Furcht nicht zu kennen. Ihr klares Profil und festes Kinn waren so ruhig, als säße sie mit der Frau des Gouverneurs beim Tee.

»Ich werde hier landen, Sir«, schlug Steel, der Bootssteuerer, vor. »Ich kann keine Felsen entdecken.«

»Bitte.«

Gespannt paßten sie auf, die Hand am Entermesser oder an der Pistole, während das Boot leise auf dem weichen Boden aufsetzte. Da war keinerlei Bewegung, keine tödliche Salve, kein Geräusch außer dem Rascheln der Palmwedel und dem wohlvertrauten Quaken der Frösche.

Soweit lief alles ausgezeichnet. Steel ließ leise die Riemen einnehmen, dann verteilte sich die Bootscrew mit gezückten Messern auf dem Strand. Kelso stieg ebenfalls aus, stand knöcheltief im Wasser, dann wandte er sich um und trug Susan auf den Sandstrand. Während er sie in den Armen hielt, schmiegte sie sich an ihn und flüsterte: »Viel Glück!«

»Zwei Mann bleiben hier beim Boot«, befahl Kelso. »Mr. Travers, Sie nehmen sechs Mann und sehen zu, ob Sie einen Pfad finden.«

Vor ein paar Minuten noch, als sie die Bucht überquerten, hatte er das Mondlicht verflucht, aber jetzt, hier auf der einsamen und weglosen Küste, war er froh darüber. Es konnte ihnen bei der Orientierung helfen.

Hinter den Palmen und einem Gewirr von Unterholz begannen die Marschen, trostlos, matschig jetzt bei Niedrigwasser, nur durchzogen von teilweise ziemlich tiefen Prielen, in denen noch der Ebbstrom gurgelte. Bei Dunkelheit hätten sie kostbare Zeit mit der Suche nach einem Weg verloren, aber im hellen Mondlicht sahen sie sofort einen gut ausgetretenen Pfad, der am Ufer entlang zur Stadt führte.

»Da ist er, Jungs!« rief Kelso. »Wir haben Glück. Mr. Travers führt uns, Mr. Steel übernimmt die Hauptgruppe. Und merkt euch, wenn euch euer Leben lieb ist: absolute Stille!«

Es war bestimmt nicht nötig, ihnen das einzuhämmern, dachte er, denn es waren besonders ausgesuchte Leute, die genau wußten, worauf es bei dieser Unternehmung ankam. Wenn sie fielen oder gefangengenommen wurden, mußte es ein empfindlicher Verlust für die Marine sein. Aber er konnte es sich nicht leisten, an ein Scheitern der Expedition zu denken.

Sie gingen hintereinander durch das öde Marschland und sahen nichts außer dem Fort jenseits der Bucht und, ziemlich genau voraus, die wenigen Lichter von Gheriah. Sie hörten nichts außer dem Strömen des jetzt wieder auflaufenden Wassers und dem Flügelklatschen der Seevögel. Eine Viertelmeile vor der Stadt hielten sie das erste Mal an.

»Kannst du es sehen?« fragte Kelso leise und führte Susan an die Spitze der Kolonne.

»Ja.« Sie deutete auf einen Anlegesteg, nicht weit von ihnen entfernt, an dem eine Gallivate lag, größer als die anderen und reich verziert. »Das ist Bedi Roys Schiff.«

»Du kennst den Weg von dort?«

»Ja.«

Sie marschierte sofort los, ohne auf ihn zu warten, und er mußte erheblich zulegen, um sie einzuholen.

Ein ganzer Mastenwald wurde jetzt sichtbar, so dicht wie die Nadeln in einem Steckkissen. Mindestens fünfzig bis sechzig Grabs und Gallivaten lagen dort, dazu drei große Frachter, von den Mahratten als Prisen genommen. Weiter draußen im tieferen Wasser ankerten die beiden französischen Kriegsschiffe. Von Wachtposten war nicht das geringste Anzeichen zu sehen.

Dann entdeckten sie doch einen, als sie schon gar nicht mehr damit rechneten. Er döste vor sich hin, gegen ein aufgebocktes Boot gelehnt, die Muskete quer über den Knien.

»Was ...?« Er war noch halb im Schlaf, versuchte aufzustehen, aber bevor er auf den Füßen war oder schreien konnte, hatte Padstow ihn schon erledigt.

Die Stille war unheimlich und ging auf die Nerven. Sie schlichen vorsichtig weiter auf dem steingepflasterten Weg, der an der ganzen Wasserfront entlangführte, wobei sie sich nach Möglichkeit im Mondschatten hielten, passierten eine Reihe von Fischerhütten, einen Lagerschuppen und eine ziemlich ausgedehnte Bootswerft. Nirgends trafen sie einen Menschen. Schliefen sie wirklich alle, was um diese Zeit ja kein Wunder gewesen wäre, oder war das Ganze eine geschickt vorbereitete Falle? fragte sich Kelso. Es schien kaum glaubhaft, daß an der ganzen langen Uferfront kein einziger Mahratte wach sein sollte.

»Dort ist es.« Susan war stehengeblieben und deutete nach rechts, wo ein schmaler Pfad aufwärts führte und dann in einer Öffnung der Mauer im Mondschatten verschwand.

Kelso bedeutete ihr zu schweigen und ging vorsichtig weiter.

Er mußte ziemlich steil aufwärtssteigen, über Geröll und lose Schieferplatten. Zeitweise schien der Pfad zu Ende zu sein, so dicht war das überhängende Gewirr von Schlingpflanzen, aber Kelso zwängte sich immer wieder hindurch, bis er an eine hohe Mauer kam.

Sie stieg wohl sechzig Fuß hoch vor ihm in den Nachthimmel. Vergitterte Fensteröffnungen verrieten, daß er vor der Gefängnismauer stand, die von Zinnen gekrönt wurde.

Er wandte sich zu Susan um. »Wo geht's weiter?«

Sie blieb stehen, eine Hand auf ihr Knie gestützt, und zeigte nach vorn.

Als er ein paar Ranken beiseite schob, sah er die gebrechliche Tür, von der sie ihm erzählt hatte, und als er sich dagegen stemmte, stellte er fest, daß sie unverschlossen war. Sie schien so wacklig, daß ein kräftiger Tritt genügt hätte, Tür samt Rahmen krachend zu Boden zu werfen. Aber etwas so Lärmendes konnte er sich nicht leisten. Er schob sie vorsichtig mit der Schulter auf und trat in einen Garten.

Am anderen Ende entdeckte er ein offenes Fenster, mit Fliegengaze bedeckt, und in dem Raum dahinter hörte er jemanden sich auf einer Matratze umdrehen.

»Wer ist da?« rief eine gereizte Männerstimme auf mahrattisch.

Kelso zog den Degen und durchschnitt die Gaze, wo er einen Augenblick hängenblieb, bemüht, sich zu befreien.

Der Mann erhob sich von seiner Couch und rief noch einmal ärgerlich: »Wer ist da?«

Kelso hatte sich mühsam von der Gaze freigemacht und stürzte mit gezücktem Degen blindlings vorwärts, voller Sorge, daß der Mann Alarm schlagen würde. Er hatte Glück und stieß ihm den Degen durch die Brust. Der Mahratte fiel und starb, ohne einen weiteren Laut von sich zu geben.

»Bedis Bruder Hamid«, sagte Susan ruhig und stieg über den ausgestreckten Körper in den Raum.

»Wohin jetzt?«

»Komm, ich zeige es dir.«

Sie ergriff ihn am Arm, während sich der Rest des Trupps in dem kleinen Garten sammelte. Schließlich hob Steel die Hand zum Zeichen, daß alle da waren.

Sie führte ihn über den Gang in einen größeren Raum, der nach Blumen und Weihrauch roch. Der Boden war mit Teppichen, Kissen und niedrigen Tischchen bedeckt.

Er folgte ihr in der Dunkelheit, hielt sie am Arm fest und flüsterte: »Warte, wir brauchen Licht.«

»Hier drüben.« Völlig sicher schritt sie durch den Raum, den sie offensichtlich genau kannte, und im nächsten Augenblick hatte sie Feuerstein und Zunder in der Hand und zündete eine Kerze an. An der Wand hingen weitere Kerzen in Haltern, und während sie auch diese anzündete, dachte er, daß sie genauso ruhig war, als empfinge sie Abendgäste in ihrem Haus in Loll Diggy.

»Hier.« Sie hielt eine Laterne hoch. »Die brauchen wir nachher.«

Erst nachdem sie die Privatgemächer verlassen und den eigentlichen Gefängnistrakt betreten hatten, trafen sie auf die ersten Mahratten. Zuerst waren die Korridore, die sie durchschritten, leer, aber als sie vorsichtig weiterschlichen, die Laterne mit der Hand abschirmend, glaubte Kelso, vor sich ein Geräusch zu hören. Schnell glitt er an die Seitenwand und bedeutete Susan und den anderen, ein Gleiches zu tun. Die Posten, es waren zwei, die sie gehört hatten, schritten träge plaudernd daher, blieben hin und wieder stehen und schienen an keine Gefahr zu denken. Erst als sie um die Ecke bogen und starke Arme sich ihnen um den Hals legten, als scharfe Messer ihnen den Todesstoß versetzten, merkten sie, daß sie überrumpelt waren.

»Wie weit noch?« fragte Kelso.

»Hier entlang«, zeigte Susan. »Bis zum Ende des Ganges, dann über einen Hof.«

Die Nacht schien viel heller, als sie ins Freie traten, aber ob es die beginnende Morgendämmerung war oder das Mondlicht, konnte Kelso nicht sagen. Ihm fiel jählings ein, daß sie nach der Befreiung der Gefangenen noch die schwierige Aufgabe vor sich hatten, die sicherlich sehr geschwächten Menschen an den Strand zu bringen.

»Hier hinüber!«

Susan führte ihn am Rand des Hofes entlang, vorbei an einem Springbrunnen, der die Nachtluft mit angenehmer Kühle erfüllte, und dann ein paar Stufen hinab zu den Gefängniszellen.

»Die armen Teufel«, murmelte Kelso. »Werden sie da unten gefangengehalten?«

»Es ist noch viel schlimmer«, erwiderte Susan. »Mach dich auf einiges gefaßt.«

In erster Linie war es der Geruch, der sie mit Entsetzen erfüllte. Er war viel grauenhafter als die gelegentlichen

Hilferufe, das Stöhnen und der eine, langgezogene Schrei, der nicht enden wollte. Aus den Zellen kam der Gestank von Exkrementen, Urin und schwitzenden Menschen. Stimmen riefen, als sie hinunterstiegen, schwache Schreie nach Wasser, Gnade und Hilfe mischten sich mit ein paar trotzigen Rufen und Verwünschungen. An die vergitterte Tür krallte sich ein Gefangener – er war nicht als Engländer zu erkennen – wie eine Erscheinung aus Dantes Inferno.

»Barmherziger Himmel! Sind das die Leute von der *Cleopatra?*«

Kelsos Ausruf in englischer Sprache hatte eine unglaubliche Stille zur Folge, aber nur einen Augenblick. Irgend jemand – offenbar ein Seemann, ein Offizier, wie aus dem Schnitt seiner völlig verschmutzten Uniform hervorging – kroch nach vorn an die Gittertür, streckte die ausgemergelten Arme durch die Eisenstangen und rief: »Gott sei gedankt! Die Engländer sind hier! Gott sei gedankt!«

Sofort drängten alle nach vorn, ein-, zweihundert Männer, Frauen und Kinder, laufend, kriechend, rufend, schreiend, weinend.

»Mr. Travers!« rief Kelso. »Gehen Sie mit Ihren Leuten nach oben und sichern Sie uns gegen einen Überraschungsangriff.« Dann wandte er sich um, ergriff den Bootssteurer bei der Schulter und schrie ihm ins Ohr, um sich bei dem entsetzlichen Lärm verständlich zu machen: »Mr. Steel, Sie gehen mit einem halben Dutzend Männern los – am besten nehmen Sie auch Padstow mit –, suchen das Wachlokal und setzen sich mit der Wache auseinander. Dann bringen Sie mir die Schlüssel.«

Während die beiden Gruppen nach oben eilten und kurz darauf – wie aus den Rufen, Flüchen und dem Klirren von Stahl hervorging – auf Widerstand stießen, hob Kelso die Hand, um zu sprechen.

»Ruhe!« rief er. »Hört zu! Einige von euch – die meisten,

wahrscheinlich – kennen mich. Ich bin Kommodore Kelso. In ein paar Minuten seid ihr frei!«

Sie begrüßten seine Worte mit Beifall, und einige, zu schwach zum Stehen, fielen weinend zu Boden. Eine Dame, an die er sich gut erinnerte, auch wenn er ihren Namen im Augenblick nicht wußte, kniete nieder, die Hände im Gebet gefaltet. Die Kinder, die wahrscheinlich von ihren Eltern trotz der fürchterlichen Bedingungen geschützt worden waren, schienen kräftiger als die Erwachsenen.

»Wenn diese Tür geöffnet wird«, fuhr Kelso fort, »müssen wir laufen, und zwar so schnell es geht. Die Fregatte *Seahawk* liegt beigedreht vor der Küste, nicht mehr als eine Meile von hier entfernt.«

»Aber, Kommodore«, rief eine alte Dame, »wir sind zu schwach.«

»Ich weiß. Doch irgendwie werden wir es schaffen, müssen wir es schaffen.«

»Einige können nicht mehr stehen, geschweige denn gehen.«

»Wir haben kräftige Arme, um euch zu stützen«, versprach Kelso. »Diejenigen, die zu schwach sind, werden wir tragen. Die übrigen müssen sich gegenseitig helfen, denn wir haben nicht viel Zeit.«

Padstow war es, der die Schlüssel brachte, den rechten Arm blutig bis zum Ellbogen und ein breites Grinsen im Gesicht.

»Hier sind sie, Sir. Wollten sie erst nicht hergeben, wir haben sie aber überredet.«

Als die mächtigen Eisentüren aufschwangen, standen die Gefangenen einen Augenblick wie benommen, als könnten sie ihr Glück noch nicht fassen, bis einer von ihnen – es war der Offizier in der verschmutzten Uniform – der nächststehenden Dame den Arm bot. »Madam, gestatten Sie?«

Wie eine Flut ergoß sich die Menge dann nach draußen, noch immer rufend und weinend. Aber ein halbes Dutzend Gefangene blieb ausgestreckt auf dem Boden liegen.

»Mr. Travers, schicken Sie mir ein paar Ihrer Leute!« Zögernd gingen sie hinein, versuchten, ihren Widerwillen zu unterdrücken, als sie durch den unvorstellbaren Schmutz stiegen. Fünf der Schwerkranken trugen sie hinaus, der sechste, ein alter Mann, im Gesicht noch den Ausdruck freudiger Überraschung, war tot. »Bleibt zusammen«, rief Kelso. »Wenn wir alle den Schwächsten helfen, ständig weitergehen und nicht stehenbleiben, sollten wir in einer Stunde an Bord der *Seahawk* sein. Dort könnt ihr ausruhen.«

Travers kam zu ihm, als sie durch den Korridor gingen. »Was haben Sie herausgefunden?« fragte Kelso.

»Nichts Neues, Sir. Wir stießen auf etwa zwanzig Mahratten, nicht mehr. Der Ort ist wie ausgestorben.«

Kelso nickte, während er den Arm um eine alte Dame legte, die Mühe hatte, sich auf den Beinen zu halten. »Sie haben das Gegenteil vermutet, vielleicht wurden sie auch falsch informiert. Ich wette, daß ihre gesamte Streitmacht bei Kalewa steht.«

Sie durchquerten den großen Raum, in dem die Kerzen noch brannten, als er merkte, daß er Susan verloren hatte. Sie war bei der Gefängnistür noch neben ihm gewesen, mußte aber verschwunden sein, als er mit den Gefangenen sprach. »Mr. Travers!« rief er. »Haben Sie meine Frau gesehen?«

»Nein, Sir. Sie ist nicht mit uns gekommen. Ich dachte, sie wäre –«

»Mr. Steel! Haben Sie meine Frau gesehen?«

»Nein, Sir.«

»Ich habe sie gesehen, Sir«, rief Padstow, der zwei Kinder trug, eins auf dem Rücken, das andere, ein etwa fünfjähriges Mädchen, auf den Armen.

»Wohin ist sie gegangen?«

»Diesen Weg hier, auf dem wir gekommen sind.«

»Wo steckt sie dann? Hier ist doch nur dieser eine Raum.«

»Und das Schlafzimmer. Vielleicht –«

Padstow brach ab, als Susan auf dem Korridor erschien. Sie lächelte gelassen und hielt eine große Kassette in der Hand.

»Susan! Wo warst du?«

»Mein schwer verdientes Vermögen«, sagte sie strahlend. »All das Geld, das ich von Kalkutta mit nach Hause nehmen wollte. Die Mahratten hatten es mir gestohlen, und Bedi Roy hatte es in seinem Zimmer versteckt.« Sie lächelte ihren Mann an und fügte hinzu: »Verstehst du nun, warum ich mitkommen mußte?«

20

Der Rückweg nahm mehr Zeit in Anspruch, als Kelso berechnet hatte, und es war schon hell, als das erste Kontingent der Befreiten zur *Seahawk* übergesetzt wurde. Zwei Kranke waren unterwegs gestorben, und eine junge Frau – ihren Namen wußte er nicht – hatte einen derartigen Anfall von Hysterie erlitten, daß sie betäubt werden mußte, bevor sie zum Strand getragen werden konnte.

Die meisten der Ausgemergelten hielten sich jedoch bewundernswert. Wenige waren imstande, auch nur im langsamsten Schritt zu gehen, aber sie unterstützten sich gegenseitig mit ihren erschöpften Körpern und schleppten sich mühsam über den langen Kai und dann über den Pfad. Als sie den Strand erreicht hatten, brachen auch die letzten von ihnen zusammen.

Susan, wie Kelso zu seiner Freude sah, half den anderen, so gut sie konnte. Obwohl sie durch die Kassette behindert wurde – sie hatte darauf bestanden, sie selbst zu tragen –, hielt sie ein kleines Kind im Arm und unterstützte mit Händen und Worten diejenigen, die schwankten und nicht mehr weiterkonnten.

Der Kutter und die Gig waren zu Wasser gelassen worden, um das Großboot zu unterstützen, und es dauerte nicht lange, da waren die am Strand wartenden Elendsgestalten auf ein Dutzend zusammengeschrumpft. Die nächste Fahrt würde die letzte sein, überlegte Kelso.

Sie waren verfolgt worden, wenn auch nur halbherzig, von einigen zwanzig Mahratten, hauptsächlich den Bewohnern der Hütten, die sie passierten. Die wirkliche Gefahr jedoch, das sah er nur zu deutlich, drohte ihnen erst auf See. Dreißig bis vierzig Grabs und Gallivaten wanden sich bereits durch die enge Fahrrinne nach draußen.

»Gut gemacht, Sir!« begrüßte ihn Jones an der Relingspforte. »Wir haben sie, so gut es geht, untergebracht, im Orlop und in der Messe. Einige mußten wir ins Zwischendeck legen, und die schwächsten –«

»Später«, unterbrach Kelso ihn lächelnd. »Ich bin überzeugt, daß Sie alles bestens geregelt haben. Aber jetzt wollen wir sie Noakes und seinen Gehilfen überlassen. Wir sind noch nicht fertig.«

Während er sprach, zeigte er auf die Mündung der Fahrrinne, wo bereits eine Anzahl Gallivaten die offene See gewonnen hatte. Ihnen folgte wie eine Schlange eine ganze Horde von Mahrattenschiffen, ein Anblick von seltsamer Schönheit, mit ihren in den ersten Strahlen der Morgensonne leuchtenden Lateinersegeln.

»Lassen Sie bitte Segel setzen, Mr. Jones.«

»Aye, aye, Sir.«

»Welchen Kurs, Sir?« rief der Segelmaster.

»Südsüdwest.« Zu viele Gallivaten hatten bereits die Engstelle passiert, um einen Angriff auf die noch in der Fahrrinne befindlichen angebracht erscheinen zu lassen. Wie ein von Wölfen bedrohtes Pferd konnte die *Seahawk* nur noch ihr Heil in der Flucht suchen.

»Sie hoffen, sie abzuschütteln, Sir?« fragte Jones, der zu Kelso an die Luvreling getreten war.

»Wir wollen es zumindest versuchen. Bei diesem achterlichen Wind sind sie ganz schön schnell.«

Er ging an die Heckreling und sah durchs Glas, daß immer mehr Mahrattenfahrzeuge sich zu dem Rudel gesellten. Der einzige Vorteil dieser Verfolgung bestand darin, daß die vielen eigenen Schiffe die schweren Geschütze des Forts am Feuern hinderten.

»Sehen Sie, Sir, dort im Hafen! Ist das nicht die *Normandie*, die da Segel setzt?«

Sie war es in der Tat, und auch die *Rouen* ging ankerauf. Noch während er hinüberblickte, nahmen die beiden französischen Kriegsschiffe Fahrt auf und näherten sich der Fahrrinne. Wie schwer auch der Schaden sein mochte, den seine Schiffe bei dem kürzlichen Seegefecht erlitten hatten, Lemarchand schien trotzdem der Ansicht zu sein, daß er ein gewichtiges Wort mitzureden hatte in dem Kampf, der sich als letztes Gefecht gegen die Briten erweisen konnte.

»Mr. Lovegrove!« rief Kelso. »Lassen Sie bitte die Abwehrnetze ausbringen.« Wenn die Mahrattenfahrzeuge wirklich so schnell waren, wie er befürchtete, dann würde es nicht lange dauern, bis die ersten von ihnen zu entern versuchten.

»Mr. Tanner«, sagte er zum Midshipman der Wache, »schnappen Sie sich ein paar Mann, bringen Sie einige von den Kanonenkugeln nach Backbord und Steuerbord und packen Sie sie in den Wassergang.«

»Aye, aye, Sir.« Der Midshipman zögerte. »Verzeihung, Sir, aber werden die Geschützführer –?«

»Sie sind nicht für die Geschütze bestimmt, sagen Sie ihnen das. Wir brauchen sie beim Abwehren von Enterern.«

Er blickte achteraus und sah, daß die führenden Gallivaten rasch aufkamen. Schon konnte er die schwärzlichen Gesichter der Mahratten, ihre weißen Burnusse und die Krummdolche in ihren Gürteln erkennen.

»Verzeihen Sie, Sir, daß ich Sie störe –« Es war Noakes, die Ärmel bis zum Ellbogen aufgerollt, das weiße Hemd blutverschmiert.

»Was gibt's?«

»Ein Passagier, Sir, ein junges Mädchen. Sie läuft dort unten Amok, laut schreiend attackiert sie alles und jeden. Sie hat offenbar den Verstand verloren.«

»Dann bringen Sie sie zur Ruhe, Mr. Noakes – so barmherzig und wirkungsvoll wie möglich.«

»Aye, aye, Sir.« Der Arzt zögerte. »Entschuldigen Sie, Sir, aber Lady Susan sagt –«

»Ja?«

»Daß sie nach ihr schauen würde, dem armen Ding, wenn sie Ihre Kajüte benutzen könnte. Ich dachte, wenn Sie einwilligten –«

»Natürlich. Nur los.«

»Sir!« Es war wieder Jones, der ihn rief, während er zugleich nach Steuerbord zeigte. »Sie überholen uns, Sir. Um mehr als zwei Knoten segeln sie uns aus. Es wird nicht mehr lange dauern, dann sind wir umzingelt.«

Kelso nickte. »Also müssen wir zu ihrem Empfang bereit sein.« Er ging nach vorn zur Schanztreppe und rief hinunter: »Mr. Lacock, sind Ihre Geschütze klar zum Feuern?«

»Alles klar, Sir.«

»Ziel ist die Gallivate, die da an Steuerbord aufkommt. Feuererlaubnis!«

»Aye, aye, Sir.«

Noch nie hatte er so inständig gewünscht, daß eine Breitseite wirkungsvoll sein möge. Mit dem ganzen Rudel an ihren Hacken war es besonders wichtig, gleich zu Anfang einen vernichtenden Schlag zu führen.

Lacock mußte wohl das gleiche empfinden, denn er eilte von Geschütz zu Geschütz, überprüfte die Zieleinstellung und brachte geringe Verbesserungen an, wo ihm das erforderlich schien.

Endlich war er zufrieden.

»Klar zum Feuern!«

»Feuer!«

Die *Seahawk* legte sich stark nach Backbord über, als die sechzehn Geschütze wie ein einziges ihre Ladung herausdonnerten. Einen Augenblick war das gesamte Deck in eine dichte Rauchwolke gehüllte. Dann brandete spontan Beifall auf, als die Gallivate die volle Ladung Metall, aus geringster Entfernung abgeschossen, in die Seite bekam. Ihr Rumpf war mit Löchern übersät, während ihr Mast mit lose flatterndem Segel nach achtern kippte, da ein Stag durchschossen war.

»Backbordgeschütze klar zum Feuern!«

Wie froh Lacock auch über die guten Treffer sein mochte, er hatte nicht vergessen, daß weitere Gallivaten an Backbord aufkamen.

»Ziel auffassen! Fertig! Feuer!«

Wieder legte sich die *Seahawk* unter der Wucht des Rückstoßes mächtig über, und wieder wurden die Geschützführer belohnt durch den Anblick der mit schwerer Schlagseite beschädigt liegenbleibenden Gallivate.

Aber Kelso wußte genau: das Rudel war nicht abzuschütteln durch die Vernichtung der Führerschiffe. Weitere Gallivaten kamen rasch auf, und eine Grab, die sich unbemerkt von achtern angeschlichen hatte, warf bereits Enterhaken aus.

»Mr. Tanner!« rief Kelso. »Wir haben Besuch an Backbord. Zeigen Sie ihm, daß er willkommen ist!«

»Sir?«

Er konnte von dem Jungen nicht verlangen, daß er wußte, was er zu tun hatte. Also lief Kelso rasch die Schanztreppe hinab zum Großdeck, ergriff eins der achtzehnpfündigen Geschosse, nahm alle Kraft zusammen und wuchtete, vom Jubel der Leute begleitet, die stolz auf ihren exzentrischen Kommodore waren, die schwere Last hinauf auf die Reling.

»Hier, ich zeig's Ihnen.« Einen Augenblick verschnaufte er, dann rollte er die Kugel über Bord.

Sie fiel wie ein Lot, durchschlug das Deck der Grab und ihre Bodenplanken, ohne nennenswerten Widerstand zu finden. Schreie tönten herauf, und einige Mahratten drängten sich mit Segeltuch und Tauwerk um das Leck und versuchten, den Wassereinbruch einzudämmen. »Da sehen Sie's, Junge! Noch eine Ladung von der Sorte, dann vergessen sie das Anbordkommen.«

Aber diese Erfolge waren verhältnismäßig unbedeutend, das war Kelso klar, als er wieder zum Achterdeck hinaufstieg. Man konnte zwei, drei oder auch ein ganzes Dutzend Mahrattenschiffe vernichten oder schwer beschädigen, es blieben aber immer noch genug übrig, um ihren Platz einzunehmen.

Als er das Achterdeck erreichte, wurde er beinahe umgerissen von einem Geschoß, das durchs Kreuzwant zischte, über das Deck pflügte, den düster dreinschauenden Cargill um wenige Zoll verfehlte und dann unter der Heckreling hindurch ins Wasser fuhr. Die Gallivaten hatten das Feuer mit ihren Sechspfündern eröffnet.

»Sir! Da macht einer an Steuerbord fest.«

»Der junge Tanner weiß, was er zu tun hat.« Es war schade, daß die Deckgeschütze nicht weit genug gesenkt werden konnten, um die Grabs beim Längsseitsgehen unter Feuer zu nehmen. Über kurz oder lang würde es ein halbes Dutzend sein, das sich schnappend, hechelnd und knurrend an ihre Fersen hängte wie die Wölfe beim Verfolgen eines Elchs.

»Halten Sie Kurs, Mr. Cargill!« rief er, als die *Seahawk* nach Steuerbord gierte.

»Ich tue mein Bestes, Sir«, erwiderte der Rudergänger. »Aber wir schleppen an Steuerbordseite durch diese verdammten Grabs so viel Gewicht mit, daß es nicht leicht ist.«

»Versuchen Sie's, so gut es geht.«

Er fragte sich, wie Noakes unten wohl zurechtkam, und ob es Susan gelungen war, die Verrückte zu beruhigen. Weiter fragte er sich, ob womöglich eine der letzten Breitseiten der Mahratten unter der Wasserlinie getroffen hatte, denn selbst ein Sechspfünder konnte dort beträchtlichen Schaden anrichten. Wie lange würden sie wohl noch imstande sein, mit dem Rudel weiterzusegeln, das sich in ihre Weichen verbiß?

»Sehen Sie, Sir – sie kommen von achtern auf!«

Als er sich umwandte und Jones' warnendem Blick folgte, wandelte sich seine Besorgnis in Entsetzen. Verbittert machte er sich klar, daß all ihre Anstrengungen, die zwei Expeditionen, der Nachtmarsch durchs Watt, die Befreiung der Gefangenen und der mühevolle Rückweg mit ihnen zum Strand vergeblich gewesen waren. Unter vollen Segeln kamen *Normandie* und *Rouen* rasch von achtern auf.

»Was tun wir jetzt, Sir?« fragte Jones. »Streichen wir die Flagge?«

»Niemals!« Nicht ein einziges Mal während seiner langen, abenteuerreichen Laufbahn hatte Kelso sich ergeben, solange sein Schiff noch kampffähig war. Aber noch während er es energisch ablehnte, mußte er an die armseligen Menschen unter Deck denken, an die Irre, die noch vor wenigen Wochen jung und schön gewesen war, an die Toten und an die Sterbenden. Und er dachte auch an Susan.

»Mr. Archibald!« rief er den Signalfähnrich und war fast froh über den kleinen Aufschub, als Travers ihm sagte, der junge Mann bringe gerade eine Mitteilung nach unten. »Er soll sich bei mir melden, wenn er wieder heraufkommt.«

Es war keine Eile nötig, denn die beiden französischen Schiffe standen noch weit achteraus. Später, wenn die angehängten Grabs und Gallivaten ihre Geschwindigkeit auf zwei bis drei Knoten herabminderten, dann würden sie rasch aufkommen und die manövrierunfähige *Seahawk* ohne große Mühe versenken.

»*Normandie* hat Feuer eröffnet, Sir!«

»Was?« Er konnte sich nicht vorstellen, daß Lemarchand auch nur einen einzigen Schuß auf diese Entfernung vergeuden wollte.

»Da, Sir, sie feuert mit den Steuerbordgeschützen«, rief Jones. »Aber nicht auf uns!« Er zögerte, ebenso verwirrt und ungläubig wie Kelso neben ihm. »Gütiger Himmel, Sir, wir sind es nicht, die sie angreifen. Sie feuern auf die Mahratten!«

21

»Sie waren ein würdiger Gegner, Kommodore«, sagte Lemarchand. »Es tut mir beinahe leid, daß unser Krieg vorbei ist.«

»Unser *privater* Krieg«, erwiderte Kelso lächelnd. »Denn wenn die Nachrichten aus London nicht lügen, dauern die Feindseligkeiten in Europa und Amerika an.«

Lemarchand hob die Schultern und beugte sich vor, um Kelsos Weinglas wieder zu füllen.

»Wer weiß, welche Entscheidungen unsere Regierungen im Westen treffen werden? Hier in Indien sind wir es, die entscheiden, Sie und ich, und ich bin froh, daß wir unsere Differenzen wie Gentlemen regeln konnten.«

Sie saßen bequem in der komfortablen und geschmackvoll eingerichteten Kajüte des französischen Linienschiffs. Nachdem die Mahratten den Kampf aufgegeben hatten – was sie mit erstaunlicher Schnelligkeit taten, als sie sahen, daß ihre bisherigen Verbündeten die Seite gewechselt hatten –, kam die *Normandie* in Rufweite, die weiße Waffenstillstandsflagge im Topp. Durchs Megaphon lud Lemarchand Kelso dann ein, an Bord zu kommen.

»Geh nicht!« hatte Susan ihn gewarnt, da sie einen Trick befürchtete. Bewegt erinnerte er sich der Sorge, die ihr deutlich anzumerken war.

»Sie haben unser Schiff, möglicherweise sogar unser Leben gerettet«, hatte er ihr geantwortet. »Das mindeste, was ich dafür bieten kann, ist Höflichkeit.«

Für Lemarchand hatte er sofort eine starke Zuneigung empfunden, erkannte er doch in dem eleganten Franzosen eine geistige Verwandtschaft und eine Einstellung, die genau seiner eigenen entsprach. Hier sitzt ein Mann, dachte er, der Ehrlichkeit liebt, und wie hart er auch kämpfen mochte, so zeigte er doch Größe, ja sogar Mitgefühl gegenüber einem würdigen Gegner. War das der Grund, der ihn veranlaßt hatte, die Seiten zu wechseln?

»Als Pondicherry fiel«, erklärte Lemarchand, »hatten wir unsere letzte Basis in Indien verloren. Somit schien es das Vernünftigste, mit den natürlichen Feinden Englands, den Mahratten, ein Bündnis einzugehen.«

»Das verstehe ich«, erwiderte Kelso. »Dennoch muß ich sagen, wenn Sie mir das gestatten: Es war ein seltsames Bündnis.«

»Und wieso war es seltsam?«

»Die zivilisierteste Nation Europas an der Seite der schlimmsten Barbaren!«

Lemarchand neigte lächelnd den Kopf in Anerkennung des Kompliments. »›Krieg schafft seltsame Bettgenossen‹, das Wort dürfte Ihnen bekannt sein. Wenn wir ein Bündnis schließen könnten mit Chandra Nath –«

»Chandra Nath?«

Der Franzose zögerte. »Ja. Sie haben sicher gemerkt, daß die Regierung in Poona den Mahratten in Gheriah, die ihr offiziell nicht unterstehen, trotzdem jede Unterstützung und Ermutigung zuteil werden läßt.«

»Das hatte ich vermutet.«

»Und daß Chandra Nath, als er mit Ihnen im Namen von Kishun Roy verhandelte, es in Wirklichkeit für sich selbst tat.«

»Auch das hatte ich vermutet«, sagte Kelso trocken.

»Wenn wir es schaffen, ein Bündnis mit Chandra Nath einzugehen, dessen Piraten Ihnen vor der Malabarküste schon genügend Schwierigkeiten bereiten, dann wäre es vielleicht möglich, einen schweren Schlag gegen England zu führen und Sie eventuell – denn das war unser wirklicher Plan – gemeinsam aus Bombay zu vertreiben.«

»Das ist noch immer Chandra Naths Absicht«, sagte Kelso, »dessen bin ich sicher. Er meint, er könne es schaffen.«

»Und Sie?«

Kelso musterte ihn einen Augenblick, bevor er antwortete. Es war angenehm kühl in der Kajüte, durch deren weitgeöffnete Pforten eine leichte Brise wehte und die Wärme der Sonnenstrahlen milderte, die auf dem Deck ihre Muster zeichneten. Das gleichmäßige Knarren des Holzes, während das Schiff in der leichten Dünung beigedreht lag, und die wohlvertrauten Harfentöne des Windes in der Takelage wirkten beinahe einschläfernd auf Kelso, der in der letzten Nacht nur eine Stunde und in der vorhergehenden auch nicht viel länger geschlafen hatte. War es der Wein oder das unerwartete Gefühl der Sicherheit, das ihn so mit Wohlbehagen erfüllte?

»Ich denke mir, Chandra Nath wird seinen ganzen Mut zusammennehmen und uns angreifen. Sein Ziel ist eindeutig, uns aus Bombay zu vertreiben. Lange Zeit schon zögert er, denn zweifellos ist ihm klar, daß er alles verliert, wenn er angreift und geschlagen wird. Es gibt genügend andere Stämme, die sofort Nutzen aus seiner Niederlage ziehen würden.«

»Die Afghanen zum Beispiel?«

»Sicher. Sie sind meiner Meinung nach stärker als die Mahratten und auch bessere Kämpfer. Sie suchen nur nach einem Vorwand, um Poona anzugreifen.«

»Aber bis die Afghanen angreifen – *wenn* sie es überhaupt tun«, fuhr Lemarchand fort, »welche Aussichten bestehen dann für die Briten?«

Kelso hob lächelnd sein Weinglas und trank einen Schluck. »Ich dachte gerade, daß unsere Regierung in London entsetzt wäre, wenn man uns hier hören könnte, aber

Sie haben mir die Ehre erwiesen, frei und offen zu sprechen, ich werde es also auch tun.« Er blickte vor sich nieder in sein Glas, während er seine Worte wählte.

»Meine aufrichtige Meinung, und ich kann Ihnen beteuern, daß sie keinesfalls von allen meinen Kollegen geteilt wird, ist die, daß wir Bombay halten werden, was Chandra Nath auch gegen uns aufbietet. Er ist uns an Soldaten und Geschützen um ein Vielfaches überlegen, das ist klar. Wir werden auf einer Insel kämpfen, von der es kein Entrinnen gibt, aber Zahlen sind nicht alles, wie wir – Sie und ich – oft genug unter Beweis gestellt haben.

Ich war mit Robert Clive bei Plassey, ich war mit ihm bei dem früheren Angriff auf Gheriah. Standfeste Kämpfer und entschlossene Führer beweisen den Unsinn von Zahlenspielen. Ich hoffe, daß die Mahratten nicht angreifen werden, aber wenn sie es tun, dann denke ich persönlich nicht an Übergabe.«

Lemarchand, der ihn während des Sprechens aufmerksam betrachtet hatte, nickte lächelnd. »Sie sind ein Mann nach meinem Geschmack, Kommodore. Ich wünschte fast, ich könnte hier zusammen mit Ihnen kämpfen.«

Kelso erwiderte das Lächeln. »Dazu wird es wohl kaum kommen.«

»Auch nicht, wenn Chandra Nath von Ihrem Angriff auf Gheriah erfährt? Wenn er weiß, daß er seine wertvollen Geiseln verloren hat?«

»Er wird natürlich wütend sein, aber es bleibt noch abzuwarten, ob er wirklich den Entschluß zum Angriff faßt.«

Durch die offenen Pforten sah Kelso die Masten der *Seahawk,* die sich leise in der leichten Dünung wiegte. Die *Rouen* lag luvwärts als Sicherung gegen einen eventuellen Angriff der Mahratten, obgleich deren Schiffe längst hinter dem Horizont verschwunden waren.

»Ich nehme an, daß Sie sich fragen«, sagte Lemarchand, »warum ich die Seite gewechselt habe?«

»Ich glaube, ich weiß es.«

Lemarchand blickte ihn überrascht an. »Sie wissen es?«

»Ja. Sie gingen mit den Mahratten ein Bündnis ein, weil Ihnen das in Frankreichs Interesse zu liegen schien. Sie konnten die Engländer beunruhigen, obwohl Sie Ihre letzte Basis in Indien eingebüßt hatten. Vielleicht, so glaubten Sie, könnten Sie uns sogar aus Bombay vertreiben. Sie hatten alles zu gewinnen und nichts zu verlieren – so schien es.«

Lemarchand nickte. »Ja, so schien es.«

»Aber Sie rechneten nicht damit, daß Zivilisten, Männer, Frauen und Kinder, als Geiseln benutzt würden. Als die *Cleopatra* gekapert wurde, ging Ihnen zum ersten Mal die wahre Natur Ihrer Bundesgenossen auf. Sie sahen sie nicht mehr als großartige Seeleute, als fanatische, ja sogar blutdürstige Krieger, sondern ganz einfach als Barbaren, als Menschen, die nicht das geringste Mitgefühl für ihre Gefangenen aufbrachten, Männer, die vergewaltigten, folterten oder töteten, je nach Laune. Sie merkten, mein lieber Lemarchand, weil Sie ein Gentleman sind, daß auch der größte materielle Erfolg, den Sie erringen, nicht den Schaden aufwiegen könnte, den Ihr Bündnis mit diesen Barbaren dem guten Namen Frankreichs zufügen würde.«

Eine Zeitlang verharrte Lemarchand schweigend. Die Schiffsglocke der *Seahawk* tönte schwach über das Wasser und wurde sofort von der Glocke über ihren Köpfen beantwortet. Auf dem Achterdeck hörte man das Geräusch von Schritten und das Gemurmel von Stimmen: der Wachwechsel.

»Sie haben die Gefangenen gesehen«, sagte Lemarchand schließlich leise, »und das war wohl der Hauptgrund, weswegen ich Sie sprechen mußte. Tadeln Sie mich nicht gar zu sehr für das, was Sie vorfanden, Kommodore. Ich habe alles versucht, selbst bis zur Gefährdung meiner eigenen Sicherheit, aber Kishun Roy war steinhart, unerbittlich. Die Engländer waren seine Feinde, die Engländer mußten leiden. Als er erfuhr, daß sein Bruder getötet worden war, konnte ich ihn nur mit äußerster Mühe davon abhalten, alle Gefangenen auf der Stelle umbringen zu lassen. Er ist ein Vieh, Kelso, ein gefährliches Biest, und als Sie heute morgen Ihre verwegene Befreiungsaktion unternahmen, da wußte ich, was ich zu tun hatte.«

»Ich kann Ihnen nur danken, Lemarchand«, sagte Kelso, »denn ohne Ihre Hilfe wären wir alle umgebracht worden.«

Der Franzose hob die Hand, wehrte den Dank ab und sagte: »Als wir hörten, daß Sie kommen würden, und auch noch, als Sie so schlau Ihren Angriffsort änderten, hätte ich keinen Pfifferling für Ihre Aussichten gegeben, das Gefängnis zu erreichen, geschweige denn, die Gefangenen zu befreien.«

»Sie zu befreien war leicht«, sagte Kelso, »aber sie zum Strand hinunterzubringen, das war das Problem. Hätten wir schneller gehen können, hätte nicht ein junges Mädchen – armes Ding – den Verstand verloren und wären nicht zwei weitere Leute unterwegs gestorben, dann hätten wir noch vor Anbruch der Helligkeit bei der *Seahawk* eintreffen und die Fahrrinne blockieren können, wie es unsere Absicht war. Aber wir kamen zu spät, die Gallivaten hatten schon die offene See erreicht. Wir konnten nur noch Segel setzen und zu entkommen versuchen.«

Lemarchand stand auf und musterte die See und den Himmel. »Sie werden sich auf den Weg machen wollen, Kommodore. Es bleibt mir nur noch, Ihnen gute Fahrt zu wünschen. Ich hoffe, daß wir uns eines Tages unter anderen Bedingungen wiedersehen.«

»Das hoffe ich auch. Sie werden jetzt nach Frankreich zurückkehren?«

»Ja, so schnell wie möglich. Ich wüßte gern, welcher Empfang uns dort erwartet, aber ich glaube, ich habe für Frankreich meine Pflicht erfüllt.«

»Sie haben das Beste getan, was Sie konnten: Sie sind der

Stimme Ihres Gewissens gefolgt«, sagte Kelso. »Niemand könnte mehr tun.«

»Ich hoffe, auch die Regierung in Paris sieht es so.«

Als sie hinaustreten an Deck, begrüßte sie die Sonne wie ein alter Freund. Die Luft war angenehm warm, das Deck bewegte sich beruhigend unter ihren Füßen, und auf der Reling, genau gegenüber der Pforte, saß eine Möwe und musterte sie mit gierigen Augen.

»Sie wußten also, daß wir kommen?« fragte Kelso. »Waren deshalb so wenige Mahratten beim Gefängnis?«

»Natürlich. Wenn Sie mir gestatten, das zu sagen: Es war ein brillanter Schachzug von Ihnen. Die gesamte Streitmacht der Mahratten hatte sich auf der anderen Seite der Bucht versammelt.«

»Bei Kalewa?«

»Ja. Dort würden Sie landen, hatte man uns mitgeteilt.«

Kelso blickte über das Wasser zur *Seahawk* hinüber, wo Jones zu seinem Empfang bereitstand, die Bootsmannsmaaten mit ihren Trillerpfeifen neben sich. Travers war ebenfalls dort und Lovegrove, der Bootsmann, während hinter ihnen an Deck ein paar Gefangene den ersten Geschmack der Freiheit kosteten. An der Luvreling des Achterdecks stand Susan allein und wartete.

»Sie kannten also unsere Pläne?« fragte Kelso. »Auch vorher schon, als Sie die *Cleopatra* kaperten?«

»Natürlich.«

»Und als Sie uns vor ein paar Tagen abfingen?«

»Ja. Ich dachte, Sie wüßten das.«

Kelso lächelte. »Ich wußte es nicht, aber ich vermutete es.«

»Mein lieber Kommodore, es tut mir leid, daß ich Ihnen zum Abschied noch etwas Unangenehmes sagen muß, aber ich bin der Meinung, daß Sie es wissen sollten. Ja, Chandra Nath hat einen Spion in Ihrem Lager. Er kannte all Ihre Pläne, vom ersten Augenblick an.«

22

Sie liebten sich ausgiebig, lagen eng aneinandergepreßt, als fürchteten sie, es könnte das letzte Mal sein. Hinterher ruhten sie nebeneinander, ihre Finger ineinander verflochten, und beobachteten das Heraufziehen der Morgendämmerung über den fernen Bergen. Es war kühl, oder wenigstens doch so kühl, wie es um diese Jahreszeit sein konnte. Sie lagen lange schweigend, jeder zufrieden mit des anderen Gegenwart, während in der Ferne ein Hund bellte, eine Tür geöffnet und wieder geschlossen wurde, als der Bhisti* seinen üblichen Morgengang zum Brunnen machte. In einem Nachbargarten krähte ein Hahn bereits zum zweiten Mal.

»Ich muß gehen.« Er küßte sie leicht auf die Stirn, stand vom Bett auf und trat unter die Dusche.

»Bleibst du lange weg?«

»Das kommt darauf an. Richard Bouchier hat eine Ratssitzung einberufen, und es ist allerhand zu entscheiden.«

»Wegen der armen Menschen von der *Cleopatra?*«

»Das sicherlich auch. Vor allem aber müssen wir uns klarwerden, welche Reaktion von Chandra Nath zu erwarten ist.«

»Meinst du, daß er angreifen wird?«

* Indischer Wasserträger.

»Das wüßte ich nur zu gern. Die französischen Bundesgenossen zu verlieren, hat zweifellos seine Position geschwächt, aber wie die meisten dieser Potentaten ist er äußerst rachsüchtig.«

Kelso kam nackt unter der Dusche hervor, frottierte sich kräftig mit einem Handtuch und blickte zu ihr hinunter. »Warum kommst du nicht mit?«

»Zur Sitzung?«

»Nicht zur Sitzung, aber in die Stadt. Es ist schon lange her, daß wir zusammen hinuntergegangen sind.«

Nur einen Augenblick zögerte sie, dann stieß sie sich von den Kissen ab und stand auf. »Das wäre nett. Während ihr das Geschick Indiens entscheidet, werde ich Caroline Bouchier besuchen.«

»Sie wird überrascht sein, dich so früh zu sehen.«

»Ich bezweifle, daß sie schon auf ist, sie steht im allgemeinen erst mittags auf. Kein Wunder, daß sie dick wird.«

Gemeinsam gingen sie den Pfad an der Klippe entlang hinunter, der bei Kelso Erinnerungen an ihre Ankunft in Bombay vor neun Jahren wachrief. Susan war damals eine junge Witwe, die nicht an eine zweite Heirat dachte, geschweige denn an eine dritte. Er selbst, ein junger Kompanieoffizier, war gerade einundzwanzig und in Erwartung seines ersten selbständigen Kommandos. Was hatte sich seitdem alles ereignet!

Er nahm Susan bei der Hand, als sie einen Graben überqueren mußten. Auf der anderen Seite kamen sie an einen Felsvorsprung, von dem man die See überblicken konnte. Es war sein Lieblingsplatz. Von hier sah man die ganze Insel unter sich liegen und zur Rechten die Bucht, die sich bis zum Horizont erstreckte, wo Himmel und See einander berührten.

»Vorsicht!« Sie zog an seiner Hand, denn er hatte sie bis zu einem steilen Vorsprung geführt. Unten entdeckten sie die *Seahawk* bei der Proviantübernahme, klar zur nächsten

Ausfahrt, währenddie *Malabar,* zurück von ihrer Patrouille, die *Cleopatra* und die beiden Mörserboote im tiefen Wasser der Bucht vor Anker lagen.

»Das ist sie«, sagte er und zeigte auf die *Cleopatra.* »Ich gäbe eine ganze Menge dafür, wenn ich wüßte, was sich an Bord abgespielt hat, bevor sie gekapert wurde.«

»Weißt du das denn nicht?« Unsicher blickte sie ihn an. »Ich dachte, du hättest sie alle gefragt.«

»Nicht Tulliver, den armen Kerl. Er ist tot. Und auch Fenton konnte ich noch nicht sprechen.« Er schwieg einen Augenblick und sagte dann: »Es ist seltsam, daß Fenton sich schriftlich so geheimnisvoll ausdrückte. Er wußte, daß etwas nicht stimmte, davon bin ich überzeugt, aber er wollte es nicht zu Papier bringen.«

»Nun, bald wirst du es herausfinden, denn die *Protector* wird in Kürze mit dem neuen Konvoi eintreffen.«

»Hoffentlich.«

Sie sah ihn neugierig an. »Ich habe nicht darüber nachgedacht, denn ich glaubte, die Untersuchungen seien abgeschlossen. Aber mir fällt ein, daß doch die Offiziere der *Cleopatra,* soweit sie noch am Leben sind, jetzt zur Verfügung stehen. Kannst du sie denn nicht vernehmen?«

»Das habe ich vor.«

»Und die Passagiere? Vielleicht wissen die etwas.«

»Sie waren unter Deck oder sollten es wenigstens sein, sobald Abercrombie ›Klar Schiff zum Gefecht‹ befahl.«

»Aber nicht Ralph Pettigrew. Hast du den gefragt?«

Etwas zurückhaltend blickte er sie an. »Ja. Ich habe ihn gefragt, aber ich möchte eins klären: Sagst du, daß Pettigrew an Deck war, als auf der *Cleopatra* ›Klar Schiff zum Gefecht‹ gemacht wurde?«

»Ja. Ich hörte, wie er dem Kapitän etwas sagte und seine Position als ehemaliges Ratsmitglied herauskehrte, weil Abercrombie Einwände erhob.«

»Er blieb also an Deck. Wie lange?«

»Ich bin nicht ganz sicher. Ich war schon im Orlop, um dort zu helfen. Sir Ralph kam einige Zeit später.«

»Nachdem der arme Abercrombie heruntergebracht worden war?«

»Ja, das glaube ich zumindest. Um ganz ehrlich zu sein, ich war so aufgeregt ...« Sie zögerte ein wenig, schien zu überlegen, dann sagte sie plötzlich mit Überzeugung: »Ja, es war nachher. Ich erinnere mich jetzt genau: Ich kam aus dem Orlopdeck, weil ich an die frische Luft mußte, und da stieß ich fast mit ihm zusammen, als er gerade den Niedergang herunterkam.« Sie hielt sich an Kelsos Arm fest, denn sie standen noch immer am Rand der steilen Klippe, und fragte: »Hat Pettigrew dir das denn nicht selbst erzählt?«

»Er sagte mir, er sei an Deck geblieben, aber nur ein paar Minuten.«

Sie waren inzwischen weitergegangen und schritten nun über einen Pfad, der durch unbebautes Brachland zur Stadt führte. Blühende Büsche, gelb, purpur- und scharlachrot, prunkten mit ihren Farben und erfüllten die Luft mit balsamischem Duft. Myriaden von Grillen und Heuschrecken zirpten im Gras.

»Eine Frage noch.« Kelso blieb stehen und wandte sich Susan zu. »Wie war das Verhältnis zwischen Kishun Roy und seinem Bruder?«

»Das denkbar beste. Kishun ist ein harter, skrupelloser und grausamer Mann, und meinem Gefühl nach hatte er nur eine einzige Schwäche: seinen Bruder Bedi.«

Kelso blickte in ihre grauen Augen, die den seinen ruhig, aber ein wenig verwirrt standhielten.

»Gut.« Er nickte ohne ein weiteres Wort der Erklärung, und plötzlich, zu ihrer großen Überraschung, küßte er sie herzhaft.

Die Ratsmitglieder waren schon alle versammelt, als Kelso den Gouverneurspalast erreichte. Pettigrew wartete im Vorraum auf ihn. »Kelso, Sie kommen zu spät, verdammt! Der Gouverneur ist schon ungeduldig.«

»Dann gehen wir am besten hinein.«

Alle standen auf, als Kelso eintrat, Raikes, Emmerson und der noch kränklich aussehende Carew.

»Kommen Sie, meine Herren«, sagte der Gouverneur. »Nehmen Sie Platz. Wir haben viel zu besprechen.«

Als Kelso und Pettigrew Platz genommen hatten – einander gegenüber –, fuhr der Gouverneur fort: »Zuallererst, denke ich, sollten wir Kommodore Kelso unseren Dank und unsere Anerkennung aussprechen für das, was er wieder einmal erreicht hat. Wie Sie es geschafft haben, Kelso, mit einer einzigen Fregatte, die noch nicht einmal voll seetüchtig war –«

»Danke, Sir«, unterbrach ihn Kelso. »Ich freue mich über Ihre liebenswürdigen Worte.« Er sah sich in der Runde um. »Bitte halten Sie mich nicht für unhöflich, meine Herren, aber ich schlage vor, daß wir angesichts der Fülle der anstehenden Probleme zu wichtigeren und dringenderen Dingen übergehen.«

»Oh, bitte.« Der Gouverneur schien ein wenig pikiert, aber Pettigrew lachte. »Immer derselbe alte Kelso – nur keine Anerkennungen!«

»Nicht, solange die Sicherheit jedes einzelnen Engländers in Bombay auf dem Spiel steht«, erwiderte Kelso. »Gehe ich richtig in der Annahme, Sir«, fragte er, an den Gouverneur gewandt, »daß Ihnen Chandra Nath ein Ultimatum gestellt hat?«

»Ja. Ich habe es hier.« Bouchier entfaltete ein Pergament und breitete es vor sich aus. »Es ist ein Ultimatum, wie Sie sagen. Chandra Nath erinnert uns daran, daß er Sie, Kelso und Pettigrew, ganz eindeutig auf die Folgen hingewiesen habe, die ein Angriff auf Gheriah nach sich ziehen würde.«

»Wir haben Gheriah nicht angegriffen«, widersprach Kelso. »Wir haben es nur angelaufen, um einige Briten zu befreien, die von den Gherianern, über die Chandra Nath nach seinen eigenen Worten keine Kontrolle hat, entführt und aufs schändlichste behandelt worden waren.«

»So mag es gewesen sein, aber er sieht es nicht so.«

»Wie ist der Wortlaut des Ultimatums?«

Der Gouverneur schürzte die Lippen. »Er hat den Preis angehoben, wie wir erwartet hatten. Jetzt fordert er zehn Crores, innerhalb einer Woche bei ihm anzuliefern, oder eine schriftliche Zusicherung, daß wir Bombay verlassen.«

Kelso nickte. »Ich wüßte gern, was er bevorzugen würde.«

»Was es auch sein mag«, protestierte Raikes, »es ist völlig unannehmbar.«

»Selbstverständlich. Die Frage ist, was werden wir tun?«

»Was können wir tun?« fragte der Gouverneur. »Außer zu warten? Wir werden natürlich die Truppen in Alarmbereitschaft versetzen und unsere Verteidigungsanlagen erneut inspizieren. Aber wenn die Mahratten wirklich angreifen – und unsere Nachrichten aus Poona besagen, daß sie mobilmachen –, werden wir kämpfen. Das Zahlenverhältnis ist gegen uns, etwa hundert zu eins, aber wir haben den Vorteil einer kurzen Frontlinie und sind jetzt, seit die Franzosen sich, Gott sei Dank, zurückgezogen haben, im Besitz der Seeherrschaft.«

»Hoffen wir es«, fügte Pettigrew hinzu. »Ich bin sicher, Kelso wird mir zustimmen, wenn ich sage, daß darüber keine Gewißheit besteht. Zwei Fregatten, eine alles andere als seetüchtige Korvette und die Mörserboote sind kaum eine überzeugende Streitmacht und gegen eine unermeßliche Flotte von Grabs und Gallivaten keinesfalls ausreichend.«

»Pettigrew hat recht«, sagte Kelso, »obgleich ich trotzdem nicht ohne Zuversicht bin. Aber kann er uns vorschlagen, was wir sonst tun sollten?«

»Ja.« Pettigrew beugte sich vor und sah einen nach dem anderen an. »Wenn wir in Bombay bleiben wollen, mehr noch, wenn wir das Leben der hier ansässigen Briten schützen wollen, dann bleibt uns nur eins: Chandra Naths Bedingungen zu erfüllen.«

»Sein Lösegeld bezahlen, meinen Sie?« schrie Raikes. »Sie müssen verrückt sein!«

»Nicht verrückt, sondern realistisch. Es ist unsere einzige Chance.«

»Wo sollen wir denn diese ungeheure Summe hernehmen?«

»Wir müssen sie uns leihen. Wenn nötig, werden Madras und Kalkutta uns helfen.«

»Innerhalb einer Woche?«

»Wir können um Aufschub bitten. Chandra Nath wird nicht zu ungeduldig sein, wenn wir ihm als Zeichen unseres guten Willens erst einmal einen Teilbetrag schicken.«

»Wieviel schlagen Sie vor?« fragte Kelso ruhig.

»So viel wir im Augenblick auftreiben können – zwei Crores, vielleicht auch etwas weniger.«

»Nur einen Bruchteil von dem, was er fordert«, bemerkte Kelso, »aber trotzdem noch eine ungeheure Summe.« Er blickte Pettigrew über den Tisch hinweg an. »Und ich nehme an, auch Ihr Anteil wäre beachtlich.«

»Mein – was?« Pettigrew hätte nicht überraschter sein können, wenn Kelso über den Tisch gelangt und ihn ins Gesicht geschlagen hätte. Alle Farbe wich aus seinen Wangen, und seine Augen weiteten sich. »Was, zum Teufel, meinen Sie?«

»Schluß jetzt mit der Verstellung«, sagte Kelso. »Es hat lange genug gedauert, bis ich endlich genau wußte, wer der Verräter ist – viel zu lange. Ich hätte längst wissen müssen, daß *Sie* es sind!«

»Sehen Sie sich vor!« Pettigrew schob seinen Stuhl zurück. »Vergessen Sie nicht, daß ich genügend Zeugen habe. Ich werde Sie fordern!«

»Ich wußte von Anfang an, daß ein Verräter unter uns ist«, sagte Kelso, »und ich habe jeden verdächtigt, Sie alle hier im Raum, dazu meinen Steward Padstow, obwohl der ja weder die erforderlichen Kenntnisse noch die entsprechenden Möglichkeiten hätte. Ich habe sogar meine eigene Frau verdächtigt.«

»Und warum nicht?« schrie Pettigrew erregt. »War sie denn nicht die einzige von allen Passagieren, der man in Gheriah besondere Privilegien eingeräumt hat?«

»Außer Ihnen selbst.«

»Aber sie lebte mit Bedi Roy zusammen, mit Kishuns Bruder, wußten Sie das? Sie teilte das Zimmer mit ihm. Es ist genau wie in Kalkutta – und bilden Sie sich nicht ein, ich wüßte nicht, was sich dort abgespielt hat. Denken Sie, Kishun Roy sei es verborgen geblieben, daß Sie bei Ihrem ersten Versuch in Kalewa gelandet waren? Man hatte Sie gesehen, als Sie über die Bucht ruderten, und bevor Sie an Land stiegen, wußte ganz Gheriah Bescheid. Die Flucht Ihrer Frau war bis in alle Einzelheiten geplant.«

»Ich denke schon, daß sie geplant war«, erwiderte Kelso, »aber nicht so, wie Sie es darzustellen versuchen. Es kam mir schon damals rätselhaft vor, daß Sie, ein Gefangener der Mahratten, genau wußten, daß wir bei Kalewa gelandet waren. Warum hätten die Mahratten Ihnen das erzählen sollen? Mir fiel auch auf, daß die Verfolgung durch die Mahratten ziemlich interesselos erfolgte – ein paar Soldaten trotteten hinter uns her, stets im Abstand von gut hundert Yards. Sie liefen auch – sehr bequem für uns – weiter geradeaus, als wir vom Pfad abbogen.«

»So, die Mahratten ließen uns also entkommen«, schrie Pettigrew. »Lady Susan ließen sie entkommen, meinen Sie!«

»Nein«, erwiderte Kelso ruhig. »Ich habe das zunächst in Betracht gezogen – zu meiner Schande muß ich es gestehen –, aber ich weiß inzwischen, daß ich mich irrte. Wenn Kishun Roy willens war, uns entkommen zu lassen, um seinen Spion ins englische Lager zu schmuggeln, so war es nicht Susan, sondern *Sie* waren es, dem er half!«

»Warum ich? Warum nicht Ihre Frau?«

»Kishun liebte seinen Bruder, er hätte niemals eingewilligt, daß Bedi getötet wurde.« Ohne jedes Mitleid musterte er Pettigrew. »Sie vergessen, daß es Susan war, die seinen Bruder tötete.«

Pettigrew leckte sich die trockenen Lippen und blickte wild von einem zum anderen, entdeckte jedoch weder Hilfe noch Verständnis in ihren unwilligen Gesichtern.

»Mein Verdacht wurde zum ersten Mal erregt«, fuhr Kelso fort, »als ich hörte, die *Cleopatra* sei gekapert worden. Wie hatten die Franzosen und Mahratten es geschafft, sie einzuholen? Erst nachdem es mir gelungen war, die Geschichte von dem Versagen der Ruderanlage aus Ihnen herauszuquetschen, sah ich klar. In Ihrem Bericht an den Gouverneur hatten Sie das mit keinem Wort erwähnt.«

»Es schien mir nicht wichtig.«

»Nicht wichtig, obwohl es den Mahratten die Möglichkeit gab, die *Cleopatra* zu kapern und diese armen Menschen gefangenzunehmen? Diejenigen, die Glück hatten, sind jetzt lebende Skelette, die anderen sind tot oder wurden wahnsinnig!« Kelso beugte sich über den Tisch, und seine Fäuste waren geballt, als er fragte: »Hatten Sie das bedacht, Pettigrew, als Sie sich an den Steuerketten zu schaffen machten?«

»Warum hätte ich das tun sollen?« fragte Pettigrew verzweifelt. Sein Gesichtsausdruck und seine wilden, beistandheischenden Blicke, die er von einem zum anderen warf, waren ein klares Eingeständnis seiner Schuld.

»Ja, warum?« sagte Kelso. »Und warum erschossen Sie den armen Abercrombie, wenn nicht deswegen, weil er – leider zu spät – herausgefunden hatte, daß Sie es waren, der sein Schiff aufhielt, bis die Franzosen und Mahratten es einkreisen konnten?«

»Es ist nicht wahr! Ich war unter Deck.«

»Aber noch nicht, als Abercrombie umgebracht wurde.

Susan hat es mir versichert, und gestern sprach ich mit einem der befreiten Gefangenen, Midshipman Goodchild, der sich genau daran erinnert, daß Sie mit Abercrombie auf dem Achterdeck standen und sich stritten, wenn er auch nicht weiß, worüber, da seine Aufmerksamkeit abgelenkt wurde, als die *Normandie* das Feuer eröffnete.«

»Lügen! Lügen! Alles Lügen!« schrie Pettigrew mit schriller Stimme.

»Die Beweiskette schloß sich immer mehr«, fuhr Kelso fort. »Warum, zum Beispiel, mußten Sie unbedingt nach Poona mitkommen? Doch nur, um sich neue Weisungen bei Chandra Nath zu holen! Und woher wußte Chandra Nath, daß Carew und Forster krank waren?«

»Überall sitzen Spione«, schrie Pettigrew, »das wissen Sie genau. Jeder Khitmugar oder Punkah-Wallah hört irgendwelche Dinge, die er dann gegen Bezahlung weitergibt.«

»Nicht solche Dinge«, sagte Kelso. »Es mußte jemand aus diesem Raum sein.«

»Das glauben *Sie!*«

»Wieso waren *Normandie* und *Rouen* pünktlich zur Stelle, um uns bei unserer zweiten Unternehmung abzufangen?« fragte Kelso. »Das brachte das Faß zum Überlaufen.«

Es herrschte Schweigen, bis der Governeur, der, genau wie die Ratsmitglieder, mit wachsendem Staunen und Unwillen zugehört hatte, sagte: »Wenn Ihre Verdachtsmomente so überwältigend waren, Kelso, warum haben Sie dann nichts unternommen? Warum haben Sie Pettigrew nicht schon vor dieser letzten Unternehmung zur Rede gestellt?«

Kelso warf Pettigrew einen scharfen Blick zu, bevor er antwortete: »Weil ich keine positiven Beweise hatte. Auch sah ich eine Möglichkeit, wie der Verräter uns durch seine eigene Missetat helfen konnte.«

»Sie meinen auf dieser letzten Expedition?«

»Ja. Ich habe Ihnen allen gesagt, daß wir in Lee des Vorgebirges vor Gheriah ankern und den Landungstrupp bei Kalewa ausschiffen würden. Dieser Trick wirkte besser, als ich erwartet hatte. Während wir weiter nach Süden auf die andere Seite der Einfahrt zuhielten und dort landeten, waren die Mahratten mit all ihren Streitkräften rund um Kalewa aufmarschiert und warteten dort vergebens. Es bedeutete, daß nur eine Handvoll Soldaten das Gefängnis bewachte und wir somit in der Lage waren, nicht nur die Gefangenen zu befreien, sondern auch unseren langsamen und qualvollen Rückzug zum Strand zu bewerkstelligen.« Zornig rief er über den Tisch seinem Gegenüber zu: »Es würde mich interessieren, Pettigrew, wie Sie das Ihren mahrattischen Auftraggebern erklären wollen!«

»Es ist nicht wahr!« Pettigrew schlug mit der Faust auf den Tisch. »Nicht wahr! Nicht wahr!« Sein Gesicht wirkte plötzlich alt und häßlich, und er schien den Tränen nahe. »Sie sind entschlossen, mich zu vernichten«, fügte er hinzu, »Gott allein weiß, warum, aber Sie geben selbst zu, daß Sie keine Beweise haben.«

»Ich hatte sie nicht – bis vor zwei Tagen«, erwiderte Kelso, »nicht, bis Lemarchand sich entschloß, die Fronten zu wechseln. Das konnten Sie nicht voraussehen.«

»Lemarchand, der französische Befehlshaber!« Ungläubig starrte Pettigrew ihn an. »Aber der konnte doch ...« Jäh brach er den Satz ab.

»Konnte es nicht wissen? Ist es das, was Sie sagen wollten? Nun, das stimmt nicht. Was Chandra Nath Ihnen auch versprochen haben mag, es hielt ihn keineswegs davon ab, alles seinem französischen Bundesgenossen zu erzählen.«

»Ich glaube es nicht!«

»Als ich von Bord seines Schiffes ging, sagte Lemarchand mir als letztes, daß wir einen Verräter in unserem Lager hätten. Er fragte mich, ob ich wüßte, wer es sei, und ich antwortete, ich hätte einen bestimmten Verdacht. Er lächelte, schrieb etwas auf einen Zettel und steckte diesen dann in einen Umschlag, den er versiegelte. ›Da‹, sagte er. ›Öffnen Sie ihn, wenn Sie nach Bombay kommen, und stellen Sie fest, ob Ihr Verdacht richtig war.‹« Kelso zog einen Umschlag hervor und legte ihn vor sich auf den Tisch. »Hier ist er«, sagte er zu Pettigrew. »Möchten Sie, daß ich ihn öffne?«

Eisiges Schweigen herrschte, während Pettigrew in seinem Sessel tiefer und tiefer zu rutschen schien. Sein Blick war mit fast irrem Ausdruck auf den Umschlag gerichtet, sein Mund stand halb offen. Über ihren Köpfen war das monotone, rhythmische Rauschen der auf- und abschwebenden Punkah zu hören, sonst vernahm man nicht das geringste Geräusch.

»Indien ist schuld daran, nicht ich«, sagte Pettigrew endlich mit heiserer Stimme. Er sprach mehr zu sich selbst als zu den anderen. »Ich kam hierher, als junger Mann, fast noch als Knabe, und war des festen Glaubens, bis dreißig könnte ich ein Vermögen verdienen, nach England zurückkehren und dort das Leben eines reichen Nabob führen. Zuerst ging alles gut. Ich war nicht ohne Beziehungen, schließlich war mein Onkel, Sir Basil, Ratsmitglied in Fort William. Durch ihn erhielt ich auch die Pacht der Salinen von Haranish.«

»Die Sie weiterverpachteten an einen unglückseligen Armenier, dann brachen Sie die Abmachungen«, sagte Kelso. »Denken Sie nur nicht, Ihre früheren Missetaten könnten Sie entschuldigen.«

»Ich tat nur, was andere Engländer auch taten«, brauste Pettigrew auf. »Wir alle hatten dasselbe Ziel – Geld zu verdienen, möglichst viel und möglichst schnell, ganz gleichgültig wie, und dann wieder nach Hause zurückzukehren. Warum hätte ich eine Ausnahme machen sollen?«

»Weil nicht jeder so ist wie Sie. Es gibt ehrliche Leute, wie John Holwell und andere, die hart arbeiteten und dabei immer die Interessen der Kompanie im Auge behielten.«

»Ja, und sie verließen Indien arm, wenn sie überhaupt noch dazu in der Lage waren. Nichts als widerliche Krankheiten hatten sie sich eingehandelt mit all ihrer Mühe.«

»Aber sie behielten ihren guten Namen«, fügte der Gouverneur hinzu. »Sie kehrten zurück, wie sie gekommen waren, als redliche und ehrenwerte Männer.«

Pettigrew machte eine verächtliche Armbewegung. »Ehrenwerte Männer! Ehrenwerte *Narren!* Wollen Sie mir erzählen, daß diejenigen, die das mörderische Klima, die ekelhaften Insekten, den Staub und die fürchterlichen Krankheiten dieses verfluchten Landes ertragen, keine Belohnung verdient haben?« Aggressiv blickte er sich in der Runde um, und als niemand antwortete, fuhr er fort: »Ich war entschlossen, als reicher Mann zurückzukehren, das will ich nicht abstreiten. Als ich dann ein Vermögen ohne eigenes Verschulden verlor –«

»Am Spieltisch«, erinnerte ihn Kelso.

»Gut! Beim Kartenspiel. Braucht ein Mann nicht auch einmal Entspannung?« Eine Weile gab er sich dem Selbstmitleid hin, dann fuhr er fort: »Ich verdiente ein weiteres Vermögen, als Mir Jaffir* nach dem britischen Sieg bei Plassey gezwungen wurde, die englischen Kaufleute in Kalkutta zu entschädigen.«

»Obgleich Sie nichts verloren hatten«, warf Kelso ein, »weil Sie nichts besaßen. Es traf sich unglücklich, daß Mir Jaffir zu unsicher war, um sich solchen ungerechtfertigten Forderungen zu widersetzen.«

»Warum hätte er sich widersetzen sollen, wenn seine Tresore doch vollgestopft waren mit Gold und Edelsteinen? Außerdem war ihm klar, daß er ohne die Briten nichts anderes geblieben wäre als Surajah Dowlahs Diener, wenn der ihn nicht sogar umgebracht hätte.«

Kelso sah Pettigrew über den Tisch hinweg an und sagte ruhig und ohne Zorn: »Es gibt so etwas wie ausgleichende Gerechtigkeit.«

»Gerechtigkeit! Was hat das Leben in Indien mit Gerech-

* Bengalischer Fürst, Nachfolger von Surajah Dowlah.

tigkeit zu tun? Es war ein verrottetes, stinkendes, korruptes Land, lange bevor die Briten kamen. Wenn wir durch unsere Geschicklichkeit und unsere überlegene Intelligenz die Eingeborenen mit ihren eigenen Waffen schlugen, ist das nicht sogar unser Verdienst? Gerade Leute wie Sie, Kelso, und Sie, Sir Richard, die das Volk nach den Maßstäben Europas messen, sind ungerecht. Wir nehmen uns, was wir kriegen können – innerhalb der Gepflogenheiten dieses Landes –, und wenn wir das Glück haben, als reicher Mann zurückzukehren, spendet man uns Beifall und gibt uns den Titel Nabob; aber wer wie ich alles verloren hat, wird als Verräter, als Pariah* bezeichnet. Ist das nicht so?«

»Sie haben also auch Ihr zweites Vermögen verloren«, sagte der Gouverneur. »Wollen Sie behaupten, daß es auch diesmal nicht Ihre eigene Schuld war?«

»Natürlich war es nicht meine Schuld«, rief Pettigrew wütend, fast spie er die Worte über die Tafel. »Fragen Sie doch Kelso hier, fragen Sie ihn, wie ich es verloren habe. Lassen Sie ihn berichten, wie ich und andere Unglückselige überlistet wurden, überlistet von einer Frau!«

Das war der Punkt, den Kelso gefürchtet hatte, aber jetzt, da er zur Sprache gekommen war, gab es für ihn kein Ausweichen. Er fragte sich, was Susan wohl gerade machte, und malte sie sich aus, kühl und aristokratisch wie immer, beim Tee mit der Frau des Gouverneurs. Gab es irgend etwas außer ihrer Gabe der richtigen Beurteilung, was ihr Verhalten von dem Pettigrews unterschied?

»Ich vermute, Sie wollen auf Ihre Geschäfte in Kalkutta anspielen« sagte er, »Geschäfte, die, gelinde gesagt, spekulativ waren. Sie haben Ihr Vermögen verloren durch falsche Beurteilung der Situation und – das will ich zugeben – Pech. Es ist neidisch und rachsüchtig, Susan dafür zu tadeln, daß sie erfolgreicher war.«

* Niedrigste indische Kaste, die völlig rechtlosen »Unberührbaren«.

»Ja, aber wie und warum – das möchte ich Sie fragen. Wie gelang es Ihrer teuren Susan, Waren zum Verkauf zu finden – europäische Waren –, obwohl der Konvoi zwei Monate überfällig war? Wie schaffte sie es, die Betelkonzession* zu erhalten, die begehrteste Konzession in Bengalen? Wie hat sie es fertiggebracht, den gesamten Weinmarkt aufzukaufen, dann die Preise so hochzutreiben, wie es ihr beliebte, und dadurch nochmals ein gewaltiges Vermögen zu verdienen – zu allem, was sie ohnehin schon besaß?«

Kelso antwortet nicht, denn er konnte es nicht, ohne Susan bloßzustellen. Das meiste von dem, was Pettigrew sagte, war richtig, und das war auch der Grund, weswegen er sie nach England hatte zurückschicken wollen. All dies wäre jetzt vorbei und vergessen – das hatte er wenigstens geglaubt. Der Gouverneur war es, der ihm schließlich zu Hilfe kam.

»Wie Lady Susan ihr Vermögen erworben hat, steht hier überhaupt nicht zur Diskussion, obgleich ich sie ebenso lange kenne wie Sie, Pettigrew. Ich wette, daß es harte Arbeit war, dazu ihre Energie und ihr intuitiver, weiblicher Instinkt, durch den sie anderen überlegen ist. Aber darum geht es hier nicht, sondern allein darum, daß Sie sich eines Verbrechens schuldig gemacht haben, das weit schwerer wiegt als Habgier und Neid: Sie sind des Verrats schuldig!«

»Ja, und Ihretwegen haben brave Männer und Frauen ihr Leben verloren«, sagte Raikes anklagend. »Andere haben unsagbar gelitten. Dafür haben Sie sich zu verantworten, Pettigrew, nicht für Habgier, Unredlichkeit oder Unterschlagung. Sie haben sich gegen Ihre eigenen Landsleute versündigt, haben sie verraten.«

Der Gouverneur nickte. »Und dafür gibt es keine Ent-

* Betel = in Scheiben geschnittene Nüsse der Arekapalme, bestreut mit Betelpfeffer und Muschelkalk, dann in Betelblätter gewickelt, ist ein beliebtes und in ganz Südostasien verbreitetes Kaumittel. Es soll stark anregende Wirkung haben.

schuldigung.« Dann blickte er vor sich nieder auf den Tisch und überlegte. »Betrachten Sie sich als unter Arrest gestellt. Von Rechts wegen müßte ich Oberst Ashton bitten, Sie bewachen zu lassen. Aber um Ihrer Familie, um des Andenkens Ihres verstorbenen Vaters willen, den ich gut kannte, will ich davon absehen. Wenn Sie mir Ihr Wort geben, Ihr Haus nicht ohne meine Erlaubnis zu verlassen, können Sie ohne Bewachung bleiben. Willigen Sie ein?«

Pettigrew sah noch einmal alle an, mit so viel Bosheit im Blick, daß jeder von ihnen sich unbehaglich fühlte. »Mein Ehrenwort?« Er lachte höhnisch. »Es gilt! Sie haben mein Wort.« Dann stand er abrupt auf, wobei er sein Weinglas umstieß, und stürzte aus dem Sitzungsraum.

Der Gouverneur seufzte. »Was für eine Tragödie, zumal er aus einer ehrenwerten Familie stammt! Ich kannte seinen Vater gut, und seine Mutter – Gott gebe ihrer Seele Frieden – war die gütigste Frau, der ich je begegnet bin.«

»Er hat Abercrombie ermordet«, erinnerte ihn Raikes, »und er hat alle auf dem Gewissen, die unter den Mißhandlungen der Mahratten starben. Er hat dafür gesorgt, daß die *Cleopatra* und ihre wertvolle Ladung gekapert wurde. Er hat darüber hinaus das Leben jedes Engländers in Bombay in Gefahr gebracht. Erwarten Sie von mir kein Mitleid!«

»Ja, natürlich, Sie haben recht«, pflichtete der Gouverneur bei, »obgleich ich mir nicht helfen kann: Ein Körnchen Wahrheit ist in dem, was er sagt.«

»Welches?« fragte Kelso scharf. »Nun, daß Indien zum Teil daran schuld ist. Dieses Indien, das wir lieben und das wir hassen und das wir gegen alle Gefahren verteidigen, trägt einen Teil der Verantwortung.« Er langte über den Tisch und griff nach dem Umschlag, der noch immer dort lag. »Ich denke, ich sollte ihn öffnen, wenn ich auch bezweifle, daß wir ihn als Beweis benutzen können.«

Er brach das Siegel auf und blickte in den Umschlag. Dann sah er Kelso bestürzt an und rief: »Er ist leer!«

»Natürlich«, sagte Kelso gleichmütig. »Lemarchand versicherte mir, daß ein Verräter in unserem Lager sei, er kannte aber dessen Namen nicht. Die Sache mit dem Umschlag war meine Idee.«

23

Der Konvoi aus England, von *Protector* geleitet, war mit der Morgentide eingelaufen und lag jetzt in der Bucht vor Anker. Die Passagiere waren bereits ausgeschifft, die Ladung wurde gelöscht, Munition, Proviant und Frischwasser übernommen. In ein paar Tagen oder höchstens einer Woche würden die plumpen Ostindienfahrer ihre Reise um Kap Comorin und nach Madras fortsetzen. Nach seiner Meldung und Berichterstattung beim Gouverneur hatte Fenton den Kommodore den Berg hinauf zu dessen Haus auf dem Steilufer begleitet.

»Mich erschüttert, was ich über Pettigrew erfahren habe«, sagte Fenton, als sie gemütlich auf der Veranda Platz genommen hatten, eine Karaffe Bordeaux zwischen sich. Zu ihren Füßen erstreckte sich der Garten, der zögernd die ersten Erfolge von Susans energischen Bemühungen vorwies. Auch auf dem Rasen waren ein paar grüne Flecke zu sehen, nämlich da, wo der Bhisti auf Susans Geheiß hin und wieder einige Ziegenfelle voll Wasser vom Brunnen herbeigeschleppt und ausgekippt hatte. Jenseits des Gartens – ein vertrauterer Anblick für die beiden Männer – erstreckte sich die offene See.

»Sie hatten ihn von Anfang an in Verdacht?« fragte Kelso.

»Nein, eigentlich nicht, obwohl ich aus dem seltsamen Verhalten der *Cleopatra* und aus dem, was Abercrombie mir erzählte, zu dem Schluß kam, daß dort ein Spitzel an Bord sein mußte.«

»Aber Sie sahen keinen Grund, Pettigrew zu verdächtigen?«

»Nun ...« Fenton zögerte und nahm einen hastigen Schluck aus seinem Weinglas, um seine Verwirrung zu verbergen.

»Sie haben ihn in Madras gesehen, soweit ich mich erinnere. Sie sahen ihn in Begleitung von Susan, mit der er ja zusammen von Bord gegangen war.« Kelso blickte seinem Freund forschend ins Gesicht und fügte dann lächelnd hinzu: »Susan war in keiner Weise in diese Sache verwickelt. Ich weiß das jetzt genau, Sie können also offen sein.«

»Ich dachte überhaupt nicht an Lady Susan«, log Fenton und fuhr dann errötend fort, wobei er Kelsos Blick mied: »Sie war mit Pettigrew auf einem der Märkte, somit konnte ich nicht umhin, sie zu sehen. Ein Inder trat zu ihnen und sprach sie an, vielleicht war es aber auch nur Pettigrew, an den er sich wandte. Auf jeden Fall gingen sie dann zusammen weg.«

»Alle drei?«

»Ja, obwohl ich später, als ich auf dem Obstmarkt war, Lady Susan wiedersah.«

»Noch immer mit Pettigrew und dem Inder?«

»Nein, sie war allein und schien jemandem zu folgen. Ich konnte zwar nur einen kurzen Blick auf den Betreffenden werfen, aber ich glaube, es war Ihr Steward Padstow.«

Lächelnd nickte Kelso. »Das stimmt, Padstow erzählte mir davon. Sie half ihm beim Obstkauf.«

Fenton leerte sein Glas und protestierte nicht, als Kelso sich über den Tisch beugte und ihm nachschenkte. Er machte den Eindruck, als sei eine schwere Last von ihm genommen. »Pettigrew war also mit Chandra Naths Abgesandten weggegangen?« fragte er.

»Wahrscheinlich. Es fiel mir auf, daß Susan allein auf die *Cleopatra* zurückkehrte.«

Fenton schwieg einen Augenblick und sagte dann – vielleicht ein wenig kühner geworden durch den Wein: »Wenn Sie mir gestatten, daß ich es ausspreche, Sir: Ich bin glücklich – mehr als glücklich –, daß Lady Susan sich entschlossen hat, bei Ihnen zu bleiben.«

»Danke, Fenton«, erwiderte Kelso ruhig. »Wir hatten unsere Differenzen, das kann ich Ihnen als altem Freund sagen, aber getrennt wären wir niemals glücklich geworden. Ich weiß das jetzt und bin dankbar dafür, daß sie zurückgekehrt ist.«

»Lady Susan ist eine bemerkenswerte Frau«, sagte Fenton aufrichtig.

Eine Abteilung der Neununddreißiger kam die Straße heraufmarschiert, ihre roten Jacken waren bereits weiß vor Staub. Ein Proviantwagen, von Ochsen gezogen, bewegte sich langsam in der gleichen Richtung, zur vordersten Verteidigungslinie an der Landenge. In diesem Augenblick wurde dort eine Kanone abgefeuert.

»Nur Einschießen«, sagte Kelso, als Fenton aufsprang. »Wir werden es früh genug erfahren, wenn die Mahratten erscheinen – wenigstens hoffe ich es. Überall entlang der Straße stehen Posten, und *Agamemnon* und *Seahawk* sind auf Seewache.«

»Sie denken, Chandra Nath wird angreifen?«

»Er wird es tun müssen, da er sich derartig festgelegt hat. Unser Aufklärungsdienst meldet, daß er ein Heer von hunderttausend Mann mobilisiert, die in den Bergen um Poona bereitstehen. Die Soldaten der Mahratten haben sicherlich das Gefühl, daß der Frieden schon gar zu lange dauert. Selbst Chandra Nath hätte jetzt Schwierigkeiten, sie zum Niederlegen der Waffen zu bewegen.«

»Und meinen Sie, daß Bombay gehalten werden kann?«

Kelso zögerte und sprach dann langsam, wobei er seine Worte sorgfältig wählte. »Ich denke, die Chancen sind gleich, obwohl wir dem Zahlenverhältnis nach ins Meer gefegt werden müßten. An Land brauchen wir zum Glück nur einen kleinen Frontabschnitt zu verteidigen, und das mit Soldaten, die dank Oberst Ashtons Eifer diszipliniert und gut ausgebildet sind. Auf See müssen wir gegen die Horden der Grabs und Gallivaten kämpfen, was wir in der Vergangenheit schon oft genug getan haben. Es ist also klar, was uns dort erwartet. Als Robert Clive noch hier war, nahmen wir derartige Stärkeverhältnisse auf uns, ohne mit der Wimper zu zucken, und so wie ich es sehe, besteht keinerlei Grund, dies heute nicht mehr zu tun.« Er trank einen Schluck Wein und fuhr fort: »Auf jeden Fall mußte es früher oder später zum Zusammenstoß kommen. Ich für meinen Teil würde es begrüßen, wenn wir uns jetzt mit den Mahratten auseinandersetzten, da wir dazu besser gerüstet sind als vielleicht in einem Jahr, nach einer endlosen, zermürbenden Wartezeit.«

Wieder donnerte die Kanone, und ein paar Tauben flatterten auf.

»Ich habe den Mahratten nie getraut«, gestand Fenton, »wenn ich sie auch nie so gehaßt habe wie jetzt.«

»Wegen ihrer Schandtaten, die sie an den Passagieren und Besatzungsmitgliedern der *Cleopatra* begangen haben?«

»Natürlich.« Er wandte sich an Kelso: »Sie wissen, Sir, daß ich mir noch immer Gedanken darüber mache, ob es richtig war, mit dem Konvoi weiterzufahren. Ich konnte mir nicht vorstellen, daß selbst die Mahratten derartige Barbaren wären. Hatte ich recht, so zu handeln, wie ich es getan habe – ich hoffe, Sir, Sie werden aufrichtig sein –, oder hätte ich umkehren und die Jagd aufnehmen sollen?«

»Sie haben genau das Richtige getan, Fenton. Ich an Ihrer Stelle hätte mich ebenso verhalten, und kein verantwortungsbewußter Kommandant hätte anders gehandelt«, erwiderte Kelso. »Machen Sie sich bitte keine Vorwürfe, Sie hatten gar keine andere Wahl.«

»Danke, Sir.«

»Aber ich stimme mit Ihnen überein, was die Mahratten

anbelangt. Wenn Sie die entsetzlichen Bedingungen gesehen hätten, unter denen diese unglücklichen Gefangenen leben mußten, die wir in Gheriah befreit haben, dann wären Sie womöglich noch aufgebrachter. Und was sie Pettigrew angetan haben – Sie wissen es?« Fenton schüttelte den Kopf. »Der Mann war ein Verräter und wäre auf jeden Fall erschossen worden, wenn er nicht sein Wort gebrochen hätte. Aber so zu sterben . . .!«

»Wie?«

»Pettigrew war noch am selben Abend davongeritten und hatte somit sein dem Gouverneur gegebenes Versprechen gebrochen. Nach Aussage der Posten, die ihn passieren ließen, ritt er in Richtung Poona. Ob er hoffte, bei Chandra Nath Hilfe und Sympathie zu finden, wird niemand je erfahren, denn zwei Tage später kehrte er zurück – als gräßlich verstümmelter Leichnam, an den Sattel seines Pferdes gebunden. Daraufhin gingen die Streitkräfte Bombays in volle Alarmbereitschaft.«

»Was soll ich Ihrer Ansicht nach tun, Sir?« fragte Fenton. »Die Indienfahrer dort unten sind durchaus imstande, sich selbst zu verteidigen, aber daß sie gegen eine derartige Überzahl von Grabs und Gallivaten eine reelle Chance haben, möchte ich doch bezweifeln.«

»Sie müssen zunächst hierbleiben, zumindest für ein paar Tage. Die *Protector* wird erheblich zur Verstärkung unserer Verteidigung beitragen.«

Fenton nickte. »Wann, denken Sie, werden die Mahratten angreifen?«

»Das wüßte ich nur zu gern. Sie werden im Morgengrauen kommen, nehme ich an, oder mitten in der Nacht. Im Grunde wundert es mich, daß sie nicht schon längst hier sind.«

»Vielleicht bekommt Chandra Nath kalte Füße?«

»Das bezweifle ich.«

Er wandte sich um, da er im äußersten Augenwinkel eine Bewegung auf der Straße wahrgenommen hatte. Padstow war es, der mühsam den steilen Weg heraufkeuchte, rot im Gesicht, schweißtriefend und von Zeit zu Zeit anhaltend, um den aufdringlichen Fliegenschwarm zu verfluchen, der ihn begleitete. Zehn Minuten verstrichen, bis er die letzten zwei- oder dreihundert Yards erstiegen hatte. Aber statt im Eingang zu verschwinden, kam er ums Haus herum zur Veranda und salutierte.

»Guten Morgen, Sir«, sagte er zu Fenton. »Der Kommodore ist bestimmt froh, daß Sie die *Protector* heil zurückgebracht haben.«

»Was gibt es?« fragte Kelso.

»Eine Botschaft vom Gouverneur, Sir. Dürfte er Sie um das Vergnügen Ihrer Gesellschaft bitten, Sir? Und um Ihre auch?« fügte er, an Fenton gewandt, hinzu.

»Sind Sie sicher? Wir kommen doch gerade vom Gouverneur!«

»Es ist etwas eingetreten, Sir – soweit ich es beurteilen kann –, das Sie gleich erfahren sollen.«

»Und das ist?«

»Gute Nachrichten, Sir, so scheint mir«, bemerkte Padstow und wandte sich zum Gehen.

Kelso stand auf. »Padstow!«

»Sir?«

»Was sind das für gute Nachrichten? Sie haben sie doch offensichtlich schon gehört.«

»Ich weiß nicht genau, Sir«, erwiderte Padstow, wobei er seine ausdruckslose Miene aufsetzte, die Kelso zur Genüge kannte. »Der Gouverneur vertraut mir solche Dinge nicht an.«

»Padstow!«

»Also, Sir, ich habe gehört – ich kann es aber auch falsch verstanden haben –, ich habe gehört, daß die Mahratten marschieren.«

Kelso und Fenton sahen sich verblüfft an. »Und das nennen Sie gute Nachrichten?«

»Nach Norden, Sir, soviel ich verstanden habe. Es scheint, daß ein anderer Barbarenhaufen – die Afghanen, kann das sein? – kriegsähnliche Geräusche an ihrer Grenze macht.«

Kelso nickte, um nicht beim Sprechen die ungeheure Erleichterung zu verraten, die er empfand. »Gut, Padstow. Danke.«

»Danken Sie mir nicht, Sir. Wenn Sie mich gefragt hätten, ich hätte einen anständigen Kampf vorgezogen.«

Sobald sein Steward verschwunden war, gestattete sich Kelso ein Lächeln. »Wirklich gute Nachrichten, Fenton. Unsere afghanischen Freunde haben im richtigen Augenblick reagiert.«

»Es ist eine wundervolle Nachricht, Sir.«

»Hier!« Kelso ergriff die Karaffe und füllte die Gläser. »Darauf wollen wir anstoßen.«

Die Sonne schien, als sie bergab stiegen, aber die Seebrise hielt die Luft frisch und entmutigte die Fliegen, die sonst um diese Tageszeit das Gehen zur Qual machten. Die Bougainvillea stand überall in voller Blüte, und weiter unten am Bach, der noch immer ein paar Zoll trüben Wassers führte, blühte der Oleander. Ein kleiner Junge, der im Straßenstaub spielte, streckte bettelnd die Hand aus, mehr aus Gewohnheit, als in der Hoffnung, ein Almosen zu erhalten. Er war völlig verblüfft, als Kelso ihm ein Geldstück hineinwarf. Ein Sergeant, verschwitzt und unbehaglich in scharlachrotem Rock und enger blauer Hose, schlug salutierend die Hacken zusammen.

»Machen Sie weiter, Sergeant«, sagte Kelso freundlich. Er konnte sich nicht erinnern, jemals so glücklich gewesen zu sein.

Dann sah er Susan.

Sie kam gerade aus dem Modesalon ›Abigail Palmer's Emporium‹. Als sie die beiden erkannte, blieb sie stehen und winkte erfreut.

Wie entzückend sie aussieht, dachte Kelso. Zwar lächelte

er weder noch winkte er zurück, aber trotzdem fühlte er, daß ihre Gegenwart in diesem besonderen Augenblick fast mehr war, als er vom Schicksal erwarten konnte.

Susan begrüßte sie ruhig und beherrscht, aber mit einer Anmut, wie nur sie allein sie besaß. »Kapitän Fenton, ich bin erfreut, Sie zu sehen«, sagte sie. »Ich habe gehört, daß die *Protector* wohlbehalten zurückgekehrt ist. Ich hoffe, Sie werden heute abend bei uns essen?«

»Danke sehr, Madam«, erwiderte Fenton errötend und sah trotz seiner sechs Fuß drei Zoll wie ein zu groß geratener Schuljunge aus. »Es wird mir eine Ehre sein.«

»Um sieben Uhr also.« Lächelnd fügte sie hinzu: »Ich hoffe sehr, daß mein Mann nicht den ganzen Abend nur seemännische Dinge bespricht, denn ich sehne mich danach, den neuesten Küstenklatsch aus St. Helena zu hören.«

Lächelnd antwortete Fenton: »Ich werde mein Bestes tun, Madam.«

»Was ist denn los, meine Liebe?« fragte Kelso, als ihm auffiel, daß Susan mit leeren Händen vor ihm stand. »Konntest du nichts Passendes finden? Komm, laß uns zurückgehen, ich möchte dir ein schönes Geschenk kaufen. Fenton und ich helfen dir beim Aussuchen.« In übertriebenem Ernst legte er die Hand aufs Herz und sagte: »Fenton ist Zeuge. Ich verspreche dir, was es auch kosten mag, ich erhebe keine Einwände.«

Nachdenklich sah sie ihn an, offensichtlich überlegte sie, was ihn wohl in diese gute Stimmung versetzt hatte. »Akzeptiert, mein Schatz. Das ist sehr lieb von dir.«

Dann zögerte sie ein wenig. »Die Wahrheit ist aber, Roger, daß ich nicht hinter einem Kleid her war, sondern hinter einem Geschäft. Jetzt, da ihr beide hier seid, du und Kapitän Fenton, könntet ihr mir die Entscheidung erleichtern.« Sie lächelte: »Ich dachte nämlich daran, den Modesalon zu kaufen.«